MARIA FIRMINA DOS REIS
MULHERES E PODER NO BRASIL

RÉGIA AGOSTINHO

MARIA FIRMINA DOS REIS
MULHERES E PODER NO BRASIL

Todos os direitos desta edição reservados à Malê Editora e Produtora Cultural Ltda.
Direção: Francisco Jorge & Vagner Amaro

Capa: Dandarra Santana
Diagramação: Maristela Menneguetii
Revisão: Louise Branquinho

Texto revisado segundo o novo Acordo Ortográfico da Língua Portuguesa.
Proibida a reprodução, no todo, ou em parte, através de quaisquer meios.

```
Dados Internacionais de Catalogação na Publicação (CIP)
      (Câmara Brasileira do Livro, SP, Brasil)

Agostinho, Régia
   Maria Firmina dos Reis : mulheres e poder no
Brasil / Régia Agostinho. -- Rio de Janeiro : Malê
Edições, 2024.

   Bibliografia.
   ISBN 978-65-85893-29-9

   1. Escritoras brasileiras - Biografia
2. Literatura brasileira - Escritoras - História e
crítica 3. Maranhão - História 4. Mulheres - História
- Século 19 5. I. Título.

24-239487                              CDD-305.4092
```

Índices para catálogo sistemático:

1. Mulheres : História : Século 19 : Sociologia
       305.4092

Eliane de Freitas Leite - Bibliotecária - CRB 8/8415

Editora Malê
Rua Acre, 83, sala 202, Centro. Rio de Janeiro (RJ)
www.editoramale.com.br
contato@editoramale.com.br

Para Marconi Coelho Reis e Cláudio Agostinho
(in memoriam)

SUMÁRIO

PREFÁCIO..9

INTRODUÇÃO..19

1. O MARANHÃO NO TEMPO DE MARIA FIRMINA.......25
1.1 Economia e população no Maranhão na segunda metade do Século XIX. 30
1.2 População e mulheres no século XIX no Maranhão 42

2. ESCRAVIDÃO E RESISTÊNCIA NO MARANHÃO: anúncios e fugas de escravizados..59
2.1 Escravidão no Maranhão 60
2.2 Fugiam...71

3. FALAS SOBRE ABOLIÇÃO NO MARANHÃO NO TEMPO DE MARIA FIRMINA DOS REIS 95
3.1 Ser ou não ser abolicionista 100
3.2 Falas antiescravistas 102
3.3 A fala, a réplica e a tréplica: a escravidão pelos jornais 115

4. MARIA FIRMINA DOS REIS: UMA VIDA EM CONSTRUÇÃO..135
4.1 Uma memória em bronze 151

4.2 Uma memória em construção..................................156
4.3 Uma luta de memórias 165

5. REPRESENTAÇÕES DE MULHERES EM MARIA FIRMINA DOS REIS...171
5.1 Uma escrita de si..175
5.2 As mães 187
5.3 Adelaide: uma sobrevivente. 196
5.4 A indígena e a nação 203

6. ÚRSULA E A ESCRAVA: TEXTOS ANTIESCRAVISTAS E ABOLICIONISTAS 211
6.2 O escravizado Túlio..214
6.2 A preta suzana 225
6.3 O escravizado velho antero 231
6.4 *A escrava* *238*
6.5 A escravizada Joana 244

CONSIDERAÇÕES FINAIS 255

REFERÊNCIAS 258

BIBLIOGRAFIA 263

PREFÁCIO

Do real ao inventado – as linhas da ficção e da história nas tramas insurgentes de Maria Firmina dos Reis
Luciana Diogo*

Maria Firmina dos Reis (1825-1917) foi uma mulher incrível, daquelas tão improváveis, mas só possíveis de existirem no século XIX. Ela viveu por 92 anos e, assim, atravessou quase um século assistindo a impérios caírem, repúblicas se erguerem e quilombos a afrontá-los.

Maria Firmina presenciou os horrores da escravidão desde a infância, pois era neta de uma africana alforriada e filha de uma mestiça "forra", mas também pôde cantar em hinos as liberdades sobrevindas da abolição. Portanto, ela testemunhou intimamente o processo de violência do sistema social de transformação compulsória de pessoas negras africanas - e de sua descendência - em "cidadãos brasileiros" do pós-abolição.

Utilizando seus talentos nos campos da escrita, da educação, da política, da imprensa, da música e da cultura popular, ela inaugurou um espaço pioneiro para as mulheres, no Brasil do século XIX. Para isso, Firmina teve de, insubordinadamente, romper com os paradigmas impostos às mulheres de sua época, promovendo a desconstrução do imaginário patriarcal vinculado à mulher e contribuindo para a construção de novas concepções da identidade feminina, alargando, com isso, também o campo das ideias e dos costumes.

Deste modo, ao longo de sua trajetória, Maria Firmina dos Reis elaborou estratégias que partiram da palavra, da escrita e de sua própria subjetividade e - uma vez articuladas às categorias de história, literatura e nação -, possibilitaram a ela a instauração de uma nova forma de imaginação literária, na qual, personagens negras são representadas de formas mais complexas reveladoras de suas subjetividades; personagens indígenas são representadas a partir de seu protagonismo nas relações com os colonizadores; e a construção das personagens mulheres evidencia as diferentes formas de opressão que recaíam sobre a mulher negra, a mulher indígena e a mulher branca de elite ou a mulher branca dos setores livres pauperizados, instaurando também possibilidades para se pensar a condição das mulheres de maneira interseccional.

Assim, subvertendo a ordem discursiva nacional, a escritora dá destaque ao ponto de vista dos setores subalternizados e oprimidos da sociedade brasileira patriarcal e escravocrata, propondo, com isso, um novo humanismo no universo literário e jornalístico da segunda metade do século XIX e início do século XX.

Desta forma, Maria Firmina dos Reis foi uma intelectual, pensadora e intérprete do Brasil que buscou, em sua obra, universalizar temas como liberdade, solidariedade, igualdade, amor, direito à memória, direito à maternidade e ampliação da cidadania, por exemplo. E esses temas importam ainda na atualidade, uma vez que a obra firminiana vem sendo estudada nos campos da Filosofia, do Direito, da Antropologia, da Sociologia, além da Crítica Literária, Educação e História.

Apesar de tudo o que foi exposto acima, Maria Firmina dos Reis ficou, por muito tempo, silenciada pela historiografia literária e também pelo mercado editorial.

Até 2017, havia apenas quatro reedições do romance *Úrsula* (1859), a obra de esteia da autora, elas foram publicadas respectivamente nos anos de 1975, 1988, 2004 e 2009. Todas esgotadas.

O ano de 2017 marcou o centenário de morte da escritora, havendo eventos celebrativos e reportagens veiculadas em revistas e jornais de grande circulação no país, o que provocou uma reação no mercado editorial. Então, a partir do segundo semestre deste mesmo ano, foram lançadas quatro edições diferentes da obra; no ano seguinte, em 2018, mais nove; e de 2019 a 2022, tivemos, ainda, ao menos dez novas edições, impressas e digitais, além de uma versão do romance em HQ. Há também uma tradução para o inglês, que foi publicada em 2021, totalizando, assim, mais de 23 novas edições de Úrsula em apenas cinco anos.

Em ritmo muito menor, o mesmo tem acontecido com outras de suas obras, como o livro de poesia *Cantos à Beira-mar*, o conto *A Escrava* e a novela *Gupeva,* que aos poucos vão recebendo novas edições.

Apesar disto, existem poucos livros de análises críticas e de estudos sobre a obra de Maria Firmina dos Reis publicados[1]. Salvo engano, são menos de dez publicações dedicadas à autora, sendo

---

1 Embora, de acordo com o pesquisador Rafael Balseiro Zin, até 2021 havia praticamente 50 trabalhos finalizados (até 2021 eram 11 teses e 38 dissertações) em 34 instituições brasileiras, distribuídas em 12 estados, nas áreas de Letras, História, Ciências Sociais, Ciência Política, Ciência da Informação, Educação e Interdisciplinar; além de trabalhos realizados na França e Portugal. Ver: ZIN, Rafael Balseiro. *Escritoras abolicionistas no Brasil Império: Maria Firmina dos Reis e Júlia Lopes de Almeida na luta contra a escravidão. (Doutorado* em Ciências Sociais). Pontifícia Universidade Católica de São Paulo. São Paulo: 2022.

duas esgotadas[2] e sete disponíveis[3], destas sete, três foram publicadas pela *Editora Malê* – uma coletânea, um inédito e uma reedição. E agora este livro que temos em mãos, o quarto volume de uma série crítica sobre a escritora maranhense que está sendo levada a público pela *Editora Malê*, aprofundando, louvavelmente, o processo de (re)conhecimento, consagração e circulação da obra firminiana. Ao mesmo tempo que oportuniza espaços para que novas autoras negras sejam publicadas, já que, dos quatro livros publicados desta série, três são de autoras negras ou contam com mulheres negras em sua organização; como é o caso deste aqui presente - o que, de largada, já engrandece a relevância da obra.

Destaca-se, ainda na formação desse universo de publicações críticas, uma coletânea publicada em 2022, organizada pela pesquisadora e autora do livro que leremos a seguir, a historiadora Régia Agostinho da Silva[4]. Nesta coletânea, estão presentes, entre outros estudos, alguns artigos que abordam as possíveis intersecções entre história, ficção e poesia na obra de Maria Firmina dos Reis.

De certo modo, é isso também o que teremos o prazer de acompanhar na leitura deste livro que agora temos em nossas mãos.

---

2   NASCIMENTO, Juliano Carrupt do. *O negro e a mulher em Úrsula de Maria Firmina dos Reis*. Rio de Janeiro: Caetés, 2009. ZIN, Rafael Balseiro. *Maria Firmina dos Reis: a trajetória intelectual de uma escritora afrodescendente no Brasil oitocentista*. São Paulo: Aetia Editorial, 2019.

3   Em ordem de publicação: CUNHA, Maria de Lourdes da Conceição. Romantismo brasileiro: amor e morte. São Paulo: Factash Editora, 2005. DUARTE, Constância Lima; TOLENTINO, Luana; BARBOSA, Maria Lúcia; COELHO, Maria do Socorro Vieira (Org.). *Maria Firmina dos Reis: faces de uma precursora*. Rio de Janeiro: Editora Malê, 2018. FAEDRICH, Anna. ZIN, Rafael Balseiro (Org.) *A mente ninguém pode escravizar: Maria Firmina dos Reis pela crítica contemporânea*. São Paulo, Editora Alameda, 2022. VASCONCELOS, Eduardo; FERNANDEZ, Raffaella; DA SILVA, Régia Agostinho (Org.). *Direito à literatura negra: história, ficção e poesia*. Teresina: Editora Cancioneiro, 2022. DI CARMO, Renata. *As faces de Maria Firmina dos Reis: diálogos contemporâneos*. Rio de Janeiro: Bambual, 2022. MENDES, Algemira de Macêdo. *A escrita de Maria Firmina dos Reis na literatura afrodescendente brasileira: revistando o cânone* (2ª ed.). Rio de Janeiro: Editora Malê, 2022. DIOGO, Luciana. *Maria Firmina dos Reis: vida literária*. Rio de Janeiro: Editora Malê, 2022.

4   Silva organizou essa coletânea em parceria com Eduardo Vasconcelos e Raffaella Fernandez. A referência completa do livro está na nota anterior.

O presente livro de Régia Agostinho da Silva é o "resultado presente" da sua tese de doutorado, defendida em 2013, na Universidade de São Paulo (USP). Na fortuna crítica sobre Maria Firmina dos Reis, o doutorado de Régia Agostinho foi o quinto defendido e o primeiro na área de História, já que os quatro anteriores estão na área de Letras. Após isso, só veremos novos doutorados sobre Maria Firmina a partir de 2019, entretanto, neste intervalo de seis anos, teremos 16 dissertações de mestrado defendidas, seis delas só em 2016.

Assim sendo, em seu trabalho, Régia Agostinho faz uma instigante articulação entre fontes literárias (romances, poesias, crônicas, relatos de viajantes) e fontes jornalísticas (artigos de opinião, anúncios de compra e venda de escravizados, anúncios de fugas de escravizados e textos das seções literárias) da segunda metade do século XIX, publicadas no Brasil. Tendo como objetivo de analisar os discursos e as representações existentes nestes textos, que nos ajudem a compreender como e por que a escravidão e a questão sobre as mulheres foram as principais temáticas da obra de Maria Firmina dos Reis.

Régia Agostinho da Silva opera no ziguezague do mundo "real" ao mundo "inventado" entremeando textos de Maria Firmina dos Reis, Gonçalves Dias, Aluísio Azevedo, Trajano Galvão, Joaquim Manuel de Macedo e Domingos Vieira Filho; mediados pelas reflexões teóricas de Roger Chartier, José Murilo de Carvalho, Sidney Chalhoub, Nicolau Servcenko e Emília Viotti da Costa, por exemplo. E, partindo deles, Agostinho vai articulando os discursos presentes na imprensa da época e vai demostrando como alguns elementos desses discursos estruturavam também os discursos literários, já que jornalismo e literatura estavam intensamente imbricados.

Metodologicamente, Agostinho segue o aporte de Valter

Benjamin, "escovando a história a contrapelo" e concebendo-a do ponto de vista dos vencidos (escravizados, indígenas, mulheres), em oposição à história oficial do "progresso" (literatura canônica, imprensa oficial, teorias sociais positivistas) – E para fazer isso, Régia Agostinho realiza uma leitura a contrapelo das fontes selecionadas, buscando, de acordo com suas palavras, "o ponto de virada em que os discursos se desfazem nas próprias penas de seus autores deixando à mostra os seus contra-discursos". Desvendando, deste modo, o lado bárbaro escondido nas produções culturais.

Procedendo dessa forma dialética, foi possível à pesquisadora extrair da leitura dos anúncios de fugas, possibilidades de interpretação de dois mundos diferentes: o dos senhores e o dos cativos. A primeira leitura reconstituiria as representações dos senhores sobre os cativos; já na segunda, a leitura a contrapelo, focada nas fissuras e brechas do discurso, Régia Agostinho pôde encontrar as falas que os setores dominantes *não quiseram dizer, mas disseram mesmo assim.*

A leitura a contrapelo dos anúncios, além de contribuir para a compreensão de como senhores e cativos organizaram os seus mundos, disponibilizou à pesquisadora dados relevantes sobre os níveis de tensão da escravidão e dos maus tratos aos escravizados. Mas, de outro modo, também revelaram informações valiosas sobre a constituição de uma solidariedade escravizada e sobre a construção de espaços de sociabilidade entre os cativos, afora ter disponibilizado, também, subsídios para que Agostinho pudesse pensar a questão da circulação dos escravizados na província do Maranhão, em meados dos oitocentos. Referências a lugares possíveis de esconderijos revelaram a circulação dos cativos pelos espaços, além de informações sobre o tempo em que poderiam permanecer em fuga – o escravizado Ricardo, por exemplo esteve fugido por dois anos e meio.

A intenção de Régia Agostinho foi demonstrar como escravizados e escravizadas nunca aceitaram pacificamente o cativeiro e sempre resistiram à escravidão, sendo os principais responsáveis pelos caminhos que levaram o Brasil à abolição do sistema escravista. Exemplo disso é o caso da escravizada Feliciana, destacado pela autorra, que fugiu aos 60 anos, mesmo sendo muito surda.

Ao olhar para essas histórias de fugas e resistências, Régia Agostinho força os limites de suas fontes (re)marcando possibilidades de interpretação, de verificação e de imaginação: ela torce, por exemplo, para que o senhor Bento José nunca tenha encontrado o escravizado Manoel, que estava em fuga em março de 1859. Mas, se isso realmente aconteceu, nunca saberemos... Assim como Agostinho costuma raciocinar.

Já a leitura a contrapelo dos poemas auxiliaria a pesquisadora na compreensão do mundo dos cativos e de suas lutas e também, na compreensão de como eles foram lidos e representados por seus contemporâneos. Portanto, pensando dialeticamente, Régia Agostinho confronta alguns de nossos "tesouros culturais" para mostrar o lado bárbaro escondido nessas produções literárias, já que nessa abordagem, civilização e barbárie, ao invés de se excluírem, formam uma unidade contraditória. Partindo disso, Régia Agostinho defende que, metodologicamente, "ao fazermos o exercício de uma leitura a contrapelo, podemos entender muito do que foi aquele mundo dos cativos que poetas e escritores como Maria Firmina dos Reis representaram".

Assim, de modo geral, Régia Agostinho da Silva busca, magistralmente, compreender neste trabalho, como Maria Firmina dos Reis construiu uma voz dissonante em relação à dominação masculina e à escravidão do século XIX, por meio da representação dos cativos, da escravidão e das mulheres de seu tempo.

A respeito das representações das mulheres, Régia Agostinho se pergunta: Como as mulheres são construídas no discurso literário de Maria Firmina dos Reis? Como os discursos sobre a mulher veiculados pela imprensa se faziam presentes e como afetaram as imagens, construções e representações que Firmina fazia de si mesma e de seus personagens? Como elas influenciaram sua obra e sua visão de mundo? Em que momentos Maria Firmina dos Reis avança e em quais se deixa prender na teia discursiva do discurso normatizador sobre as mulheres? Como a própria autora se pensava como escritora e mulher?

Enfim, a nossa autora pretende entender como e para quem Firmina escreveu, e quais os objetivos de seus textos. Agostinho se propõe a investigar como Maria Firmina percebia o mundo que a cercava e como tentou interferir neste mundo.

Analisando as obras Úrsula, A Escrava e *Gupeva,* Régia da Silva defende a tese de que Maria Firmina dos Reis, entre a permanência e a ruptura, "utilizou dos discursos sobre as mulheres que havia em seu universo cultural [...] para denunciar temas que lhe eram caros, como a luta contra a escravidão e a submissão feminina".

Para a nossa pesquisadora, "a escrita de Maria Firmina dos Reis foi, antes de tudo, uma escrita política". De acordo com Régia, Maria Firmina foi uma artista e professora que atuou no campo das representações formulando discursos contra dominantes, tencionando, fundamentalmente, "entender os homens e as mulheres de seu tempo para transformá-los, modificá-los e fazê-los pensar de formas diferentes sobre a situação dos cativos e das mulheres".

Esse viés pode ser claramente observado, por exemplo, na análise do conto *A Escrava*, que a pesquisadora classifica como um conto pedagógico, no qual Maria Firmina dos Reis procura "instruir seu público leitor sobre a vilania que era a escravidão e também [...] as formas de combatê-la".

Para desenvolver melhor essa ideia, traremos a citação de Beatriz Sarlo que Régia Agostinho apresenta em uma das notas de seu texto e que, a nosso ver, se encaixa perfeitamente com a metodologia escolhida pela pesquisadora, neste estudo. A citação diz o seguinte:

> Olhar politicamente é por as dissidências no centro do foco [...] Olhar politicamente a arte supõe descobrir as fissuras no consolidado, as rupturas que podem indicar mudanças tanto nas estéticas quanto nos sistemas de relação entre a arte e a cultura em suas formas prático--institucionais e a sociedade[5].

Assim, entendemos que a tese de Régia Agostinho é a de que a atitude de Maria Firmina dos Reis de "aventurar-se a publicar um livro antiescravista no século XIX foi, antes de tudo, uma atitude política". Esta promoveu tanto mudanças estéticas no campo literário quanto nas práticas institucionais do universo cultural brasileiro do século XIX, as quais, continuam repercutindo vigorosamente nos dias atuais.

O livro que segue está dividido em seis capítulos. No primeiro capítulo, vislumbramos o tempo e o espaço em que Firmina

---

5   Beatriz Sarlo, 2005, p. 80-81.

publicou a sua obra. No segundo, somos conduzidas/os pelos caminhos em que cativos e cativas construíram os seus sonhos de liberdade. No terceiro, somos apresentadas(os) à discussão sobre abolição na imprensa local e na literatura da época. No quarto, percorremos os lugares de memória, as memórias coletivas e o imaginário popular, erigidos sobre Maria Firmina dos Reis, no Maranhão e em Guimarães- MA. No quinto, aprofundamos as questões da representação das mulheres na obra firminiana - especificamente em Úrsula, A Escrava e *Gupeva* - e na imprensa maranhense. E no sexto e último capítulo, somos capturadas/os pelas excelentes análises sobre a temática da escravidão nas obras Úrsula e *A escrava*.

Para finalizar, espero que vocês embarquem neste excelente trabalho que já é referência na fortuna crítica da escritora, antes mesmo de ter sido publicado em formato físico. Vocês farão, sem dúvida, um intenso e profundo mergulho - proporcionado pela historiadora admirável que é Régia Agostinho da Silva - na história da vida e do tempo dessa intelectual insurgente e dessa artista potente e pioneira da cena cultural brasileira que foi Maria Firmina dos Reis.

Celebremos, ainda, esta materialidade política de termos mais um livro publicado por uma mulher negra no Brasil!

(que continue servindo de incentivo para outras...)

Apreciem!

Luciana Diogo, abril de 2023.

---

* Doutoranda em Literatura Brasileira (FFLCH-USP), Mestra em Estudos Brasileiros (IEB-USP), Bacharela e Licenciada em Ciências Sociais (FFLCH-USP); Criadora e gestora de conteúdo do portal *Memorial de Maria Firmina dos Reis*; Coeditora da *Revista Firminas – pensamento, estética e escrita*; Autora do livro *Maria Firmina dos Reis: vida literária* (Editora Malê, 2022).

INTRODUÇÃO

Passados onze anos da conclusão da tese que deu origem a este livro: *A escravidão no Maranhão: Maria Firmina dos Reis e as representações sobre escravidão e mulheres no Maranhão na segunda metade do século XIX*, defendida no Programa de Pós-Graduação de História Econômica da USP, me faço a mesma pergunta que Maria Firmina dos Reis se fez ao publicar seu romance *Úrsula* em 1859: "Então por que o publicas? (Reis, 2004, p. 13)

Publico porque considero que esta obra é pioneira nos estudos históricos sobre a personagem Maria Firmina dos Reis, escritora maranhense negra do século XIX que publicou talvez o primeiro romance antiescravista das Américas. (Duarte, 2017). Nosso trabalho foi a primeira tese de História produzida sobre a autora e abriu caminhos para tantas e diversas pesquisas acadêmicas sobre Reis, assim como ampliou a visibilidade da escritora. Considero publicar a tese uma ação cívica e necessária em tempos nos quais, infelizmente, as temáticas que Maria Firmina dos Reis abordou ainda são tão presente; como o racismo e o patriarcarlismo em nosso país e no mundo.

No entanto, no livro, foi feita um rigorosa revisão e ampliação do texto escrito em 2013, afinal passados onze anos, a fortuna crítica sobre a autora ampliou-se e seria incorreto trazer o mesmo texto de 2013. Assim como a fortuna crítica mudou, a autora desse livro também se modificou, releu trechos, ampliou debates e reviu suas próprias posições e interpretações. Logo, o que os leitores e leitoras irão encontrar aqui é minha tese em sua essência, mas como as possíveis revisões e ampliações que se fizeram necessárias para a tecitura deste livro.

Agradeço imensamente à Luciana Diogo, que me colocou em contato com a Editora Malê e fez o sonho de publicar a tese se tornar realiadade. Assim como agradeço à Editora Malê a por acreditar neste sonho e em nosso trabalho. Dito isto, vamos ao texto:

A escravidão no Maranhão e as mulheres do século XIX, perpassando pelas relações de poder, e suas representações nos textos da escritora maranhense Maria Firmina dos Reis são o tema deste livro. Procuramos compreender como Maria Firmina dos Reis, ao longo da segunda metade do século XIX, representou em seus escritos — Úrsula, (1859), *A Escrava* (1887) e *Gupeva* (1861) — os cativos e as mulheres de seu tempo, e como, através deles, construiu uma fala dissonante em relação à dominação masculina (BOURDIEU, 2003) e à escravidão no século XIX.

Entendemos como representações aquilo que Roger Chartier coloca em seu livro *A História Cultural*:

> As percepções do social não são de forma alguma discursos neutros: produzem estratégias e práticas (sociais, escolares, políticas) que tendem a impor uma autoridade à custa de outros, por elas menosprezadas, a de legitimar um projeto reformado ou a justificar para os próprios indivíduos as suas escolhas e condutas. Por isso esta investigação sobre as representações supõe-nas como estando sempre colocadas

num campo de concorrências e de competições cujos desafios se enunciam em termos de poder e de dominação. As lutas de representações têm tanta importância como as lutas econômicas para compreender os mecanismos pelos quais um grupo impõe, ou tenta impor, a sua concepção do mundo social, os valores que são seus, e o seu domínio. Ocupar-se dos conflitos de classificações ou de delimitações não é, portanto, afastar-se do social — como julgou durante muito tempo uma história de vistas demasiado curtas —, muito pelo contrário, consiste em localizar os pontos de afrontamento tanto mais decisivos quanto menos imediatamente materiais. (CHARTIER, 1990, p. 59).

Assim, ao pensarmos as formas como Maria Firmina dos Reis representou os cativos, a escravidão e as mulheres do Oitocentos em seus escritos, podemos perceber como ela lutou no campo das representações contra discursos considerados dominantes, contra a força da escravidão, e a misoginia existentes no século XIX.

As principais fontes foram a própria literatura, além dos textos da escritora, *Úrsula* (1859), *A Escrava* (1887), *Gupeva* (1861) e *Cantos à Beira mar* (1871). Outros autores que versaram sobre a escravidão foram consultados, como Gonçalves Dias, Trajano de Almeida, Bernardo Guimarães, Joaquim Manuel de Macedo, José de Alencar, Machado de Assis.

As fontes secundárias foram jornais da época, nos quais Maria Firmina escreveu e também aqueles dos quais ela não participou, mas que traziam anúncios e falas sobre a escravidão ou sobre as mulheres de seu tempo: *Jornal O Século, A verdadeira Marmota, A Pacotilha, O Paiz, A Carapuça, O Publicador Maranhense, O Progresso,*

Diário do Maranhão, A Imprensa, A Moderação, O Jardim das Maranhenses, Porto Livre, Echo da Juventude e *O Semanário Maranhense*, todos na segunda metade do século XIX. Esse rastreamento foi necessário para que fizéssemos uma abordagem que pudesse nos dar pistas da atmosfera cultural na qual Maria Firmina dos Reis estava inserida e nos ajudou a entender como e por que a escravidão e a questão sobre as mulheres foram suas principais temáticas. Afinal eram questões caras ao seu tempo, e faziam parte do cotidiano da nação inteira, não só da província maranhense. Fizemos também algumas incursões ao Arquivo Público do Estado do Maranhão, em busca de documentação sobre a escritora. Encontramos poucas referências a ela: sua nomeação como professora régia de Guimarães e alguns pedidos de licença.

A escravidão foi tema de diversos literatos do período, mas o que demonstramos aqui é que Maria Firmina dos Reis teve um olhar diferenciado para isso, não apenas pelo fato de ser mulher, mas pela forma como abordou essas temáticas, tanto em Úrsula, de 1859, quanto em *A Escrava*, de 1887, e também pudemos acompanhar as mudanças que sua escrita percorreu. Ao compararmos *Úrsula* e *A Escrava* percebemos claramente uma mudança no olhar sobre a questão cativa: se em *Úrsula* a defesa do antiescravismo estava no humanitarismo e na religião católica, em *A Escrava* as questões de progresso, civilização, raça e economia já são adicionados à questão humanitária. Isso nos mostra que Maria Firmina não estava alheia às mudanças que vinham ocorrendo no país afora e na província em relação à questão dos cativos e que incorporou estes discursos para fortalecer seus argumentos antiescravistas.

Acreditamos que a escrita de Maria Firmina dos Reis foi, antes de tudo, uma escrita política; são textos de tese, nos quais podemos perceber que a autor defendia duas causas principais: a primeira delas seria o antiescravismo; a segunda, um olhar diferenciado sobre as mulheres de seu tempo. Ambos os temas, compõem o corpo principal deste trabalho.

O livro está dividido em seis capítulos: o primeiro trata sobre o Maranhão no tempo de Maria Firmina dos Reis e contextualiza a província na segunda metade do século XIX, para que possamos entender em que local e período Maria Firmina publicou seu Úrsula.

No segundo capítulo, procuramos entender, antes de adentrar na análise de *Úrsula* e *A escrava,* sobre a questão da escravidão, como os próprios cativos construíram seus "sonhos de liberdade". Fizemos isso com anúncios de fugas veiculados em diversos jornais da época para demonstrar que em momento algum os escravizados no Maranhão aceitaram passivamente a escravidão. Isso provavelmente fortaleceu o discurso de literatos antiescravistas, como Maria Firmina dos Reis: Da história real à história sonhada e inventada pelos literatos, consolidou-se um ideário antiescravista.

O terceiro capítulo trata sobre falas acerca da abolição no Maranhão no tempo da escritora, para que possamos melhor compreender o que permeava a imprensa local sobre a questão do elemento servil e também alguns outros poetas e literatos quando versaram sobre a escravidão. Como já apontamos a temática antiescravista não era exclusiva de Maria Firmina; é preciso entender que era possível ela ter lido outros autores de seu tempo para criar suas narrativas.

O quarto capítulo é uma narrativa sobre a memória construída sobre Maria Firmina dos Reis, em que situamos como a autora foi lida e tem sido vista até agora. Repassamos os lugares de memória que com ela se relacionam, assim como o resgate que tem sido feito a partir do conhecimento popular.

O quinto capítulo, já adentrando no texto da autora, trata das imagens que Maria Firmina dos Reis criou sobre as mulheres de seu tempo, e também traz algumas imagens que vinham veiculadas em alguns jornais do período, sobre o sexo feminino, fazendo um paralelo das imagens firminianas e daquilo que vinha circulando sobre as mulheres do seu tempo na imprensa maranhense.

E, por fim, no sexto capítulo, analisamos *Úrsula* e *A Escrava*, procurando ver na construção dos personagens como Maria Firmina dos Reis representou a escravidão e lutou contra ela. Neste capítulo, também demonstramos a mudança de estratégia entre o romance *Úrsula* de 1859 e o conto *A escrava* de 1887, percebendo como foram somados, aos elementos humanitários de *Úrsula*, os argumentos econômicos, raciais e civilizatórios de *A Escrava*, em 1887.

1. O MARANHÃO NO TEMPO DE MARIA FIRMINA

E eis que surge a província do Maranhão nos escritos de Maria Firmina dos Reis:

> São vastos e belos os nossos campos; porque inundados pelas torrentes do inverno semelham o oceano em bonança calma- branco lençol de espuma, que não ergue marulhadas ondas, nem brame irado, ameaçando insano quebrar os limites, que lhe marcou a onipotente mão do rei pela criação. Enrugada ligeiramente a superfície pelo manso correr da viração, frisadas as águas, aqui e ali, pelo volver rápido e fugitivo dos peixinhos, que mudamente se afagam, e que depois desaparecem para de novo voltarem — os campos são qual vasto deserto, majestoso e grande como o espaço, sublime como o infinito (...). Depois, mudou-se já a estação; as chuvas desapareceram, e aquele mar, que viste, desapareceu com elas, voltou às nuvens, formando as chuvas do seguinte inverno, e o leito que outrora fora seu, transformou-se em verde e úmido tapete, matizado pelas brilhantes e lindas flores tropicais, cuja fragrância arrouba e só tem por apreciador algum desgarrado viajor, e por afago a brisa que vem conversar com elas no cair da tarde- a hora derradeira do seu triste viver. (...) Entretanto em uma risonha manhã de agosto, em que a natureza era

toda galas, em que as flores eram mais belas, em que a vida era mais sedutora — porque toda respirava amor- em que a erva era mais viçosa e rociada, em que as carnaubeiras, outras tantas atalaias ali dispostas pela natureza, mais altivas, e mais belas se ostentavam, em que o axixá com seus frutos imitando purpúreas estrelas esmaltava a paisagem, um jovem cavaleiro melancólico, e como que exausto de vontade, atravessando porção de um majestoso campo, que se dilata nas planuras de uma das nossas melhores, e mais ricas províncias do norte, deixava-se levar ao través dele por um alvo e indolente ginete.Longe devia ser o espaço que havia percorrido; porque o pobre animal, desalentando, mal cadenciava os pesados passos. (Reis, 2004, p. 12)[6]

O ano é 1859, talvez umas das melhores e mais ricas províncias do norte fosse o Maranhão, pelo menos no olhar de Maria Firmina dos Reis e na sua forma de iniciar o enredo de seu único romance, Úrsula. A descrição da paisagem, do clima, do solo e da vegetação, era uma prática comum na literatura romântica, na qual Maria Firmina pode ser enquadrada, lendo com lentes de aumento a beleza natural das terras brasileiras, tecendo a própria ideia de uma nação majestosa, fértil,tanto do ponto de vista natural, como do ponto de vista intelectual, cuja própria literatura, genuinamente brasileira, ainda estava se constituindo e se formando. A descrição de uma das melhores e mais ricas províncias do norte nos deixa entender que o narrador firminiano é um narrador que se enquadra na escola romântica e que, portanto, Maria Firmina dos Reis se via

---

6 Optamos por trabalhar com o texto de 2004, porque ele já vem com o português atualizado (antes da reforma da língua portuguesa) e foi cotejado com a edição fac-símile de 1975

também, como parte constituinte dessa literatura que se formava e que de certa maneira ajudaria a moldar o país e a criar a ideia de nação próspera, com uma literatura própria e legítima.

Campos de Pericumã na Baixada Maranhense[7], provavelmente os campos que inspiraram Maria Firmina dos Reis na descrição inicial da natureza no romance *Úrsula*. Foto de Agenor Gomes em passeio histórico com esta pesquisadora e Luciana Martins Diogo em junho de 2023.

O romantismo brasileiro, para Antônio Cândido:

> Foi por isso tributário do Nacionalismo. Embora nem todas as suas manifestações concretas se enquadrassem nele, ele foi o espírito diretor que animava a atividade geral da literatura. Nem é de espantar que assim fosse, pois sem falar da busca das tradições nacionais e o culto da histó-

---

[7] A região chamada de Baixada Maranhense fica a oeste e sudeste da Ilha de São Luís, formada por grandes planícies baixas que alagam na estação das chuvas, criando enormes lagoas entre os meses de janeiro e julho. Abrangia, na época, algumas vilas e cidades, entre as quais: São Bento, Viana, Pinheiro, São Vicente Férrer, Arari, Rosário, Peri Mirim, entre outros.

ria, o que se chamou em toda a Europa – despertar das nacionalidades –, em seguida ao terremoto napoleônico, encontrou expressão no Romantismo. Sobretudo nos países novos e nos que adquiriram ou tentaram adquirir independência, o Nacionalismo foi manifestação de vida, exaltação afetiva, tomada de consciência, afirmação do *próprio* contra o *imposto*. Daí a soberania do tema local e sua decisiva importância em tais países, entre os quais nos enquadramos. Descrever costumes, paisagens, fatos, sentimentos carregados de sentido nacional, era libertar-se do jugo da literatura clássica, universal, comum a todos, preestabelecida, demasiado abstrata- afirmando em contraposição o concreto espontâneo, característico, particular. (Candido, 2007, p. 333. Itálicos do autor).

A obra de Maria Firmina enquadra-se nessa assertiva de Antonio Candido, na medida em que, ao longo do romance Úrsula, iremos encontrar vários momentos em que os elementos de uma paisagem natural e local serão retomados. Tudo isso, ao nosso entender, para construir uma literatura que, de determinada maneira, também se colocava naquilo que Machado de Assis intitulou de –instinto de nacionalidade (Assis, 1959, p. 28-34), pois Machado entende a primeira geração romântica como aquela que teve como propósito moldar e construir a própria ideia de nação.

Maria Firmina dos Reis pode ser colocada nessa escola, pela temática, pela linguagem, pelos moldes e pelos objetivos que desejava atingir através de seus textos. Percebemos que existe, na literatura firminiana, um caráter de romance de tese e missionário, na medida em que claramente existe uma grande temática que perpassa quase todos os seus escritos, que é a escravidão, ou melhor dizendo, a luta contra escravidão. Se Jacob Gorender afirmou que o Brasil é impossível de ser pensando sem levar em conta a dinâmica da escravidão (GORENDER, 1992.), portanto, percebemos que a escravidão era tema de debate constante, na segunda metade do século XIX, constituindo-se como o ponto nelvrágico dos debates entre os letrados, não simplesmente como um debate retórico, mas porque, de fato, a escravidão era o cotidiano daquela sociedade. Era a sua atmosfera cultural, o seu "horizonte de expectativas" (KOSELLECK, 2006.), onde se digladiaram, debateram e tiveram que pensar a ideia de uma nação que se formara no jugo escravocrata.

Que queremos dizer, quando, como historiadores, intitulamos um romance de romântico? De onde tiramos a naturalização desse cânone? E como o aceitamos? O cânone não é neutro, é historicamente construído e foi pensado e arquitetado ou pelos seus próprios autores, ou pelos póstumos. O cânone não existe desde sempre. (BOURDIER, 1996) Então, como podemos dizer que Maria Firmina era uma escritora romântica? Conseguimos entender e ler Maria Firmina dos Reis como uma escritora romântica, pelo seu estilo, sua forma literária, pelos autores que lia. Isso, claro, não se coloca aqui para nós como uma cadeia aprisionadora, quando entendermos que a autora se coloca de outra maneira, que seus textos não se – enquadram perfeitamente naquilo que os críticos literários entendem como romantismo, fugiremos desse "leito de Procusto" e buscaremos outros conceitos que sirvam para entendê-la; afinal, como apontam Sidney Chalhoub e Leonardo Affonso de Miranda Pereira, – historiadores sociais são profanadores(CHALHOUB e PEREIRA,, 1998)

É partindo dessa afirmativa e desse olhar que iremos aqui

tentar compreender, a obra firminiana e o universo cultural em que ela estava inserida. Se Maria Firmina dos Reis construiu, ao longo de seus 92 anos vividos, uma obra que tinha como intenção não apenas entender os homens e mulheres de seu tempo, mas transformá-los, modificá-los, fazer que pensassem de maneira diversa, pelo menos sobre a situação do cativo, na sociedade maranhense em que Maria Firmina dos Reis viveu, acreditamos ser nosso dever tentar compreender esse olhar. E nada melhor para isso do que captar o Maranhão em que Maria Firmina dos Reis viveu e circulou.

1.1 ECONOMIA E POPULAÇÃO NO MARANHÃO NA SEGUNDA METADE DO SÉCULO XIX.

Já nos é bastante conhecida a tese de Caio Prado Júnior sobre – o sentido da colonização (PRADO JÚNIOR, 1981)[8], que consistia no princípio de que a metrópole lusitana retirava das colônias, em termos econômicos, tudo o que fosse possível. Ou seja, a economia brasileira constituía-se como fornecedora de matéria-prima para a economia metropolitana. O Brasil teria inicialmente participado da economia mundial como fornecedor de matéria-prima, com uma economia agrária exportadora.

É claro que o período que estamos estudando não se trata mais do colonial, mas a economia do país ainda se baseava na agroexportação, assim como fornecedora de matéria-prima. Nesse período, segunda metade do século XIX, o principal produto era o café, já fortemente cultivado no Sul. Dessa forma, é tese constatada

---

8 Obviamente a tese de Caio Prado Júnior já foi muito debatida e revisada, Cf. COSTA. In: PIRES; COSTA, (Orgs.), 2010, p. 77-114.

que as províncias do norte, nesse momento, encontravam-se em franca decadência econômica. No Maranhão, assim como em todas as outras províncias nortistas, a "dinâmica da escravidão" ainda fazia parte do cotidiano. Era debatida em teses e em jornais, e os escravizados continuavam sendo negociados, através de anúncios, e suas fugas continuavam a preocupar seus donos.

Mesmo que a escravidão não fosse mais tão forte e numerosa como fora em seu início na província do Maranhão, quando da formação da Companhia do Grão- Pará e Maranhão, pelo Marquês de Pombal, em 1755, que, de fato, fez com que a economia da capitania se ativasse, proporcionando que dois produtos econômicos se sobressaíssem, o algodão e o arroz. (VIVEIROS, 1954). Esta entrada do Maranhão na economia agrária exportadora é considerada tardia.

Foi a formação da Companhia que trouxe milhares de africanos escravizados para o Maranhão, para, primeiramente, trabalhar nas lavouras de algodão e arroz e depois, nas de cana-de-açúcar. Foi a mão-de-obra escrava responsável por aquilo que a historiografia local entende como ser o Maranhão até o início do século XIX a quinta província em destaque e riqueza.

Foi também a Companhia que trouxe milhares de negros escravizados para o Maranhão que fez com que a província do Maranhão tivesse, no início do século XIX, metade da população cativa. Os escravizados tornaram-se, na província, de fato, – os pés e as mãos dos senhores (PEREIRA, 2006)

Segundo Jerônimo de Viveiros, na segunda metade do século XIX, houve, na economia maranhense, um forte crescimento dos engenhos de açúcar. Viveiros nos informa que, na década de 1860, havia no Maranhão 410 engenhos, dos quais 284 movidos a maquina a vapor e à força hidráulica e 136 de tração animal. Esse número só viria a crescer, segundo Viveiros:

> No decênio de 1873 a 1882, atingiu a indústria açucareira o seu período áureo. A respeito há dados estáticos positivos: 1873- 5.000.000 de ks., 1874- 6.800.000, 1875- 6.900.000, 1876- 10.900.000, 1877- 10.200.000, 1878- 5.200.000, 1879- 7.000.000, 1880- 9.500.000, 1881- 13.500.000,1882- 16.1000.000. Nestes números não está incluído o consumo da população da Província, que era de um milhão de quilos. Produzia-se para o consumo da província, abastecia-se Pará e Ceará, e exportava-se o excedente para a Inglaterra. Em 1882, só uma firma comercial, Almeida Junior & Cia., mandara para o estrangeiro quantidade superior a cem mil sacos. O açúcar abeirava-se do algodão, até então o principal produto.(Viveiros,1954, p. 100)

A lavoura canavieira foi o setor que mais cresceu, na segunda metade do século XIX, no Maranhão, em termos econômicos. José de Ribamar Chaves Caldeira nos fornece o seguinte quadro das exportações do Maranhão entre 1871 e 1874:

Tabela 1- Exportações do Maranhão entre 1871- 1874

Produtos	Quantidades	Valor (conto de réis)	% sobre o valor
Algodão	13.541.147 quilos	9.088:868$000	71,6
Açúcar	14.480.897 quilos	1.899:252$000	15,2
Couros	1.989.695 luilos	1.080: 747$000	8,2
Aguardente	25.059 litros	3: 555$000	0,4

Café	1.848 quilos	1: 864$000	0,2
Outros	-	584: 328$000	4,4
Total		12: 658: 614$000	100,00

Fonte: MORAES, In: CALDEIRA, 1954, p. 266.

No quadro, percebe-se que o algodão era o principal produto de exportação, seguido do açúcar; também podemos perceber que o comércio, no Maranhão, dava-se além disso em base de outros produtos. Para a exportação, couro, aguardente e até mesmo café, embora provavelmente estes três últimos produtos estivessem voltados para a exportação interna no país, dentro da própria região Norte.

Segundo Socorro Cabral, o Maranhão também teve uma forte produção de gado. A região denominada de Pastos Bons seria a primeira de ocupação pelo interior, o "sertão de dentro", para usar a expressão de Capistrano de Abreu (ABREU,1976).

Ainda segundo Cabral (CABRAL, 2008), em 1861, houve a seguinte população bovina. (Tabela 2):

Tabela 2- População Bovina do Sertão de Pastos Bons - 1861

Comarca	Freguesias	População Bovina em cabeças	
		Gado Vacum	Bezerros
Pastos Bons	Pastos Bons	2.400	600
	Balsas	4.000	1.000
	Passagem Franca	26.800	6.700

Carolina	Carolina	60.000	15.000
	Riachão	16.000	4.000
Chapada	Chapada	18.000	4.500
	Barra do Corda	4.000	1.000
Total		131.200	32.800
Total da Província		294.700	74.675

Fonte: CABRAL, 2008, p. 102.

Cabral aponta ainda que, durante o Império, ampliaram-se os vínculos comerciais do sertão com o litoral. As exportações de couro ganharam vulto e a região tornou-se distribuidora de gado para a capital e para os centros algodoeiros e açucareiros (CABRAL, p. 112)

Nesse ramo econômico da pecuária, que entrou para o setor das exportações, formou-se uma população que viveu sobre a égide da economia de subsistência ou trabalhando para os fazendeiros. Cabral nos afirma que essa população era constituída em sua grande maioria de pobres livres, que viviam em situações precárias, o que ocasionaria algumas revoltas populares.

A mais conhecida e de maior tempo de duração foi a Balaiada (1838-1841). Impossível falar do Maranhão do século XIX sem levar em conta esse conflito que reestruturou e mudou a configuração política e econômica da província.

Segundo Maria de Lourdes Janotti, a Balaiada deu-se nos interstícios da consolidação do regime monárquico do país, deflagrando-se no período regencial sob os auspícios de Araújo Lima.

A Balaiada foi um movimento de contestação contra a supressão do Ato Adicional, ato este que dava maior autonomia às províncias e aos poderes locais.

Araújo Lima, como representante do Partido Conservador contrário aos liberais, procurou centralizar o poder na corte e manter a nação unificada, suprimindo o Ato Adicional de 1834, que era uma vitória liberal (JANOTTI, 1987), em que os bem-te-vis e os conservadores, também chamados de cabanos, se colocaram em luta.

O fato que deu início à revolta foi a prisão do irmão do vaqueiro Raimundo Gomes, por ordem do subprefeito, José Egito (cabano), da vila de Manga. Raimundo Gomes invade a delegacia com a ajuda de parte da guarda nacional e solta o irmão. Depois, Raimundo Gomes consegue o apoio de Cosme Bento e, com ele, de mais de três mil escravos fugidos. Junta-se ao grupo também Manuel Francisco dos Anjos Ferreira, conhecido como Manuel Balaio, por trabalhar na confecção de cestas de palha (balaios).[9] A junção desse contingente, vaqueiros, escravos, artesãos, provocou a maior revolta popular que a província do Maranhão viveu.

A Revolta contou com o apoio e incentivo do grupo dos bem-te-vis maranhenses que, por muitas vezes, deram notícia da revolta e de suas exigências pelos jornais. Os principais deles foram os jornais *A Crônica Maranhense*, de João Francisco Lisboa, e *O Bentevi*, de Estevão Rafael de Carvalho, esse francamente favorável à revolta. (JANOOTI, 1987)

A Balaiada, portanto, serviu como mais uma arma do Partido Liberal contra os conservadores na província. Para Janotti, os liberais apoiaram a Balaiada até quando ela serviu aos seus interesses

---

[9] Sobre quem foi de fato Manuel Francisco dos Anjos Ferreira existem algumas hipóteses que podem ser vistas em ASSUNÇÃO, 2008.

e esteve sob seu controle. A partir do momento em que a revolta saiu do controle: "O Partido Liberal, assustado com o desenrolar da luta, e ameaçado de perder suas propriedades e a situação que gozava, retirou todo o apoio do movimento. O preço para que os liberais readquirissem alguns cargos públicos foi altíssimo: a vida dos balaios" (JANOTTI, 1987, p. 21)

No entanto, para Matthias Röhrig Assunção, o movimento balaio ajudou a construir aquilo que o autor entende como liberalismo popular, no qual os despossuídos, a saber, vaqueiros, escravos aquilombados, artesãos, puderam se reapropriar do discurso liberal e exigir melhores condições de vida. Os manifestos lançados pelos revoltosos estavam eivados de uma bricolagem[10] revogação da supressão do ato adicional de 1834, juntamente com as exigências próprias dos setores revoltosos.

Em carta endereçada ao governo do Maranhão, Raimundo Gomes deixa clara sua noção de igualdade entre os homens:

> Digão senhores estes homens de Cór por vintura pegarão a Cór delles nos Brancos estes homens de Cór por vintura não serão Filhos de Deos queirão Senhores nos mostrar outro Adão e outra Eva queirão Sangrar tres homens em hum Só Vazo, hum Branco, hum Cabra, e hum Caboculo [sic], e ao despornos querão mostrar dividido o sangue de hum e outro ... só se distingue o Rico do Pobre, o Virtuozo do Libertino o Justo do Pecador em o mais tudo tem igual direito e o que não Rezumirem por esta maneira não sabe

---

[10] A expressão bricolagem é aqui pensada como a colocou Michel de Certeau em *A Invenção do Cotidiano*. No entendimento do autor, as pessoas ou consumidores se reapropriam dos discursos e estratégias dos dominantes e refazem e reconstroem a partir desses discursos e estratégias suas táticas de resistência, utilizando os mesmos discursos, mas os reapropriando para suas exigências e usos. Cf. CERTEAU, 1996.

o que he Religião não tem amor da Patria. (GOMES apud ASSUNÇÃO, 1999, p.39

Para Matthias Assunção, demarcava-se assim uma noção de liberalismo relido e reapropriado pelos populares. De Raimundo Gomes ao Negro Cosme, a visão liberal permitiu construir uma outra visão de liberdade e igualdade entre os homens, que não estavam balizados pela cor, no caso de Raimundo Gomes, e nem pela condição escrava no caso de Negro Cosme.

A Balaiada foi fortemente reprimida pelas forças governamentais em 1841. Sem o apoio das elites locais liberais, os balaios ficaram entregues à própria sorte, justamente porque suas pretensões extrapolavam o desejo dos liberais Bem-te-vis. (JANOTTI, 1987)

A população sertaneja dos Pastos Bons, já na segunda metade do século XIX, anos após a Balaiada, entre 1862 e 1872, pode ser vista na tabela 3.

Tabela 3- Relação População Total e População Escravizada no Sertão de Pastos Bons – 1862-1872

Anos	1862		1872	
Municípios	Pop.Total	Pop. Escrava %	Pop. Total	Pop. Escrava %
Carolina	600	80 (13,3)	10114	383 (3,7)
Chapada	6.000	1.000 (16,6)	8.195	660 (8,0)
Riachão	3.280	280 (8,5)	4.374	497 (11,3)
Barra do Corda	584	72 (12,3)	2.538	312 (12,2)
Total	15.864	2.152 (13,5)	25.221	1.851 (7,3)

Fonte: CABRAL, Maria do Socorro Coelho. Op. cit., p. 107.

Percebemos, nesta tabela, que o percentual de cativos, nos territórios da pecuária, era pouco, preponderado à população pobre livre, cabocla e mestiça. Socorro Cabral nos aponta que isso se devia aos altos preços dos cativos e ao trabalho não ter necessidade de um grande contingente de trabalhadores, muitas vezes sendo até realizado pelos filhos dos donos da fazenda. Afinal, por muito tempo, essa região viveu da economia de subsistência e do comércio local. Os couros só se tornaram importantes do ponto de vista econômico já no século XIX, época na qual o Maranhão começou a exportar couros para outras províncias, como o Pará. (CABRAL, 2008)

Por fim, na segunda metade do século XIX, todas as províncias do Norte passavam por uma fase de franca decadência econômica, não conseguindo se equiparar aos cafezais do Sul e ao volume de suas exportações. No entanto, isso não quer dizer que a economia estivesse estagnada, visto que, mesmo não ocupando mais o lugar de destaque econômico que ocuparam no passado, as províncias do Norte continuaram fazendo parte do comércio de exportação brasileiro.

No Maranhão, a cultura do arroz cedeu espaço para o da cana-de-açúcar, já que, ao entrar em competição com o arroz da Índia, o produto da província perdeu em qualidade e em preço, por isso, ao longo da segunda metade do século XIX, procurou-se incentivar o cultivo da cana-de-açúcar. Segundo Viveiros, foi a presidência de Franco de Sá, em 1846, que incentivou o cultivo da cana. (VIVEIROS, 1954)

José Ribamar Caldeira nos aponta que Franco de Sá incentivou o cultivo da cana-de-açúcar com várias medidas. As principais seriam a sobretaxa do açúcar comprado pelo Maranhão em outras partes do Brasil, empreendeu propaganda para incentivar a troca da força animal pelas máquinas a vapor, solicitou do governo imperial 30 contos de réis para premiar os lavradores que produzissem mais de 1.000 arrobas de açúcar, importou mudas de Caiena para distribuição gratuita entre os fazendeiros que assim o quisessem, iniciou a abertura de estradas e pontes para facilitar o escoamento da futura produção açucareira. (CALDEIRA, 1989)

Um dos indícios que Jerônimo de Viveiros aponta como uma das formas de Franco de Sá incentivar o cultivo da cana-de-açúcar, no Maranhão, é transcrito pelo autor em sua *História do Comércio do Maranhão*, reproduzindo um editorial do jornal *O Progresso*, de 1847, que achamos interessante transcrever aqui também:

> É fora de toda dúvida que a fonte da riqueza e prosperidade da nossa Província será a indústria do açúcar, quer se considere a propriedade do nosso clima e a natureza e fertilidade de nossas terras para a cultura da cana, quer se repita no Estado a situação, cada vez mais deplorável e mesquinha, do nosso comércio de algodão, e se alongue depois a vista sobre o vasto campo das transações exteriores, que a nova indústria oferece a Província, não só na atualidade, mas por muitos anos além. E, na verdade, não são precisos grandes argumentos metafísicos para se demonstrar essa nova asserção, basta refletir-se que a espantosa produção do algodão equilibra-se, se não excede de muito o seu consumo; do que resulta o preço abatido e desfavorável em que hoje o vemos, e que é uma das causas poderosíssimas da ruína dos nossos lavradores. Não temos auxílios de máquinas, nem processos aperfeiçoados em nossa indústria agrícola, e carecemos absolutamente de facilidade de comunicações

e economia de transportes rápidos para compensarmos a deficiência do preço do nosso algodão. Isto explica a razão porque os Estados Unidos da América do Norte florescem e prosperam cultivando o algodão, enquanto nós vamos em decadência. Na indústria da fabricação do açúcar, sucede o contrário; o seu consumo é infinitamente superior à sua produção, e tende constantemente a aumentar, e, por isso, seu preço, no mercado, é alto e regular. Calcula-se, hoje em, cerca de 900.000 toneladas inglesas a produção de açúcar de toda a Europa e América, cuja soma distribuída pelos habitantes destas duas partes do mundo toca 7 libras a cada indivíduo. Vê-se, pois, de que grandes capitais empregados nestes ramos de riqueza trarão em resultado grandes interesses, e que as associações em indústria operam milagres, e considerando mais que em parte alguma a cana é tão produtiva como em nossa Província, o que se vai conhecendo pelos felizes ensaios tentados por alguns lavradores, nestes dois últimos anos, nas comarcas de Alcântara, Guimarães e Viana, onde, e, principalmente nas margens dos extensos rios Pindaré, Mearim e Grajaú, existem grandes tratos de terrenos e matas virgens mui próprios para o plantio da cana, os quais se podem obter por diminutos preços fundados, repetimo-lo, no que levamos dito, aconselhamos e propomos que se promova, por meio de uma associação de capitalistas nacionais e estrangeiros, um grande estabelecimento de açúcar nesta Província, nos moldes do fundado no Rio de janeiro pelo engenheiro Prates. (Jornal *O progresso,* 1847 apud VIVEIROS, 1954, p. 204-205)

O que está claro, no editorial, é justamente a percepção das classes dirigentes de que o mercado do algodão já se encontrava em forte concorrência com o algodão dos Estados Unidos e que era necessário substituir de imediato a cultura algodoeira pela do açúcar. Mesmo considerando que havia, na província, vários entraves para a constituição de uma lavoura açucareira, sendo o principal deles a falta de melhores técnicas para se transformar a cana em açúcar de boa qualidade. Interessante que esse fato, muitas vezes, no olhar dos contemporâneos, vem atrelado ao que eles denominam de uma "rotina", à qual os lavradores estavam acostumados, ou, melhor dizendo, eles estavam mal acostumados a não cuidar da terra, não investir em máquinas mais aperfeiçoadas e insistir no método da coivara que desgastava bastante o solo. (MARQUES, 2008)

O que proporcionou a "decadência"[11] da agricultura do Maranhão foi a competição do algodão norte-americano que, logo após a Guerra da Secessão, voltou com toda força a exportar seu algodão melhor e mais barato para a Inglaterra, que vivia, nesse momento, o auge da indústria têxtil. E, no caso do açúcar, a competição com o açúcar da zona caribenha e o açúcar feito à base de beterraba, derrubou também a exportação do mercado brasileiro deste produto.

---

11 A ideia de uma decadência econômica, que também proporcionou uma decadência em toda a sociedade, tornou-se assunto nevrálgico para os contemporâneos e para geração posterior, do início do século XX. É interessante citar aqui a percepção de Fran Paxeco, em seu livro *A Geografia do Maranhão*, publicado em 1923: "As tradições agrícolas do Maranhão chegaram a emparelhar-se às tradições literárias. Eram dois predomínios que nenhuma zona brasileira lhe requestava, porque se criara um tom uníssono em torno dessas verdades axiomáticas. Mas os anos correram e os iconoclastas deitaram abaixo aqueles quase exclusivos. Surgiram competições – e tanto, nos arrozais como nas letras, escancarou-se o declínio. Passou a viver-se da fama. Os tribunos e os jornalistas, porém, persistiram em se boquiabrir, diante das glórias pretéritas. Não se renovaram os instrumentos aratórios, nem se expandiram as inteligências. A terra continuou a trabalhar-se pelos ronceiros processos de há séculos e as casas de ensino conservaram-se as mesmas, usando os mesmíssimos métodos. Parou-se. Retrocedeu-se" (PAXECO, 1923, p. 222.) Essa imagem econômica ligada à decadência também literária, assim como social, foi assunto de debate profícuo entre os estudiosos. O principal deles é Alfredo Wagner Berno de Almeida, em seu *Ideologia da decadência*, no qual o autor desconstrói justamente essa imagem que nos foi legada pelos contemporâneos e pela primeira geração da década de 1920, que se autointitulou "os novos atenienses". Wagner Berno desconstrói o discurso decadentista, demonstrando que não houve de fato uma "hecatombe" na lavoura depois da abolição e que o discurso da decadência muitas vezes serviu para angariar posições de poder regional e nacional. (ALMEIDA, 2008)

É nesta mesma província que iremos encontrar toda uma população de homens e mulheres pobres e livres, mulatos, caboclos, índios, migrantes cearenses vindos para a província por causa das secas que assolavam sua região. Boa parte desse contingente foi aproveitada nas lavouras canavieiras, visto que, após a abolição do tráfico negreiro em 1850, muitos escravizados saíram do Maranhão por conta do tráfico interprovincial, já que muitos senhores tiveram de vender seus cativos para pagarem dívidas e fugirem da ruína. Essa população pobre livre foi aproveitada na agricultura. (ASSUNÇÃO, 1999)

1.2 POPULAÇÃO E MULHERES NO SÉCULO XIX NO MARANHÃO

A economia da segunda metade do século XIX, fortalecida com a agricultura da cana-de-açúcar, proporcionou a uma parte da sociedade maranhense viver seu tempo de opulência. Mário Meireles, ao apontar que "o período do império foi a base áurea do Maranhão" (MEIRELES, 2001), enaltece a arquitetura da cidade de São Luís na segunda metade do século XIX:

> São Luís, a capital, nada perderia; muito pelo contrário, único porto exportador, desenvolveu-se e enriqueceu-se ainda mais — os seus sobradões, de sacadas de ferro, de umbrais de cantaria, cujos azulejos reverberaram ao sol, aumentaram de número. O seu comércio já consciente de sua importância instituiu um órgão de classe, a Comissão da Praça (7.9.1854), e fundou a Companhia Confiança Maranhense. Com o objetivo de construir vasto edifício que, com suas lojas, substituísse as péssimas instalações da casa das Tulhas, no antigo Curro; assim nasceu a Casa da Praça,

na Praia Grande, de que se originaria. Em 1878 a Associação Comercial de nossos tempos. (MEIRELES, p. 259)

Esta impressão de grandiosidade provavelmente foi retirada dos contemporâneos e dos viajantes que aqui estiveram na segunda metade do século XIX. Exemplar disso é o relato do viajante alemão Robert Avé-Lallemant, *Viagem pelo Norte do Brasil*, de 1859. O médico alemão viveu no Rio de Janeiro entre os anos de 1836 e 1855, e depois, a convite do governo brasileiro, voltou ao país para realizar expedições, escrevendo um relato bastante favorável à província do Maranhão:

> A impressão não poderia ter sido mais favorável. O mais belo domingo estendia-se sobre a terra e sobre o mar. A cidade desdobrava-se sobre altas colinas, banhada de três lados pelo mar com bonitos, magníficos mesmo, edifícios. Entre todas as construções salientavam-se uma bateria, o palácio do governo, a catedral e uma pequena igreja no fim da cidade. Diante da resplandecente cidade, ancoravam cinco vasos de guerra brasileiros e uma bonita frota mercante; flâmulas e bandeiras tremulavam ao longe, e devo dizer que, depois das três grandes cidades comerciais, Rio, Bahia e Pernambuco, a cidade do Maranhão merece indubitavelmente a classificação seguinte, e tem realmente esplêndida aparência. (LALLEMANT-AVÉ, 1961, p. 19-20)[12]

---

12 Interessante perceber como o viajante toma São Luís como o Maranhão, isso era constante entre os contemporâneos, tomar a capital da província por toda ela. Embora Ave-Lallemant se encante com os casarões e sobradões que encontra em São Luís, não deixa de atestar, no entanto, sinais de certo abandono dessas construções: "A cidade parece ter se sentido, no tempo do domínio português, chamada a grandes coisas, e ostenta ainda o esplendor duma época infelizmente passada. Reparei por toda parte nesse fausto, embora me parecesse algo melancólico, que em muitos lugares nos limites da cidade, sólidas paredes negras indicassem grandes construções inacabadas" (LALLEMANT-AVE, 1961, p. 20). Para uma leitura sobre como os viajantes estrangeiros ajudaram a construir uma ideia de nação brasileira no século XIX, ver: SÜSSEKIND, 1990.

O que o viajante alemão vê são as construções monumentais, os belos prédios que a fortuna construída pela lavoura canavieira e algodoeira conseguiu produzir. Os belos casarões, os sobradões, a arquitetura colonial que ainda se encontravam na cidade e a riqueza adquirida pela força do trabalho escravizado.

Mas o que ele não viu ou não quis ver foi o que havia por trás das aparências. Afinal, quem vivia nessa cidade? Como era sua população, que, embora fortemente hierarquizada, não estava dividida apenas entre cativos e senhores de engenho, ou os "donos do poder" e os despossuídos deste? São Luís da segunda metade do século XIX guardava muito mais que uma divisão dicotômica, e sua população era multifacetada entre homens, mulheres, pobres, negros, brancos, mestiços e cativos. E, dentro dessas divisões, havia outras, como no próprio mundo feminino. Entre mulheres letradas e quitandeiras, entre livres e cativas. O Maranhão que Maria Firmina dos Reis viveu era multifacetado e diversificado.[13]

A cidade de São Luís, nesse período, passou por um processo de infraestrutura urbana: encanamento e distribuição das águas do rio Anil (Companhia Rio Anil, 1850); iluminação a gás (Companhia de Iluminação a Gás do Maranhão, 1862), bondes à tração animal. Criou-se a Companhia Aliança para beneficiamento

---

13 Sobre as várias faces dessa sociedade, conferir instigante artigo de Assunção (1999). Principalmente o seguinte trecho: "A estrutura social não era um sistema hierárquico monolítico e bem definido, mas sim a expressão de subsistemas de classificação parcialmente conflitantes, permitindo diferentes formas de percepção da sociedade. A ideologia racial da superioridade branca não estava ausente nas classes baixas, especialmente nos grupos intermediários, os quais podiam aspirar a transcender o limite de cor, mas este não era o único possível de interpretação das diferenças sociais." (ASSUNÇÃO, 199,p. 34). Neste mesmo artigo, Assunção desenvolve a ideia de um "liberalismo popular" praticado no Maranhão, por várias apropriações da população cabocla, mulata, sertaneja, escravos fugidos e quilombolas que participaram da Revolta da Balaiada (1838-1841). Para Assunção os participantes da Balaiada, a maioria pobre e despossuída, usaram o discurso liberal para apropriá-lo e fazer suas exigências, que o autor entende como um liberalismo popular.

e armazenamento do algodão (1873), o Engenho Central de São Pedro (1884) e as unidades fabris (predominando as têxteis) instaladas nos decênios de 1880 e 1890. (FARIA, 2005, p. 231-247

Segundo Regina Faria, a população do Maranhão constava, entre 1821 e 1887, conforme a Tabela 4, abaixo.

Tabela 4- População do Maranhão entre 1821- 1887.

ANO	Livres	Escravos	Total
1821	68.359 (44,7%)	84.534 (55,3%)	152.892 (100%)
1841	105.147 (48,4%)	111.905 (51,6%)	217.054 (100%)
1872	244.101 (69,2%)	74.939 (20,8%)	359.048 (100%)
1887		33.446	

Fonte: FARIA, 2005, p. 246

Com essa população que se dividia entre cativos e livres, nos anos de 1850 em diante, já podemos perceber um grande declínio da quantidade de cativos. Justamente pelas duas leis emancipacionistas, a de 1850, que proibiu o tráfico, e a de 1871, que libertou os escravizados nascidos daquela data em diante.[14] No Maranhão, assim como nas demais províncias do norte, a proibição do tráfico negreiro fez que boa parte da escravaria fosse vendida para o sul do país, no tráfico interprovincial, que, de determinada maneira, reconfigurou o quadro da sociedade maranhense. Embora seja impossível pensar na província sem a presença dos cativos que fizeram parte da população e foram também o sustentáculo da imponência e riqueza das famílias abastadas.

---

14 Sobre o imenso debate sobre as leis emancipacionistas, ver: AZEVEDO, 2010; MENDONÇA, 1999.

Para termos uma ideia da importância da força cativa na província do Maranhão durante todo o século XIX, tomemos a afirmação de Mesquita:

> Desta forma, em 1800, tínhamos uma população de homens livres (54%) maior que a de escravos (46%). Já em 1811, esta situação foi alterada para 22,3% de homens livres e 77,7% de escravos. Em 1874, a tendência foi revertida: livres 73,62% e escravos 26,38%. Mas a verdade é que por um bom período, mais ou menos 50 anos, a população escrava foi maior do que a de homens livres. (MESQUITA, 1987, p. 30)

Ou seja, a população cativa foi muito importante na construção da província maranhense e em sua economia; podemos afirmar, sem sombra de dúvidas, que foi ela o principal elemento de sustentação das principais economias da província: o algodão, o arroz e a cana-de-açúcar.

Ainda mais sobre a população da cidade, diz Robert Avé-Lallemant, como já falamos, quando esteve em São Luís em 1859:

> Nas ruas do Maranhão circulava gente endomingada. Uma multidão de mulheres e moças de cor, nascidas de uma mistura de pelo menos três raças, vagava para cima e para baixo, desembaraçadamente. O calor do Maranhão a 2 e ½ graus do Equador, justifica a nudez dos ombros, do colo e dos braços até as espáduas, o que faz realçar vantajosamente as formas, muitas vezes, realmente belas, dessas mulheres de cor. Mas um pente, como uma torre que trazem na cabeça, muito enfeitada de flores, é inteiramente sem gosto. Essa inevitável exibição de adornos na cabeça das mulheres do povo lembram-me dos gorros

> de bico de gente da Madeira, como, aliás, muitos lugares do Maranhão me fizeram lembrar a aprazível Funchal. (LALLEMANT-AVE, 1961, p. 21-22)[15]

Essa população, aos olhos do viajante, era de uma raça misturada que compunha grande parte das mulheres maranhenses para ele. Possivelmente, entre elas, constavam escravizadas, libertas, população pobre livre, que circulavam pela cidade, muitas vezes, fazendo seus pregões de vendas, carregando água para suas senhoras.

Ainda sobre essas mulheres que circulavam pela cidade vendendo seus quitutes, podemos ler uma crônica de Domingos Viera Filho, que, em memória, lembra ainda a existência das doceiras na cidade, embora o autor já fale do século XX, visto que ele nasceu em 1924. Acreditamos que a imagem descrita por ele, embora eivada de um sentimento de nostalgia e saudade, possa ainda conter vestígios da atividade dessas mulheres pobres livres do passado:

> As doceiras!...Elas ainda estão bem nítidas, desenhadas por inteiro em minha memória, sentadas, nos fins de tarde suaves da Ilha, no canto do Odeon e do Olímpia, na esquina de São João, no canto da Fabril, no largo dos Quartéis, na Praia Grande, no Canto da Viração, todas vestidas com apuro e imaculada pureza, sorridentes, os tabuleiros guardados dos malefícios por folhas de pião (sic) roxo e arruda, dissimuladas por debaixo da límpida toalha, recendendo cheiro gostoso e inçados todos de imensa variedade de gulodices, destacando-se o não-me-toques, delicado como o cronista da Leitura Ilustrada, tão frágil e catita (sic) que pegado de mau jeito logo se esfarinhava

---

15 Sobre o olhar dos viajantes estrangeiros sobre as mulheres no Brasil do século XIX, cf. LEITE, L,1984.

todo nas mãos, as cocadas, os corações, jacarés e jurarás de massa de trigo e coco, doces-de-espécie assim chamados, as cavacas, os canudos de baba-moça, os alfenins e alféloas, as amêndoas, o sisudo e indigesto bolo-inglês, que sei eu... (VIEIRA FILHO, 1995, p. 109)

Diferente visão, menos ufanista, teve o contemporâneo Aluísio Azevedo, em seu livro *O Mulato*, de 1881, no qual descreve as vendedoras de outra forma. Está claro que ele não escolhe falar das doceiras, mas das vendedoras de outros "artigos". Vejamos:

> Era um dia abafadiço e aborrecido. A pobre cidade de São Luís do Maranhão parecia entorpecida pelo calor. Quase que não se podia sair à rua: as pedras escaldavam (...). A Praça da Alegria apresentava um ar fúnebre. De um casebre miserável, de porta e janela, ouviam-se gemer os armadores enferrujados de uma rede e uma voz tísica e aflautada, de mulher, a cantar em falsete a 'gentil Carolina era bela'; do outro lado da praça, uma preta velha, vergada por imenso tabuleiro de madeira, sujo, seboso, cheio de sangue e coberto por uma nuvem de moscas, apregoava em tom muito arrastado e melancólico: 'Fígado, rins e coração!'. Era uma vendedeira de fatos de boi. (AZEVEDO, 1977, p.15.)

Dessa São Luís, "inventada", de Aluísio Azevedo, retornamos aos jornais para ver em seus anúncios, por muitas vezes, como essa sociedade oferecia o trabalho de seus escravos, principalmente das escravas mulheres. Vejamos alguns anúncios para exemplificar:

> Manoel da Silva Rodrigues tem uma ama de leite, escrava, para alugar. Quem, pois pretenda alugá-la, dirija-se à Rua 28 de Julho, nº 9, onde mora o anunciante

> Na Rua das Barrocas, nº 14 tem uma mulatinha para alugar-se muito própria para andar com criança.
>
> Na Rua de S. Pantaleão, casa nº 92, precisa-se alugar uma rapariga para o serviço de uma casa de família. Prefere-se escrava.
>
> Na Rua das Barrocas nº 14 tem uma ama com cria para alugar-se, é muito sadia e tem bom leite com abundância. Na mesma casa aluga-se uma mulatinha de 11 anos própria para o serviço miúdo de uma casa. (*DIÁRIO DO MARANHAO*, 1873, páginas diversas)

Como vimos nos anúncios, percebemos que o trabalho de serviço doméstico era bastante requisitado e oferecido pela população. O trabalho feminino doméstico das escravizadas, como também o uso delas como amas de leite, era oferecido e procurado. Nota-se também que ao designarem no anúncio a preferência por escravas, isto poderia significar que, primeiro, as mulheres pobres livres também exerciam o serviço doméstico. Talvez, a preferência por escravizadas estivesse ligada a uma suposta maior sujeição das destas ao lidar com as senhoras, ou, ao menos, isso o era imaginado do ponto de vista da sociedade senhorial.[16] A ideia de uma indolência ou preguiça da população pobre livre era enraizada em alguns setores da sociedade. A preferência por alugar escravizadas para o serviço doméstico talvez se devesse a este pensamento.[17]

Já o olhar sobre as mulheres de elite estava eivado de miso-

---

16 Sobre esta visão senhorial e paternalista, cf. CHALHOUB, In: CHALHOUB; PEREIRA, 1998.
17 Imensa é a historiografia sobre as escravizadas no cotidiano do Brasil do século XIX, mas podemos citar aqui os trabalho já clássicos: DIAS, 1995. Para o Maranhão especificamente, podemos citar: PEREIRA, 2007

ginia. Segundo o jornal *O Século*, em 1858, a vida das mulheres resumia-se a:

> Até aos 8 anos só trata de brinquedos; dos 8 aos 10, já gosta de cumprimentos nos bailes; dos 10 aos 13 gosta de ler e copia versos; dos 13 aos 15 lê o folhetim do jornal e escreve às amigas comentando os bailes; dos 15 aos 18 tem confidentes, lê romances, discute modas...; aos 19 fixa a escolha e principia a falar em história; aos 20 fala de economia e casa-se; dos 20 aos 25 aparece em todos os bailes...; aos 26 tem um filho, que não amamenta, mas a quem adora...; aos 30 fala em questões científicas e lê jornal...., aos 40 trata de política...; aos 50 tem um confessor...; nos 60 brinca com os netos, reza o terço no rosário e ensina remédios e comezinhas. (JORNAL *O SÉCULO*, dezembro de 1853 apud ABRANTES In: COSTA, 2004)

Está claro que o articulista está falando das mulheres das elites locais, as quais para ele tinham uma vida já predeterminada, e mesmo quando aponta que essa mulher lê, escreve, fala sobre política, parece não perceber nisso nenhuma possibilidade desta pensar, questionar, estabelecer outras relações que não apenas as familiares. Parece que a mulher, mesmo que letrada, estava fadada a ser um objeto de adorno; não interessa o que pensa, como se coloca no mundo, suas ideias não são consideradas, nem levadas a sério, são no máximo toleradas.[18]

Outro ponto importante a ser destacado é que as mulheres da elite são consideradas as principais leitoras do período, reme-

---

18 Cf. SAFFIOTI, 1969; SAMARA, , 1989; SAMARA; SOIHET; MATOS, 1997; D'INCAO, In: DEL PRIORE, 1997, p. 223-240; MAGALDI, In: COSTA; BRUSCHINI,, 1992, p. 57-88.

tendo-se vários romancistas a elas, como fizeram José de Alencar e Machado de Assis. (RIBEIRO,1996) Paradoxo importante porque, à medida que se sabia que o público leitor de romances era majoritariamente feminino, também tentavam proibir a leitura feminina de certos romances que poderiam transtornar "o espírito das incautas"[19]

Para termos uma noção do que, por exemplo, esperava a Igreja Católica sobre o comportamento feminino, podemos recorrer à carta pastoral de Dom Macedo Costa, bispo do Pará e Amazonas, em 1875:

Resumo do que há para fazer o cristão para se santificar e salvar Obrigações de uma jovem

1º) Ser muito modesta em todas as suas ações.
2º) Andar acautelada a cada passo.
3º) Ser grave e sempre decente nas falas e maneiras
4º) Gostar de estar em casa e ajudar a sua mãe.
5º) Aplicar-se de contínuo ao trabalho.
6º) Raras vezes sair, e só por necessidade.
7º) Aborrecer as vaidades nos vestidos e enfeites.
8º) Evitar conversações indiscretas com pessoas de diferente sexo
9º) Detestar dissipações e profanos divertimentos
10º) Amar os exercícios de piedade.
11º) Ser muito franca, leal e amorosa para com sua mãe e não ter segredos para ela.
12º) Edificar com bom exemplo e doutrina seus irmãozinhos menores.

---

19 Sobre o – perigo das leituras feitas pelas mulheres de elite do século XIX, ver: HOOCK-DEMARLE, In: DUBY; PERROT, 1991.

Obrigações da mulher casada
1º) Amar o marido.
2º) Respeitá-lo como seu chefe.
3º) Obedecer-lhe com afetuosa prontidão.
4º) Adverti-lo com discrição e prudência.
5º) Responder-lhe com toda a mansidão.
6º) Servi-lo com desvelo.
7º) Calar, quando o vir irritado.
8º) Tolerar com paciência seus defeitos.
9º) Não ter olhos nem coração para outro.
10º) Educar catolicamente os filhos.
11º) Ser muito atenciosa e obediente para o sogro e a sogra.
12º) Benévola com os cunhados.
13º) Prudente e mansa, paciente e carinhosa com toda a família.

Obrigações da viúva.
1º) Viver pura como as virgens.
2º) Vigilante como as casadas.
3º) Dar exemplo de virtudes a umas e outras.
4º) Ser amiga do retiro.
5º) Inimiga dos divertimentos mundanos.
6º) Aplicada à oração.
7º) Cuidadosa pelo seu bom nome.
8º) Amante da mortificação.
9º) Zelosa pela glória de Deus.[20]

---

20 49 Carta pastoral de Dom Macedo Costa, bispo do Pará e Amazonas, 1875. Apud. LEWKOWICZ; GUTIÉRREZ; FLORENTINO, 2008, p. 87-88

A orientação da Igreja, pelo menos por essa carta do bispo do Pará e do Amazonas, é que as mulheres se mantivessem discretas e nas sombras. Aprendessem a obedecer a sua mãe, seu pai, seu marido. Fossem modestas, não vaidosas, exercessem a caridade, vigiassem seu "bom nome". Enfim, a mulher desejada na fala do bispo é aquela que se dedicasse a família, aparecesse menos, que se contentasse em viver nas sombras, que aceitasse o homem como ele era, que fosse tolerante, que não tivesse achaques nervosos, que apenas falasse quando lhe fosse pedido. Nesta cartilha não havia espaço para uma mulher escritora, muito menos para uma mulher escritora que se colocasse contra a escravidão e a tirania masculina, como foi o caso de Maria Firmina dos Reis.

Já no jornal *O Pensador*, isso no final do século XIX, num discurso abertamente anticlerical, Aluísio Azevedo descreve o que era para ele a mulher maranhense. Vale à pena citá-lo aqui:

> A mulher maranhense é por excelência a devota, a carola, a mulher cheia de superstições, cheia de abusões. É a mulher que só apara os cabelos pelo quarto crescente da lua, é a mulher que não consente os chinelos emborcados debaixo da rede, é a mulher que não corta as unhas à noite e tem mau agouro o arrulhar das pombas, com o uivar dos cães, com a entrada inesperada de uma borboleta na varanda ou no quarto. É a mulher nervosa, sem exercício, sem movimento, com o útero estragado pela anquinha ou pelos saltos do sapato *Pompadour*, com o fígado inutilizado pela pimenta de cheiro, com os cabelos ardidos pelo óleo de babosa, com a cara ensardada pela vaidade de chumbo e pelos vinagres aromáticos, com os dentes cariados pelo abuso do açúcar, com o sangue aguado pela carne podre,

que nos vem do açougue, com os nervos sobressaltados pelas muitas xícaras de chá verde, pelas insônias, pelas valsas e pelas imoralidades do defunto Casemiro de Abreu. É a mulher feia, magra, anêmica, cheia de frieiras, com hálito quente, as mãos úmidas, pescocinho se finando, as orelhas se despregando do crânio, a boca contraída por uma tristeza ideal e lírica, os olhos mortos, a cor biliosa, a espinha arqueada, os ombros levantados e os pés vacilantes. É a mulher que teve uma paixão aos doze anos, que emagreceu e minguou aos quinze, que desejou morrer aos dezesseis e envelheceu aos vinte. É a mulher que tem medo de tudo, do quarto escuro, das mascaras, dos trovões, das baratas, das osgas, é a mulher que a noite, perfeitamente fechada a alcova, vai meter-se na rede da mãe preta com medo d'inglês, mas que no entanto abre fora d'horas a janela para ouvir o trovador da esquina, que, encostado ao lampião, e ponta de cigarro no canto da boca, a perna cruzada, o olhar voluptuoso, afirma, dedejando o violão que – a não ser certas mazelas, desejava ser camisa para cobrir o corpo delas. A mulher maranhense é a mulher que se casa aos catorze anos e inutiliza-se para o resto de sua vida, é a mulher que acredita nos milagres da Virgem, nas cóleras de Deus, na eficácia da confissão, na necessidade moral do jejum, é a mulher supinamente ignorante dos seus deveres sociais e obrigações domesticas. AZEVEDO In Jornal O pensador, 10 de março de 1881)

A mulher descrita por Aluísio Azevedo assemelha-se quase a um monstro; a descrição toma como pilar as ideias positivistas e naturalistas do autor. Aluísio Azevedo guiava-se pela escola naturalista, portanto, existe, nessa descrição, uma clara atitude refratária a tudo que estava ligado a um passado colonial, bem como o desejo do autor de que as mulheres do final do século XIX não fossem mais carolas, que exercitassem o organismo, como pregavam os médicos higienistas, vendo, nas mulheres, sempre o foco da histeria e da loucura. Doidivanas, histéricas, suscetíveis a achaques melindrosos. Supersticiosas e reacionárias. A mulher era o mundo da ignorância, das sensibilidades nervosas, dos descontroles histéricos. Não, elas não tinham "nervos de aço", elas tinham nervos em frangalhos![21]

Importante notar que mesmo com essa descrição que tem por base construir uma nova mulher maranhense, pautada num outro ideário do feminino, que era aquele dos positivistas, naturalistas, a mulher dona do lar, companheira do marido e boa mãe de família.[22]

Podemos inferir, nesse discurso, o seu "contrapelo", para usar a sugestão de Walter Benjamin. (BENJAMIN, 1985) A maioria das fontes, sobre as mulheres do século XIX, são textos escritos por homens, pois era a eles que cabiam a escrita e o espaço público. É deles a maioria das falas sobre o feminino, sobre a mulher, como uma existência fechada em si, una e irrevogável, como se não houvesse diferenças entre elas. Um discurso homogeneizador e que queria se fazer legítimo.[23]

No entanto, na mesma fonte que citamos, podemos ver onde essa imagem foge, onde se pode ler a história "a contrapelo", onde a imagem dessa mulher medonha e nervosa se desfaz, quando o

---

21 Ver: COSTA, 1979; ENGEL, 2004
22 Sobre o ideário dos intelectuais positivistas para as mulheres do século XIX, ver: SOUSA, In: ABRANTES, 2010
23 Sobre a questão da memória feminina e do seu silenciamento no século XIX, ver: PERROT, 1989. Sobre a inserção e exclusão das mulheres no espaço público do século XIX, ver também: PERROT, 1998

próprio discurso do autor se trai e fala como crítica daquilo que é momento de fuga. Podemos lê-la como uma resistência "ordinária"[24], daquelas mulheres tão medonhamente retratadas. Neste trecho:

> É a mulher que tem medo de tudo, do quarto escuro, das mascaras, dos trovões, das baratas, das osgas, é a mulher que a noite, perfeitamente fechada a alcova, vai meter-se na rede da mãe preta com medo d'inglês, mas que no entanto abre fora d'horas a janela para ouvir o trovador da esquina, que, encostado ao lampião, e ponta de cigarro no canto da boca, a perna cruzada, o olhar voluptuoso, afirma, dedejando o violão que – a não ser certas mazelas, desejava ser camisa para cobrir o corpo delas (Jornal *O Pensador,* 10 mar. 1881).

A mulher medrosa abre a janela para ouvir o trovador, a altas horas da noite, que canta músicas sensuais. A mulher supersticiosa, medonha e monstruosa, fechada em seu mundo de nervos em frangalhos, tece outras experiências, na calada da noite, exercitam a liberdade de abrir a janela e sonhar com um amante, talvez, com uma liberdade sensual, que lhe é vedada, mas que ela procura e que entra na pena de Aluísio Azevedo como um ato errado, pecaminoso; é o espírito inquieto e incauto que se coloca e é motivo de represália. Se existe um discurso contra a prática é porque ela existiu e não deve ter sido rara. A ideia de um mundo fechado em sua própria norma, totalmente ensimesmado, lugar em que o corpo feminino não se coloca, é calado e recalcado, se desfaz na pena, daqueles que

---

24 Cf. CERTEAU, 1996. Onde o autor defende a ideia de "táticas" feitas por pessoas "ordinárias" (comuns) contra as "estratégias" de poderes, vindos não somente do Estado. Acreditamos que esses conceitos podem nos ajudar a pensar como muitas mulheres burlaram os discursos e práticas exercidos contra elas, no decorrer do século XIX.

querem moldar suas condutas, que querem dizer como deveria se portar, agir, comportar-se. Nesse caso, o que o cronista lê como erro, pecado, desdenho, pode ter sido uma forma possível de inserção.

Ler escondida, abrir a janela na calada da noite, burlar regras. É o avesso da mulher idealizada, que devia cuidar do maridos e filhos, que casa aos catorze anos e envelhece aos vinte.

É, portanto, nessa sociedade, na qual, muitas vezes, o discurso sobre o feminino está eivado de um olhar misógino que Maria Firmina irá se colocar no mundo da escrita e da literatura do século XIX na província do Maranhão, falando sobre mulheres e contra a escravidão.

2. ESCRAVIDÃO E RESISTÊNCIA NO MARANHÃO: anúncios e fugas de escravizados

A construção da liberdade escrava não se deu apenas pelos discursos inflamados dos abolicionistas ou dos antiescravistas, mas também e principalmente se teceu pelos próprios cativos que nunca, em nenhum momento do regime escravista no Brasil, aceitaram passivamente a escravidão e, no período que estudamos e situamos a obra de Maria Firmina dos Reis, na segunda metade do século XIX no Maranhão, encontramos, ao longo de todo o período, anúncios de fugas de escravizados na província. Anúncios que nos chamaram a atenção pelo caráter que, em nosso entendimento, têm da não aceitação da escravidão pelos próprios cativos.[25]

Ao contrário do que algumas falas antiescravistas ou abolicionistas colocavam, os escravizados não eram vítimas passivas da escravidão, seres não pensantes, apenas levados de um lado para o outro ao sabor dos ventos e dos discursos. Os anúncios de fugas de escravizados, embora, como bem apontou Lilian Moritz Schwarcz (SCHWARCZ, 1987), digam muito mais como os senhores pen-

---

[25] Sobre a questão da resistência escrava e da construção da liberdade pelos próprios cativos, ver: CHALHOUB, 1990, REIS; SILVA, 1989; e PEREIRA, 2001.

savam os cativos, também podem nos dar pistas valorosas de como os próprios escravizados construíam seu mundo.

É sobre essa forma de resistência escrava e de construção de liberdade que iremos nos deter aqui, pautados em vários jornais maranhenses da segunda metade do século XIX.

No entanto, antes de adentramos nas fugas em si, vamos fazer um breve histórico da escravidão no Maranhão na segunda metade do século XIX.

2.1 ESCRAVIDÃO NO MARANHÃO

Segundo Mário Meireles, a introdução de escravizados africanos, no Maranhão, talvez tenha se dado depois de 1661, baseado numa carta do padre Antônio Vieira, que defendia a importação de escravizados africanos para melhorar a situação de miséria em que se debatiam os colonos. Vindos de Guiné e de Angola, Meireles calcula que, por volta de 1779, a população do Maranhão era estimada em 78.860 habitantes, e que a parcela de negros africanos era de 40,28%, quase a metade da população, o número de mestiços era de 23,53%, e os brancos, de 36,19%. Portanto, a população maranhense, no fim do século XVIII e início do XIX, era, em sua maioria, negra ou mestiça. (MEIRELES, 2001)

Com a fundação da Companhia de Comércio do Grão Pará e Maranhão em 1755, justamente para facilitar e incrementar a entrada de negros africanos nessa região para trabalhar nas lavouras algodoeiras, calcula-se que entre 1757 e 1777, 12.587 africanos escravizados entraram no Maranhão. Segundo Jalila Ayoub Ribeiro, no período de 1812-1820, entraram, no Maranhão, vindos da costa africana ou de portos brasileiros, 36.356 escravizados. Sem contar os que, vindos da Bahia, entraram lega ou ilegalmente por terra. (RIBEIRO, 1990)

A economia maranhense, como já falamos, era praticamente agrário- exportadora, baseava-se na cultura do algodão e do arroz, esta em menor escala, e no século XIX, na lavoura canavieira; todas elas eram sustentadas pela força do trabalho escravizado. Segundo Josenildo de Jesus Pereira, baseado nas estatísticas do coronel Antônio Bernardo Pereira do Lago, em 1822, a população da província era de 152.843 habitantes, dos quais 77.914 eram escravizados, ou seja, 51% do total. (PEREIRA, 2001) Ver Tabela 5:

Tabela 5 - A população da província em 1822.

População	Número de habitantes	Percentagem
Livre	74.979	49%
Escrava	77.914	51%

Fonte: LAGO apud PEREIRA, 2001

Obviamente, esse percentual diminuiu bastante com a proibição do tráfico negreiro em 1850, como já apontamos no capítulo anterior, momento no qual o Maranhão passou de importador de escravos a exportador, através do tráfico interprovincial, enviando para o sul grande parte de sua mão-de-obra.[26]

César Augusto Marques nos apresentou as seguintes tabelas

---

[26] Sobre o tráfico interprovincial no Maranhão, ver: JACINTO, 2008; e sobre a desagregação do sistema escravista, ver: RIBEIRO, 1990.

do movimento de escravos para fora da província entre dois períodos, de 1860 a 1869 e de 1870 a 1888. Vejamos:

Tabela 6 - Exportação de escravos no tráfico interprovincial no Maranhão entre 1860-1869.

Anos	Homens	Mulheres	Total
1860	281	129	410
1861	455	220	675
1862	290	114	404
1863	192	67	259
1864	117	24	141
1865	55	30	85
1866	82	31	113
1867	187	50	273
1868	525	153	678
1869	480	208	688
Total	2.664	1.026	3.690

Fonte: MARQUES, , 2008.

Tabela 7 - Exportação de escravos no tráfico interprovincial no Maranhão nos anos 1870-1888.

Anos	Homens	Mulheres	Total
1870	275	96	371

1871	167	104	271
1872	271	121	392
1873	369	132	501
1874	1.196	424	1620
1875	956	333	1289
1876	1.151	563	1714
1877	1.004	533	1.537
1878	607	351	958
1879	818	534	1352
1880	492	385	877
1881	204	209	413
1882	87	125	212
1883	52	24	76
1884	9	19	28
1885	4	1	5
1886	1	4	5
1887	19	8	27
1888	-	-	-
Total	7.682	3.966	11.648

Fonte: MARQUES, 2008.

Nas duas tabelas, podemos constatar que a província enviou para a lavoura cafeeira uma quantidade significativa de seus cativos e que a maioria deles eram homens em idade produtiva e, por isso, mais estimados para o trabalho nos cafezais.

No entanto, mesmo com a saída desses cativos no tráfico interprovincial, o Maranhão ainda se constituía, às vésperas da abolição, como uma das províncias do norte com maior contingente cativo. Como apontamos em outros momentos, a população escravizada da província, às vésperas da escravidão, era composta de mais de trinta mil cativos.

Para Josenildo de Jesus Pereira e Jalila Ayoub Ribeiro, isso se devia ao fato de que no Maranhão possuir escravizados era um símbolo de distinção social e que, mesmo quando os lavradores vendiam seus escravizados para o Sul, tentavam manter alguns, tanto como uma mercadoria preciosa para ser comercializada em outro momento, quanto como símbolo de distinção social e mostra da não decadência econômica das famílias abastadas. (PEREIRA, 2001, RIBEIRO, 1990)

Acreditamos que este talvez tenha sido um motivo importante, mas obviamente a quantidade de cativos ainda existentes às vésperas da abolição, também se devia ao fato de que o Maranhão teve, na Companhia do Grão-Pará e Maranhão, uma entrada significativa de cativos e que durante muito tempo foi importadora de mão-de-obra africana, figurando numa relação de importadora de escravizados para sua lavoura de algodão, arroz e cana-de-açúcar. O Maranhão chegou a se configurar como a quinta maior província em importância econômica, e isso se deveu à entrada maciça do braço africano. Por isso, por mais que a província tenha exportado uma boa parte da sua mão de obra, os africanos e seus descendentes, ainda podiam ser encontrados em grandes quantidades na província ao final do XIX.

De outro lado, como aponta o ainda Josenildo Pereira, a mão-de-obra escravizada se fez necessária ao longo de todo o século XIX, de escravizados domésticos: de ganho, ou aluguel, pelas cidades a escravos do eito na lavoura. (PEREIRA, 2001)

Nos jornais, encontramos, por toda a segunda metade do século XIX, anúncios de compras, vendas e aluguéis de escravos, mostrando claramente como a população cativa se fazia presente e necessária em todo o período. Vejamos:

> Vende-se um moleque de 8 a 10 anos de idade, bonita figura, quem pretender dirija-se a casa de José Pedro dos Santos.

> Compra de escravos
> Oficiais de pedreiros e carpinas
> O abaixo assinado tem incumbência de comprar escravos oficiais de pedreiros e carpinas, que sejam novos e sadios; quem os tiver e quiser vender dirija-se a casa de sua residência, n. 2, no largo do Palácio, para tratar do ajuste. Antônio Correia d'Aguiar.

> Simplício Luís de Mattos precisa alugar um preto e paga-o bem para entregar-lhe o tabuleiro, quem o tiver e quiser alugar, dirija-se a sua moradia, rua do Giz, n. 8, fronteira no jardim

> Quem precisar alugar um moleque para servente de obras dirija-se a loja de Onofre dos Santos Ribeiro, que achará com quem tratar.

Quem pretende comprar uma escrava sadia, de idade de vinte e cinco anos pouco mais ou menos, que entende de serviço de casa e cozinha sofrivelmente, dirija-se a rua Formosa n. 22, que achará com quem tratar. Maranhão, 24 de fevereiro de 1859.

Escrava
Para satisfazer um pedido de Pernambuco, Torquato de Lima, rua do Sol, n. 28, precisa comprar uma preta de vinte e cinco anos, muito sadia, de bons costumes, e bem parecida; é indiferente o ser ou não prendada. Maranhão, 24 de fevereiro de 1859.

Compra-se, uma preta moça com algumas habilidades, assim como alguns moleques de bonitas figuras, no estabelecimento novo, rua Formosa, n. 10.

Escravo.
O abaixo assinado está autorizado para vender um escravo excelente oficial de pedreiro, para o que pode ser procurado na rua 28 de julho, casa n. 18.
Maranhão, 7 de dezembro de 1868. Pedro A. Ribeiro.

Venda de escrava.
Vende-se uma escrava de 18 anos, sadia e de bons costumes, que sabe lavar, engomar e fazer renda; quem a pretender queira dirigir-se ao estabelecimento de Branco, Irmão & C., a rua Grande que achará com quem tratar. Maranhão, 11 de dezembro de 1868. Escrava

J. F. Monteiro & C. estão autorizados a comprar para o serviço de um negociante solteiro no Pará, uma mulata de 20 a 25 anos e que saiba cozinhar alguma coisa. Garante-se bom tratamento e paga-se bem; à tratar com os anunciantes à rua Gonçalves Dias, n. 2, ou na da Paz, n. 51. Maranhão, 9 de dezembro de 1868

Escravo para alugar.
Aluga-se um escravo para o serviço diário de uma casa na rua de S. João n.42. Afiança-se o seu bom comportamento. Maranhão, 27 de junho de 1871.

Aluga-se uma ama de leite sem filho, na Rua da Palma, n. 15. José Domingues Moreira, filho & C tem para alugar um moleque de oito a nove anos, que sabe andar com carros. Maranhão, 23 de junho de 1871.

Vende-se um bonito escravo preto de 23 anos de idade, sadio e próprio para todo o serviço, na rua do Sol, n. 82. Maranhão, 22 de julho de 1871.

Na rua da Alegria, casa n. 7, precisa-se alugar um preto velho, livre ou escravo, próprio para pastorar gado.

Escravos.
Antonio d'Azevedo e Silva compra escravos para lavoura, um pedreiro e um ferreiro.
Maranhão, 12 de agosto de 1871.

No sitio Belém, que foi do Lamarão, místico ao do Sr. major Ignacio José Ferreira, deseja se alugar dois ou três pretos de meia idade, para o serviço do mesmo.

Escravas à venda
Antonio Pedro Gomes de Castro vende duas escravinhas suas, sendo uma de 14 anos de idade e outra de 18, ambas negras retintas, sadias, humildes morigeradas e acostu-

madas ao serviço interno de uma casa de família. Quem pretender tratar dirija-se a rua dos Remédios, casa n. 39. Maranhão, 27 de setembro de 1871.

Venda de escrava.
Vende-se uma escrava de 18 anos de idade pouco mais ou menos a tratar na fábrica denominada do Costa na Madre de Deus.

Escravos
Manoel Pereira Martins tem cinco para vender, sendo mãe e quatro filhos menores retintos, os quais vende barato por ter de vender a família inteira; quem pretender dirija-se ao sobrado de azulejo que faz frente para o largo de Santiago, que ali encontrará os escravos e o anunciante para tratar. Maranhão, 4 de dezembro de 1871.[27]

Por esses anúncios, podemos fazer uma série de inferências. A primeira delas é que os cativos eram necessários ao longo de todo o século XIX na província e que eram ofertados, alugados e vendidos para trabalharem em uma série de funções, desde o serviço doméstico da casa, principalmente as mulheres e os "moleques", até as funções mais refinadas e de ofícios, como: carpinas, sapateiros, pedreiros, que, por terem uma profissão, isso os encarecia e os valorizava aos olhos de compradores e vendedores.

Outra inferência que podemos fazer é como esses escravizados estavam desse modo circulando pela cidade, ao exercerem funções domésticas, ou serem escravizados de ganho ou aluguel, que podiam circular com uma relativa liberdade pela cidade. Esses

---

27 Todos esses anúncios foram encontrados no jornal *O Publicador Maranhense*, entre 1859-1871 disponível na Biblioteca do estado do Maranhão Benedito Leite (BPBL)

cativos, muitas vezes, podiam tecer redes de solidariedade e estabelecer canais de comunicação para, a partir disso, exercerem uma relativa autonomia e se reunirem, uma vez ou outra, para fazer batuques, sambas, rezar para seus deuses, etc. Os cativos, ao contrário do que muitas vezes essas fontes apenas vistas como anúncios de mercadorias podem nos fazer pensar, estabeleceram, ao seu modo, a sua forma de viver e sobreviver à escravidão. Com o feitor ausente[28], mas em constante vigilância por boa parte da população citadina, mesmo assim esses cativos gozavam de uma maior autonomia e liberdade ao exercerem seus serviços.

Outro ponto importante a se destacar é que se esperava dos cativos que fossem morigerados, sadios, obedientes, bons cumpridores do dever, o que, muitas vezes, faz-nos pensar que, ao prometer isso, os vendedores admitiam que nem todos os eram, principalmente, passivos e obedientes, ao oferecer morigeração, obediência, admitiam os senhores que havia desobediência e falta de passividade.[29]

Por outro lado, também podemos perceber, nessas fontes apresentadas, que as mulheres, muitas vezes, eram procuradas por sua beleza, para fazer "companhia" aos senhores; não é à toa que, em um dos anúncios, fala o comprador que não interessava que a cativa fosse prendada, o que nos leva a crer que talvez este só a quisesse para fazer-lhe "companhia".[30]

---

28 A expressão "feitor ausente" deve-se ao livro já clássico de: ALGRANTI, 1988. Onde a autora faz um estudo sobre a escravidão urbana no Rio de Janeiro e de como os cativos tinham maior mobilidade dentro das cidades, mas também passavam a ser vigiados por toda a sociedade senhorial. A cidade seria um espaço de maior circulação e mobilidade dos cativos, mas também um espaço onde eles estavam constantemente vigiados.
29 Obviamente numa leitura a contrapelo, como indica BENJAMIN, 1986.
30 A ideia de que alguns compradores tivessem esse intuito nos foi sugerida por PEREIRA, 2001 Demarcando assim, mais uma forma de violência: a sexual.

Mesmo assim, ainda podemos ver, nesses anúncios, algum sinal de respeito e negociação que era conseguido pelos cativos, como um dos vendedores ao anunciar a venda de uma escrava mãe e seus quatro filhos e que os venderia barato por querer vendê-los juntos, talvez para não os separar, para manter mãe e filhos unidos. Muito provavelmente, isso foi constituído baseado em acordo e negociação com a própria mãe cativa.ou por uma questão moral que se colocava na lei do ventre livre em 1871, já que todos aqueles que nasceram depois da lei, eram considerados livres, era moralmente escandaloso que se ainda se separassem mães e filhos por venda. No conto A escrava de 1887, Maria Firmina debate essa temática ao narrar a história da escravizada Joana que foi brutalmente separada de seus filhos dois filhos gêmeos pela venda de um senhor verdugo.

Por fim, ao lermos esses anúncios, percebemos que, mesmo em número mais reduzido, por causa do tráfico interprovincial, os cativos eram, na província, extremamente necessários e presentes, e a escravidão no Maranhão, ao longo de todo o século XIX, foi mais do que uma questão social, ou de distinção, foi, muitas vezes, base de sustentação desta mesma sociedade.

Ao cogitar isso, pensamos também que, ao encontrarmos na historiografia citada e principalmente nas fontes de jornais, anúncios de fuga, podemos perceber que a escravidão nunca foi aceita passivamente pelos cativos e que eles fugiram de suas garras, desde que aportaram no país. No Maranhão, não foi diferente, no período ora estudado e que Maria Firmina dos Reis e outros poetas, escritores e abolicionistas depois versaram contra a escravidão ou sobre ela, os cativos foram construindo suas liberdades. Os anúncios de fugas provam isso.

2.2 FUGIAM...

Ao nos determos sobre os anúncios de fugas escravas nos jornais, como já apontou Lilia Schwarcz (SCHWARCZ, 1987), muitas vezes iremos nos deter naquilo que os senhores representavam de seus cativos, como eles os viam, e boa parte de nossas informações sobre essas fugas estão configuradas como imagens dos cativos construídas através dos senhores.

Isso, no entanto nos parece instigante, porque nos dá a possibilidade de interpretação de dois mundos: o dos senhores e o dos cativos. Dos senhores, ao ver como eles pintavam e representavam seus escravizados. O dos cativos, ao fazermos uma leitura a contrapelo, (BENJAMIN, 1986), chamando-nos a atenção para as fissuras e as brechas do discurso, onde podemos encontrar aquilo que os setores dominantes não quiseram nos dizer, mas disseram mesmo assim; por isso, acreditamos que esses anúncios são riquíssimos para nos fazer compreender como os cativos e senhores organizavam o seu mundo no Maranhão escravista.

Começaremos com a história de Luíza que:

> Fugiu no dia 27 do mês próximo, a Manoel da Silva Ribeiro, a sua escrava de nome Luíza, nação Angola, idade 38 anos, tendo os seguintes sinais- cor preta, magra, alta, rosto picado de bexigas, beiços grossos, nariz chato, tendo a parte superior dos olhos bastante alta, e é bem falante. Quem a captura-la e entregar a seu senhor na Rua da Cruz, casa n. 83, será bem recompensando. Maranhão 13 de janeiro de 1859. (Jornal *Publicador Maranhense*, 1859. BPBL)

Como aponta Josenildo Pereira (PEREIRA, 2001), não

havia, na província, uma clara definição de quem fugia mais, se eram homens, mulheres ou crianças. Encontramos, em vários anúncios, mulheres fugitivas e que, assim como Luíza, procuravam através da fuga construir a sua própria liberdade.

No caso específico de Luíza, o que podemos saber sobre ela através desse anúncio é que era de nação angolana e, ao ser salientada que era bem falante, ele mostra como a cativa era lida como uma escrava que, ao contrário de ser morigerada, passiva e respeitosa, era, no entanto, bem falante, tão falante talvez que, de fala em fala, tenha conversado com outros cativos e visto, na fuga, a possibilidade de construir uma nova vida. Se conseguiu ou não, não sabemos, mas ousou viver esse sonho de liberdade ao fugir.

Outro que teve o mesmo sonho de Luíza, em 1859, foi o preto Daniel:

> Preto fugido
> A D. Maria Clara Ferreira Guterres, fugiu a perto de dois meses o seu escravo Daniel, comprado a Domingos G Branco, cujo escravo era do capitão Manoel Alves Serrão- Os sinais são os seguintes; - preto, de idade trinta e tantos anos, estatura regular, fala descansado, porém com muita clareza; julga-se estar nas imediações de S. Bento no Pericuman. Quem o capturar e entregar em Alcântara ao Sr. Thomas Mariano Ferreira Guterrez, ou nessa cidade a anunciante receberá gratificação.(Jornal *Publicador Maranhense*, 1859. BPBL)

Diferentemente de Luíza, o que chamou a atenção da proprietária de Daniel foi o caráter de seu escravo falar de forma descansada, porém muito esclarecida, ou seja, mais uma vez, mesmo falando descansado e não bastante, o anunciante destaca que o escravo fugido era esperto ao falar esclarecido e que se podia distingui-lo por essa característica.

Claro que, ao diferenciar o cativo e apontar aquilo que se distinguia nele, o anunciante desejava que ele fosse encontrado, por isso era preciso demarcar alguma diferença entre os demais. No entanto, isso não invalida o caráter de que Daniel talvez falasse mesmo de forma esclarecida e que também usando da comunicação tenha conseguido fugir.

Outra informação preciosa que esses anúncios nos dão são: os espaços de circulação dos cativos, ao julgar-se estar nas imediações de São Bento e ao propor que ele, se fosse capturado, pudesse ser entregue em Alcântara, podemos inferir que esse escravizado conhecia bem a região da baixada maranhense e, como já estava evadido havia dois meses, circulara de São Luís até São Bento ou talvez também em outras regiões.

Outra forma de sociabilidade praticada pelos escravizados era o hábito de beber cachaça, como era o caso do escravo Josino, de 15 anos:

> Sábado 5 do corrente mês de fevereiro fugiu a Manoel Antonio dos Santos o seu escravo de nome Josino de idade de 15 anos pouco mais ou menos, baixo é cafuz, beiços grossos, tem um coração à maneira de alguns marítimos em um dos braços, tem testa grande; costuma dizer que é forro, fuma, e bebe cachaça. É acostumado a fazer estas fugidas, e anda pelas ruas da cidade vadiando. Roga-se a polícia, ou a quem o pegar o favor de entregá-lo ao anunciante em casa de sua residência, Rua do Giz, n. 56. (Jornal *Publicador Maranhense*, 1859. BPBL)

Josino, apesar da pouca idade (15 anos), já havia fugido várias vezes, portanto, nunca aceitou a sua situação de cativo. Como aponta o anúncio, era esperto o suficiente para se dizer forro. Gostava de fumar e beber cachaça, provavelmente com outros companheiros cativos. Ao ser apontado que andava pelas ruas vadiando, também estava exercendo a circulação pelas ruas da cidade ou quiçá em vilas próximas. O menino Josino, pelo que parecia, preservava bastante a liberdade, por isso, sempre que podia, fugia. Mais uma vez, desmantelando a imagem de escravizados passivos e inertes. O hábito dos escravizados beberem cachaça também aparece no personagem Antero de *Úrsula* de Maria Firmina dos Reis em 1859, embora na narrativa essa prática apareça como mais um crítica a sociedade escravista e não como um mal do próprio escravizado, que é o que o anúncio também deixa a entender.

Encontramos outras artimanhas como a do escravo Paulo, o alfaiate:

> Sexta-feira 11 do corrente fugiu a Antonio Francisco de Azevedo, o seu escravo crioulo de nome Paulo de idade de 21 anos, alfaiate, é preto pouco retinto, alto, magro e franzino de corpo, rosto comprido, olhos um tanto grandes, pouca barba, pernas finas, gagueja quando principia a falar e tem voz gutural. Consta que pretendia embarcar para o sul no vapor Oyapock, e que está munido de passaporte, ainda que sob nome suposto de Pedro. Quem o capturar e entregar ao anunciante serão bem gratificado- Maranhão, 14 de fevereiro de 1859.(Jornal *Publicador Maranhense*, 1859. BPBL)

O cativo Paulo, com certeza, era muito valioso para seu senhor Antonio Francisco de Azevedo, visto que era um escravizado que tinha uma profissão definida, era alfaiate, provavelmente rendia muitos lucros para seu senhor e talvez, por isso mesmo, Paulo acreditasse ser capaz de fugir e construir sua própria liberdade longe das agruras da escravidão.

De toda forma, está claro que não agia sozinho, havia conseguido um passaporte falso a fim de embarcar para o sul. Obteve ajuda de outros ou quem sabe comprou o passaporte falso com os ganhos do seu ofício.

Interessante também de Paulo querer embarcar para o sul, num momento no qual o tráfico interprovincial era bastante forte na província, o que nos levaria a crer que, se um escravo fugisse, não seria para o Sul, para trabalhar nos cafezais.

Talvez Paulo tivesse visto sua família, ou mulher, serem levados pelo tráfico e por isso desejasse reencontrá-los; sendo assim teria usado do que podia para conseguir encontrar os seus. Se conseguiu embarcar, não sabemos. Mas sabemos que, ao menos, tentou.

Outro que foge para talvez tentar encontrar os seus é Jerônimo, um cativo de mais de 40 anos, mostrando-nos, mais uma vez, que para se fugir e tentar a liberdade, não havia idade, nem sexo, mas a vontade mesmo de construir seu próprio mundo:

> Escravo fugido
> Ao tenente-coronel José Antonio de Oliveira fugiu no dia 31 de janeiro passado, de seu estabelecimento de (ilegível) denominado "Nova Austrália" o escravo Jerônimo, dos seguintes sinais:
> Idade, 40 e tantos anos. Cor, preta, avermelhada.
> Estatura, baixa e muito corpulento. Barba pouca.
> Rosto e testa, enrugados. Pés achatados.

Fala desembaraçado e tem uma ferida num ombro há mais de dez anos que não sara. Desconfia-se que saiu num cavalo pequeno melado baio, ou num meio queimado de crinas pretas em direção da Vargem- Grande e chapadinha, para reunir-se a um parente forro que ali tem e seguiram para o Brejo, Paraíba ou Piauí, onde tem parentela forra.

Quem o capturar e entregar a seu senhor, em qualquer de seus estabelecimentos de lavoura, ou na capital em sua ausência ao senhor Manoel Joaquim Fernandes, receberá boa gratificação. (Jornal *Publicador Maranhense*, 1870. BPBL)

Jerônimo partiu levando um cavalo, visto que estava ciente da longa jornada que faria; o fato de seu senhor não saber, com precisão, que cavalo ele levou, atenta-nos, como apontou Lilia Schwarcz (SHWARCZ, 1987), que, muitas vezes, esses proprietários, por serem donos de vasta escravaria e de fazenda com muitos animais, não saberiam distinguir todos os cativos e todos os animais que possuíam.

Num anúncio de fuga, era preciso dar o máximo de informações que se pudesse ter sobre o fugitivo; era importante tentar se lembrar de todos os detalhes.

Se o proprietário acreditava que Jerônimo partira de cavalo justamente para ir juntar-se a um parente forro em Vargem Grande--MA e Chapadinha-MA, provavelmente Jerônimo já houvera demonstrado ou falado para alguns de seus companheiros que tinha esse desejo. Ser forro como seus parentes, ser livre, encontrar e juntar-se aos seus e foi isso que tentou fazer no dia 31 de janeiro de 1870.

Da mesma forma, agiu a escrava Maria, que, em 1859, fugiu

de Santo Antônio para São Bent-MA e lá se encontrou com seus parentes, contra os quais o anunciante protestava sobre a proteção que estavam dando a escrava:

> Em 23 de junho do ano p. p. fugira da vila de Santo Antonio e Almas, a escrava Maria, de propriedade do tenente Antonio José Martins que a houve por herança de sua finada mãe a qual acha-se protegida por alguns de seus parentes na vila de S. Bento e assim protesta o mesmo Sr. José Martins contra quem de direito for pelos dias de serviço da mesma escrava durante a fugida.
> Como procurador,
> Joaquim José Castanheira.[78]

O mesmo aconteceu com a cativa Feliciana, que, em 1871, com a provável ajuda de algum canoeiro, fugiu para o Itapecuru, a fim também de encontrar seus parentes:

> A D. Antonia J. Muller fugiu no dia 12 do corrente a sua escrava de nome Feliciana de cor preta, alta e magra, cabelo cortado rente, tem no queixo alguns pelos de barba, é muito surda & &. A anunciante está convencida que algum canoeiro a conduziu para o Itapecuru onde têm parentes ou para outra qualquer localidade do interior. Quem a capturar e entregar a sua Sra. na rua de Santo Antonio n. 3 receberá 20$000 se for pegada dentro da ilha, e 30$000 vindo de qualquer parte do interior.
> Maranhão, 27 de setembro de 1871.(Jornal *O Século*, 1859. BPBL)[79]

A tentativa dos cativos de fugir e criar seus próprios espaços de liberdade e, por esses anúncios aqui colocados, encontrar e reencontrar os seus, mostra, em evidência, que eles, ao longo de todo o século XIX, criaram redes de solidariedade entre si e seus parentes. Circularam por toda a província, onde podiam encontrar os seus familiares e estabelecer, com outros, vínculos de amizade, amor e familiaridade.

A questão da família escravizada já foi bem debatida por Robert Slenes (SLENES, 1999) em seu livro: *Na senzala uma flor*, onde o autor demonstrou que, mesmo numa situação precária e adversa como aquela a que os cativos estavam submetidos, foi possível a estes estabelecer laços de amizade, amor e afetividade.

No caso maranhense, Cristiane Jacinto (JACINTO, 2009) também trabalhou a família escravizada e demonstrou que, na província maranhense, também podemos encontrar evidências desses laços. Os anúncios aqui consultados são prova disso.

A escrava Maria de 40 e poucos anos também fugiu, em 1871, com seu amasio, baiano Antonio Bernardo:

> Escravo fugido
> Fugiu no dia 4 do corrente mês do capitão Francisco Raimundo Gomes, de sua fazenda- Raposo - no Pindaré, a escrava Maria, a qual tem os seguintes sinais: rosto sardento, sem dentes na frente, altura regular, idade 40 anos pouco mais ou menos e algum cabelo branco. Sem que seu Sr. soubesse, vivia amasiada com o baiano Antonio Bernardo, caboclo trigueiro, alto, magro e sem um dedo polegar de uma das mãos, constatando este indivíduo tê-la seduzido. Ela foi escrava no Mearim, onde deixou sua mãe, de nome Narcisa, e ele, dizem ser natural de Itapecuru- mirim.

> O anunciante pede a todas as autoridades do Alto-mearim, Arari, Barra do Corda, Chapada, Carolina, São Luís Gonzaga e Itapecuru-mirim a prisão de ambos, e principalmente da escrava, garantindo a gratificação de 200:000 rs a quem lha entregar no Pindaré, ou nesta cidade a Manoel Lopes de Castro, Irmão & C. à rua da Calçada n. 24.
> Maranhão, 30 de junho de 1871. (Jornal *O Século*, 1871. BPBL)

Pelo anúncio, podemos constatar que Maria se amasiou contra a vontade de seu senhor, fazendo isso às escondidas e vivendo com um baiano, que, aos olhos do anunciante, era um caboclo trigueiro que seduziu a escravizada, levando-a para a fuga. Mais uma vez, a imagem do cativo como ser passivo, mesmo quando foge, o faz por ser levado a tal, por ter sido seduzido, nunca um ser pensante capaz de seus próprios atos. Se Maria fugiu, aos olhos do seu senhor, o fez por ser levada por Antonio.

Também podemos perceber, mais uma vez, a possível circulação dos cativos, acreditando o anunciante que era possível que ela estivesse no Alto-Mearim, Arari, Barra do Corda, Chapada, Carolina, São Luís Gonzaga e Itapecuru-Mirim, todos no Maranhão. Lugares distintos, alguns muito distantes uns dos outros, que demonstram o território possível que a cativa circulou e quem sabe convidou outros a fugir também. Vejamos um mapa do Maranhão de 1909 para termos uma ideia das possíveis distâncias. Mesmo com algumas modificações da segunda metade do século XIX para o início do século XX, o mapa ajuda a ilustrar as possíveies distâncias percorridas pelos escravizados.

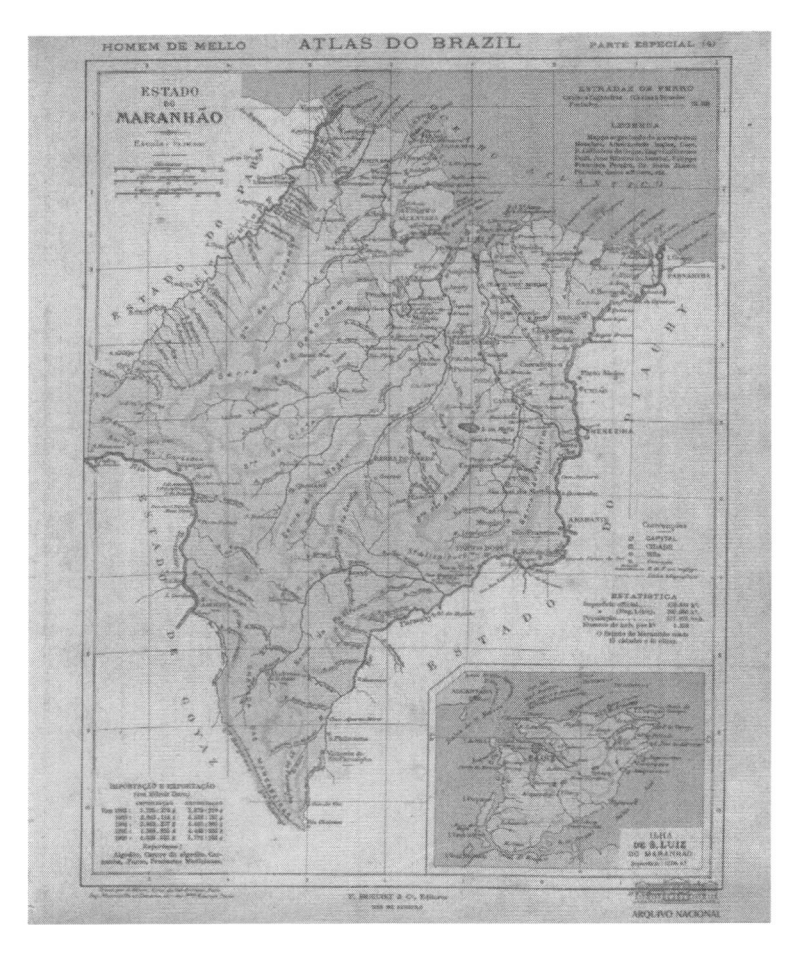

Mapa do estado do Maranhão, 1909. Arquivo Nacional. In: https://br.pinterest.com/pin/737183032736587305/. Acesso 10 de agosto de 2023

Outro dado importante que é possível perceber nesses anúncios são os maus-tratos sofridos por muitos destes escravizados. Não é difícil encontrar anúncios que falam de sinais de castigo, marcas, mutilações, escofadas pelo corpo. Marcas que nos dão, muitas vezes, indícios de prováveis motivos imediatos das fugas, além da própria situação de cativo. Foi o caso do escravizado Bemvindo que fugiu ,em 1871, com marcas de escofadas pelo corpo, puxando de uma perna, quem sabe como adquiriu esse machucado, mas é provável que tenha sido alvo de sevícias:

> Escravos fugidos
> Em 8 do corrente fugiu o meu escravo Bemvindo em viagem a cidade, o qual comprei há 4 meses a Joaquim de Souza Soares, morador na Barra do Corda, onde residiu por alguns anos o mesmo escravo, pede-se por grande favor a captura dele e entregá-lo na cidade em minha casa na praia pequena n. 31 onde se pagará toda a despesa. Os sinais são trinta e tantos anos de idade, alto, cabra, cabelos anelados, muito vesgo do olho esquerdo, puxa do quarto do mesmo lado, tem marcas de escofadas, cara redonda muito magra, dentes podres, pernas finas, pés largos, pouca roupa e velha. / Maranhão, 11 de julho de 1871. (Jornal *O Século*, 1871. BPBL)

Também se colocava, nesses anúncios, qualquer traço que os diferenciasse dos demais cativos, como aquilo que carregavam, por exemplo: roupas, calçados, etc. Muitas vezes, isso era levado para que eles pudessem se passar por forros dentro das cidades, ao se vestirem como livres; estarem calçados, eles acabavam se misturando com a população e se camuflando contra as capturas, foi o caso do mulato Caetano, que fugiu levando calças brancas e camisa de riscado.

> Escravos fugidos.
> Fugiu do abaixo assinado, no dia 16 do corrente o seu escravo de nome Caetano, mulato, oficial de sapateiro, tem

uma vilide num dos olhos. Levou vestido calças brancas e camisa de riscado. Desde já protesta contra quem o tiver acoitado com percas e danos. Quem o capturar pode entregar a seu Sr. na rua Odorico Mendes n. 2 loja de Sapateiro que será recompensado. Maranhão, 21 de julho de 1871. / José Maria da Cunha.(Jornal O *Século*, 1871. BPBL)

O mesmo se deu com a escrava Benedita, que, ao fugir calçada[31], dizia-se forra:

> 200:000 RS.!
> Fugiu da cidade de Caxias em 1842 uma escrava de nome Benedita, pertencente aos herdeiros do finado Luiz da Silva Rios, com os seguintes sinais: 25 anos de idade pouco mais ou menos, cabra, nariz curto e arregaçado, dentes limados, olhos grandes e pretos, mãos pequenas e grossas, pés curtos e chatos, cabelo crespo, e tem cicatrizes de relho em um dos braços e na pá direita. Consta que a dita escrava passa por forra, e que anda calçada. A pessoa que apreendê-la e entregar no Maranhão ao Sr. Athanasio Pereira da Fonseca, ou aos Srs. Manoel José Teixeira Filhos & C. e em Caxias ao Sr. major José Ferreira de Gouveia Pimentel Belleza, será recompensada com a quantia acima. (Jornal *A Imprensa*, 1859. BPBL)

Benedita usou da artimanha de se calçar para poder melhor se esconder, e mais, pelo anúncio podemos perceber que a cativa já havia sofrido sevícias, pelas marcas de relho nos braços e na pá direita. Isso pode nos demonstrar a causa imediata da fuga, como

---

[31] Usar sapatos era um atributo dos livres; os cativos andavam descalços, quando conseguiam sapatos poderiam se misturar com a população pobre e livre ou forra.

também que Benedita era uma cativa que não se curvava à vontade senhorial, sofrendo represálias e, por isso, fugindo, claro. A fuga em si já era um ato de rebeldia dos escravizados. E um grande ato por todos os problemas que o cativo teria se fosse capturado, desde castigos a prisão. Ser um fugitivo, obviamente, não era fácil. Mas, aos olhos desses cativos que tentavam se libertar através das fugas, ser escravizado, com certeza, era muito era pior.

Como já foi dito, para tentar construir a sua própria liberdade, não havia definições de sexo, idade, etc. Por isso, não é à toa que encontramos um anúncio dando conta da fuga da escravizada Feliciana, a qual, aos sessenta e tantos anos, também resolveu fugir, levando consigo redes e roupas:

> Atenção! Escrava fugida.
> A D. Antônia J. Muller fugiu no dia 12 do corrente, a sua escrava de nome Feliciana, de 60 e tanto ano de idade, cor preta, alta e magra, tem alguns pelos de barba no queixo e é muito surda. Levou em um cofo duas redes e alguma roupa, vestida uma saia encarnada; supõe-se está acoitada por alguém, contra quem se protesta por dias de serviço. Quem a pegar e entregar a sua Sra. na rua Santo Antonio n. 3 será gratificado. / Maranhão, 14 de setembro de 1871. (Jornal *O Publicador Maranhense*, 1871, BPBL)

Para sua proprietária, Feliciana fugiu com a ajuda de outrem, uma vez que se tratava de uma senhora bastante idosa e bem surda. Acreditando a proprietária que foi ajudada ou "acoitada" por alguém. Isso nos demonstra, mais uma vez, as redes de solidariedade que eram tecidas, talvez até mesmo entre os pobres livres ou ex- escravizados que tentavam ajudar os demais. A escravizada Feliciana, apesar da idade, ainda podia dar bons dias de serviço doméstico, visto que sua senhora exigia de quem a tivesse acoitando o pagamento dos dias de serviço desta. Talvez tratasse de uma escravizada de aluguel que, ao fugir, retirava de sua senhora alguns cobres diários.

Muitas vezes, alguns cativos fugiam diversas vezes e tentavam, a todo custo, libertar-se da escravidão. É o que podemos afirmar do escravizado Silvestre de 33 anos de idade que, segundo o anúncio, já fugira várias vezes:

> Uma gratificação
> A Antonio Correa de Aguiar fugiu em 8 de outubro corrente o seu escravo Silvestre de 33 anos de idade, com os seguintes sinais: mulato acaboclado, baixo, reforçado, peitos largos, cabelos corridos e crescidos na frente, olhar carregado, barba pouca. É filho da Granja e tem estado fugido por várias vezes, sendo a primeira fugida para as partes do Monim, onde esteve por várias vezes ocupando-se em serrar madeiras; de outra vez foi preso no Furo e remetido para a cidade, como forro, e sentou praça na polícia, da qual deu baixa tendo-se mostrado ser escravo; tornando a fugir ocupou-se, sob o título de forro, numa canoa de Francisco de Campos; fugiu outras vezes, e foi preso para recruta, o que não se efetuou por mostrar-se ser escravo. Quando fugido usa um nome falso e inculca-se de forro. Maranhão, 10 de outubro de 1871. (Jornal *O Publicador Maranhense*, 1871, BPBL)

Silvestre mostrava muita esperteza e malícia ao tentar se passar por forro; ele conseguiu sentar praça na polícia para, no meio dela, camuflar-se, ocupou-se numa canoa, serrou madeiras, enfim, deu-se a muitos ofícios para fugir da escravidão. Entrar na polícia, naquela época, era algo que muitos libertos e pobres livres temiam[32], tendo em vista a má remuneração e os perigos enfrentados pela guarda. Muitas vezes, o recrutamento era feito à força. Para alguns cativos, ao se alistarem na polícia, podiam melhor se esconder das garras de seus senhores. Enfim, qualquer coisa era melhor que ser escravizado. Silvestre, provavelmente, muito esperto, já que trocara o nome quando fugido e fugiu várias vezes, viu nas profissões que abarcou uma forma de sobrevivência e de esconderijo.

A esperteza também era uma característica salientada pelo proprietário do escravizado Luiz, que fugiu de Coroatá em 1859. Com marcas de castigo nas nádegas, Luiz também tentou a sorte ao fugir da escravidão:

> Ao abaixo assinado fugiu o seu escravo de nome Luíz no dia 24 de abril do ano p. p. o qual tem os seguintes sinais: crioulo de 45 a 46 anos de idade, de cor retinta, espadaúdo, bem feito e desempenado de corpo; alegre, simpático, muito desembaraçado no porte e inteligente; tem sinal de uma grande espinha em um dos lados do queixo superior, bem saliente do tamanho de um botão de calça, por onde pode ser imediatamente conhecido: a cabeça alguma coisa lhe branqueia; é falto de barba (tem apenas na parte inferior do queixo); de curtos pés muitos cavados, deve ter algumas cicatrizes nas nádegas quase extintas. Alto; terá 64 polegadas pouco mais ou menos de estatura. O abaixo assinado gratifica com 200$ rs, moeda corrente a quem o capturar e lhe entregar na vila do Coroatá.
> Coroatá, 29 de Junho de 1859. (Jornal *A imprensa*, 1859, BPBL)

---

32 Sobre a força policial no maranhão no século XIX ver PEREIRA, 2001 e FARIA, 2007.

Outros se arvoraram a fugir do Depósito Geral de escravizados, como Clementino e Raimundo, que, penhorados a outros senhores, resolveram também tentar a liberdade. Talvez levados e pressionados pela possiblidade de terem outros senhores e serem desligados dos seus companheiros:

> Fugirão
> Do Depósito Geral os escravos mulatos de nomes Clementino e Raimundo, que, a requerimento de Antonio José Teixeira d'Assumpção e outros, foram penhorados a Olímpio José Baldez e Valério Antonio Baldez, moradores no distrito de S. Joaquim do Bacanga- em Pacativa- Quem os capturar será bem recompensado podendo entregá-los nesta cidade na rua Direita n. 17, e no Bacanga a Lázaro Antonio Vieira. (Jornal *A imprensa*, 1859, BPBL)

O crioulo Paulino, oficial de marceneiro e carpina, também tentou a sorte, em 1857, partindo com outro companheiro. Como já salientamos: um escravizado com um ofício definido era muito valioso para o seu senhor, já que podia ser alugado ou servir de escravizado de ganho. Mas isso também dava a estes a possibilidade de conseguir seu próprio sustento e também ter uma maior liberdade para circular pelas ruas e assim conseguir, com mais facilidade, evadir; foi o que Paulino fez:

> A José Jorge de Oliveira fugiu o seu escravo Paulino crioulo, preto, alto, magro, pouca barba, quebrado, idade 35 a 40 anos, com o dedo polegar de uma das mãos torado pela junta, consequência de um panariço, oficial de marceneiro e carpina evadiu-se com outro de estatura pequena, (ile-

gível) que esteja na Bacanga; quem o capturar e entregar seu senhor receberá boa paga.
Maranhão, 12 de fevereiro de 1857.(Jornal *O Publicador Maranhense*, 1857, BPBL)

Outro oficial de carpina, Eduardo, mal chegou à cidade de São Luís, vindo de Pericuman, vendido por Manoel Pedro d' Alcântara, aproveitou a oportunidade e também se evadiu:

> Ontem às 6 horas da tarde, fugiu da Rua do Ribeirão n. 13 a Torquato de Lima, o seu escravo Eduardo, crioulo, oficial de carpina, de 28 anos de idade, pouco mais ou menos; cor fula, estatura e corpo regulares. Este escravo pertenceu ao Sr. José Lucas da Costa, de Pericuman, de onde veio a duas semanas, e foi aqui vendido ontem pelo Sr. Manoel Pedro d'Alcântara- Gratifica-se bem a quem o apreender ou der notícias certas dele. (Jornal *O Publicador Maranhense*, 1857, BPBL)

Outras artimanhas usadas pelos cativos eram percebidas e salientadas pelos senhores; é o caso de José Alexandre, escravo em Viana, que fugiu em 1858 e que, segundo seu proprietário, na presença de brancos, inculcava humildade, ou seja, usava de uma estratégia para melhor conseguir sobreviver. No entanto, José Alexandre fugiu a cavalo e armado; talvez o anunciante tenha deixado isso claro para falar que o escravizado era perigoso. Mas, ao fugir, muitos desses cativos sabiam que iriam enfrentar uma série de obstáculos; talvez fugir armado fosse uma forma de proteção para eles. Foi o que José Alexandre fez:

> Boa Gratificação!
> A Antonio Luiz de Campos, lavrador da comarca de Viana, fugiu no dia 17 de agosto p. p. o seu escravo crioulo, chamado José Alexandre, de 30 anos de idade pouco mais ou menos, oficial de carpina. É bem retinto, bem parecido, alto, um pouco vergado (sic), - magro, - na presença de brancos inculca humildade: saiu a cavalo e armado. Quem o pegar e entregar em Viana a seu senhor, ou ao Tenente Coronel João José Seguins do Amaral, ou nesta cidade a Antonio Marcolino de Campos Costa receberá de gratificação cem mil reis.
> Maranhão, 11 de setembro de 1858. (Jornal *O Século*, 1858, BPBL)

Às vezes, a vontade senhorial de encontrar o escravizado era tão grande que ele reunia todas as informações possíveis que obtivesse para a captura do fugitivo. Foi o que fez Bento José Antunes, em 1859. Procurando o escravizado Manoel de Jesus que estava fugido havia mais de um mês, Bento José fez um verdadeiro trabalho indiciário para tentar encontrar Manoel. Foi procurá-lo entre os canoeiros, que lhe deram notícias que Manoel lá estivera em Pericuman, pedindo passagem para Coroatá. Obteve também informações que o cativo fora visto pelo padre Manoel Ribeiro de Macedo Câmara e Motta seguindo para a fazenda de seu antigo dono, dizendo levar uns papéis para o seu senhor.

Provavelmente, Manoel encontrou essas pessoas e fez uso desses subterfúgios para justificar o porquê de estar circulando por esses lugares. Para Bento José, o escravizado foi procurar seu antigo senhor. Talvez tenha ido principalmente para encontrar os seus antigos companheiros ou quem sabe sua família. Se Bento José, com toda essa investigação, conseguiu encontrar Manoel, não sabemos, mas torcemos para que isso não tenha acontecido.

> Atenção.
> Fugiu em 31 de janeiro p. p. ao abaixo assinado, o escravo crioulo, Manoel de Jesus, de cujos sinais são os seguintes:- altura regular, cara descarnada, tem barba, mas costuma raspá-la; nariz chato, cor vermelha e pançudo, umbigo grande, sobre o qual tem marca de ferida e outra em um dos braços, andar vagaroso, é muito conversador, falta-lhe o dedo grande de um dos pés.
> Este escravo foi do falecido Bayma, da fazendo Boa Vista e nesse tempo andou embarcado para o Itapicuru, tem muito conhecimento com canoeiros, depois foi vendido ao falecido José Tavares da Silva donde veio a pertencer ao Exm. Sr. José Joaquim Teixeira Vieira Belfort a quem o comprei. Sou informado por um mestre de canoa que o viu no Itapicuru pedindo passagem para o Coroatá dizendo que ia com papéis de seu Sr. José Joaquim, e ultimamente foi encontrado pelo Revmo. Padre Manoel Ribeiro de Macedo Câmara e Motta, próximo a fazenda do Ilm.º. Sr. tenente- coronel Eustáquio de Freitas dizendo que ia levar papeis a dita fazenda do Sr. Freitas, como tenha acertado de ele andar desses lugares e talvez na fazenda de seu anterior Sr. primeiro roga aos Srs. feitores, e com especialidade o Sr. Joaquim Rodrigues de Souza, e os mais dessas imediações que concorram para captura dele e o mesmo peço as autoridades policiais do Coroatá e Alto- Mearim.
> Maranhão, 24 de março de 1859.
> Bento José Antunes. (Jornal *O Século*, 1859. BPBL)

Outro anúncio que nos chamou bastante a atenção foi o da fuga de dois irmãos, Julião e Geremias, de Viana-MA, justamente por mostrar espaços de sociabilidade que muitos cativos conseguiam estabelecer, mesmo estando dentro do regime escravista. Foi o caso de Julião, que era dado a "súcias" com crioulas, que cantava tanto nesses "batuques" a ponto de ficar rouco, como a anunciante nos diz:

> Boa gratificação.
> A D. Ana Luiza de campos viúva do finado alferes Antonio Luiz de Campos, lavradora da comarca de Viana, fugiram no mês de fevereiro do corrente ano os seus escravos crioulos de nomes Julião e Geremias; tendo o 1º trinta e cinco anos de idade pouco mais ou menos, oficial de carpina, e entende de abrir cascos para canoa, é versado em todo o gênero de serviço, principalmente no de vaqueiro, e carreiro, bom remador e pescador d'água doce: entrega-se muito a súcia de crioulas e quando o faz, canta a ponto de ficar rouco, é alto e cheio de corpo, e quando anda inclina-se para diante; o 2º terá trinta e dois anos pouco mais ou menos e entende do ofício de alfaiate e é tão hábil como o Julião, menos no ofício de carpina, parecem cafuzos e são bem parecidos por serem irmãos. A anunciante roga aos Srs. lavradores das comarcas que, sabendo por onde estejam os referidos seus escravos coadjuvem na captura, além de uma boa gratificação aos capturadores. Na capital da província pode ser entregue a seu sobrinho e correspondente o alferes Antonio Marcolino de campos Costa, no Pindaré a seu filho, o vigário Mariano José de Campos, e na comarca de Viana a anunciante. Santaninha, centro de Viana, 1º de março de 1860. (Jornal *O Século*, 1860, BPBL.)

O termo "súcias" era uma expressão pejorativa para falar do ajuntamento de cativos em seus batuques e festas. Julião gostava tanto desses eventos que cantava a ponto de ficar rouco; estabelecia, dessa forma, uma sociabilidade e uma possível rede de solidariedade que lhe possibilitou a fuga. O fato também de exercer uma série de atividades, juntamente com seu irmão Geremias, talvez tenha aberto mais possibilidades para os dois, mais redes de conhecimento e circulação. Julião e Geremias são provas de que os cativos faziam suas reuniões, cantavam, dançavam, bebiam cachaça e, desse modo, sobreviviam aos duros dias de trabalho na escravidão.

Outra característica encontrada nos anúncios é o do longo tempo que os cativos passavam fugidos e, mesmo assim, os senhores ainda teimavam em capturá-los. Foi o caso de Ricardo, escravo de nação mina, que andava fugido havia mais de dois anos:

> 50:000 reis
> De gratificação dá o abaixo assinado a quem capturar e lhe entregar nesta cidade o seu escravo de nome Ricardo, que a dois anos e meio se acha fugido, tendo o dito escravo os sinais seguintes: nação Mina, estatura baixa, cara, braço e parte do corpo lanhado, uma vilide em um dos olhos, peito, braço, costa e pernas tudo muito cabeludo. Consta que existiu por muito tempo para as partes da Estiva no sítio chamado Inhaúma do capitão Machado, de quem já foi escravo. Há um ano pouco mais ou menos informaram ao abaixo assinado que o dito escravo passara para o Munim com outro também fugido, escravo do Senador Joaquim Vieira, e que sendo este capturado, declarou que o escravo Ricardo andava entre Pirangi e Munim. Este escravo é bem conhecido em Pirangi pelos habitantes, porque lá já esteve em algum tempo. Maranhão, 14 de fevereiro de 1861. João José de Lima. (*Jornal O Século*, 1861. BPBL)

As informações que foram obtidas sobre o roteiro de Ricardo foram dadas por outro cativo, que, sendo capturado, passou as informações para o senhor de Ricardo. Só Deus sabe como ele obteve essas informações. É possível também que o companheiro de Ricardo tenha dado informações errôneas para despistar o senhor daquele.

Outro ponto importante, neste anúncio, é a possibilidade de que Ricardo tenha voltado para o sítio do seu antigo senhor na Estiva. Talvez tenha feito isso para rever os seus que teria deixado ao ser vendido para o proprietário João José de Lima, ou talvez a vida, no sítio do antigo proprietário, fosse menos penosa. São possibilidades...

Essas fugas se repetem, ao longo de todo o século XIX, demonstrando claramente que os cativos nunca aceitaram a escravidão passivamente[33]. Mesmo que esses anúncios não apontem para uma contestação coletiva contra a escravidão, eles podem e nos dizem muito sobre como os cativos reagiam a esta e também às formas de circulação, sociabilidade e solidariedade.

Já nas décadas de 1880, obtivemos, pelos jornais, anúncios de fugas coletivas que podem demarcar já uma tensão maior nas décadas finais da escravidão, o que também demonstra que, junto com as falas antiescravistas e abolicionistas, agiam também os cativos e que talvez essa discussão sobre e contra a escravidão chegasse aos ouvidos dos cativos e fortalecesse sua resistência[34]:

---

33 As diversas formas de resistência escrava no Maranhão, assim como a criação de quilombos como o de São Benedito do Céu e a insurreição escrava em Viana- MA foram estudadas por PEREIRA, 2001.
34 A forma como as ideias abolicionistas e as falas antiescravistas se espalharam e se somaram a resistência dos escravizados foi bem estudada por MACHADO, 1994.

>Escravos embarcados.
>
>Corre na cidade uma notícia, que precisa ser bem examinada pelas autoridades policiais, pois envolve ela um ataque à propriedade, e esta ainda não está, felizmente, fora da lei neste país. Referimo-nos à fuga de alguns escravos, que se diz, embarcaram nos vapores "Pernambuco", "Jaguaribe", e "Manaus". Reproduzindo esta notícia, para ela chamamos a atenção da autoridade policial, afim de que sejam quanto antes tomadas às precisas providências em forma a acautelar os interesses dos que estão ameaçados, e prevenir que novas tentativas não apareçam. (Jornal O Diário do Maranhão, 1884. BPBL)

O jornal O Diário do Maranhão de propriedade da classe senhorial defendia a manutenção do sistema escravista ou, pelo menos, a abolição de forma gradual e indenizada.

Ao chamar a atenção das autoridades sobre a fuga de alguns escravizados nos vapores: Pernambuco, Jaguaribe e Manaus, deixa-nos entrever nas entrelinhas que, provavelmente, estes cativos tiveram ajuda de outras pessoas para tentarem uma fuga tão ousada.

Outro elemento que nos deixa perceber isso é a fala de que, "felizmente", a propriedade ainda não estava fora da lei no país, numa clara ironia contra os abolicionistas que pregavam a ilegalidade da escravidão. Visto que não consideravam mais aceitável que um ser humano fosse cativo de outrem.

Outra imagem que vislumbramos claramente, neste anúncio, é a que Célia Maria Marinho de Azevedo chamou de "onda negra, medo branco" (MARINHO, 2008), que era o terror que a sociedade senhorial tinha das fugas de escravizados, dos quilombos, da resistência e da rebeldia. Numa província que, na década de 1880, ainda contava com mais de trinta mil cativos, esse medo era compreensível.

Enfim, dessas fugas de escravizados e das formas de viver dos cativos, que puderam ser vislumbradas ao longo desses anúncios, partiremos agora para as falas sobre abolição no Maranhão.

3. FALAS SOBRE ABOLIÇÃO NO MARANHÃO NO TEMPO DE MARIA FIRMINA DOS REIS

Neste capítulo, faremos um apanhado sobre as falas que circularam em alguns jornais da província maranhense e dos textos literários que versaram sobre a escravidão e o ideário de abolição na segunda metade do século XIX, período no qual Maria Firmina produziu seus dois textos mais importantes acerca desta questão escrava: *Úrsula*, de 1859, e *A escrava*, de 1887. Comecemos pelos anos finais da escravidão, momento no qual a discussão sobre servidão, abolição e o elemento servil emergia mais uma vez de forma intensa em todo o país.

No dia 5 de junho de 1884, o jornal *Diário do Maranhão* trazia estampada a seguinte notícia:

> Injustiças ao Maranhão
>
> Nas festas em Manaus, no dia 21 do passado, quando foi essa capital declarada livre dos 90 cativos, que ali existiam, projetaram os principais promotores da festa, fazer representar em quadros especiais cada uma das outras províncias do império.
> Nessa ocasião queriam expor um quadro representando o Maranhão, vendo-se nele uma praça e uma figura de escra-

> vo, cercado de tronco, palmatória e chicotes, dizendo que no dia em que no Ceará se festejava a redenção dos cativos, um senhor castigava aqui na praça pública um escravo! Tal afirmativa é uma injustiça, contra que, como maranhense, e prestando culto à verdade, solenemente protestamos. O Maranhão aprecia como qualquer outra província a emancipação, é adepto dessa grande ideia e os fatos de todos os dias atestam esta verdade.
>
> O que o Maranhão não tem feito é atacar a propriedade, que respeita, porque respeita a lei, mas dá repetidas vezes prova incontestes de quanto, sem ostentação e sem luta concorre para que a sábia lei de 28 de setembro de 1871 produza os efeitos que todos os brasileiros e habitantes do império desejam. (*Diário do Maranhão*, 1871, BPBL)

Nesta pequena nota, podemos encontrar vários fios de um cenário e de um debate que se colocava no Maranhão, no final do século XIX, acerca da abolição da escravatura e de como, para alguns contemporâneos, o Maranhão figurava como uma província ainda fortemente arraigada à esta. A posição do articulista da nota é combater a "injustiça" que este considera ter sido feita; ao se representar a província maranhense como escravocrata e cruel.

Procura fazer isso deslegitimando a libertação dos cativos no Amazonas, que, junto como o Ceará, foram as primeiras províncias a abolir oficialmente a escravidão. (COSTA, 1998). Ao afirmar que o Amazonas se libertava dos 90 cativos existentes na província, existe aí uma dupla desqualificação. Primeira, que o Amazonas se libertava dos cativos como se fosse a província escravizada pelos cativos e não ao contrário, isto seria fruto de um olhar que pensava a escravidão e os cativos como um problema social a ser sanado para que a civilização e o progresso pudessem se desenvolver no país. A escravidão é lida por essa lente com o mesmo olhar que permeou o romance *Vítimas-algozes* (1869), de Joaquim Manuel de Macedo, no qual os cativos aparecem como algozes dos seus senhores, porque a escravização os faziam passíveis de todas as crueldades e vilanias. (MACEDO, 2010) Esse olhar que, embora antiescravista, consagrava aos cativos o motivo do atraso do país e da marcha da civilização da nação. Portanto, a província do Amazonas se libertou dos escravizados de quem seria cativa.

A segunda deslegitimação estaria na quantidade de cativos, pois era possível para o Amazonas "se libertar" destes, porque quase já não os tinha, o que era bastante diferente da realidade no Maranhão, em 1887, como já demonstramos. Portanto, às vésperas da abolição, ainda havia, no Maranhão, pelos dados registrados, 33.446 cativos. (FARIA, 2005) O que tornava a situação da província muito diferente da do Amazonas. Pelo menos, no olhar do articulista do *Diário do Maranhão*.

Outro ponto importante que deve ser considerado é a afirmação que o Maranhão seria uma província que não se colocava como contrária a abolição, mas a queria pelos meios legais e através da lei de 28 de setembro, ou seja, a Lei do Ventre Livre de 1871, lei que garantiria a abolição da escravatura de forma inevitável com o tempo, mais uma vez pelo olhar do articulista.

Para aprofundarmos essa discussão de como e por qual razão o articulista do *Diário do Maranhão* afirmava tal ideia, primeiro vamos acompanhar a resposta que foi dada a ele no jornal abolicionista maranhense *Carapuça*:

BADALADAS.

Protestemos.

O respeitável colega do Diário do Maranhão, noticiando em sua edição de 5 do corrente o fato dos beneméritos promotores da emancipação da capital do Amazonas terem feito pintar quadros alegóricos representando as províncias do império nas festas de 24 de maio, tomou uns tons carregados de censor e achou enormemente injusto, descortês e criminoso que os quadros relativos a Maranhão e S. Paulo não fossem uma mentira pintada.
Representando eles a escravidão e seu cortejo de negrores foram, à luz diamantina da justiça, de um realismo completo, porque efetivamente esta descanhada pátria de sábias e palmeiras e aquela outra dos cafezais, são influentes à civilização que começa de invadir a sociedade brasileira, nobilitando-o pela extinção da barbárie do esclavagismo.
O respeitável colega do Diário não arredou-se, porém, da chapa, censurando os abolicionistas de Manaus.
Disse que o nosso povo é abolicionista, nos limites da legalidade e confia na sábia lei de 28 de setembro para consumar-se a obra da abolição.
Miserável chapa!
Sabe o respeitável colega o que pode conseguir com a tirada que escreveu mais ou menos n'aqueles termos?
Em face da palavra de Victor Scoelcher, foi confirmar que nós representamos um triste papel na comedia do esclavagismo.
Olhe o que disse Victor Scoelcher:
Se fosse possível engendrar uma instituição mais imoral ainda do que a escravidão, a lei de 28 de setembro reprental-a-ia fielmente. (Jornal *A carapuça*, jun. 1884. BPBL)

O jornal *Carapuça*, publicado em 1884, com periodicidade semanal e subintitulado como "órgão de todas as classes", era um jornal eminentemente abolicionista, pois tratava do tema da escravidão e da liberdade e seus artigos reverberavam contra a escravidão. No jornal, não havia referência de quem eram os responsáveis por sua publicação. Talvez, o anonimato se fizesse necessário para proteger os articulistas de represálias.

> Ao responder ao *Diário do Maranhão*, com as suas badaladas, o articulistado jornal *Carapuça* coloca em evidência o flagrante contraste na crença de se pensar na província do Maranhão e em seu povo como abolicionista. Para o articulista, pensar-se abolicionista respaldado nos limites da legalidade e confiar na lei de 28 de setembro de 1871, a Lei do Ventre Livre, como a lei que naturalmente aboliria a escravidão, seria fazer sofismo. Ao invocar o famoso abolicionista francês, Victor Scoelcher, o articulista tenta deslegitimar o argumento do "miserável chapa" do *Diário do Maranhão*. Era preciso esclarecer os fatos. A Lei do Ventre Livre, ao contrário do que afirmara o articulista do **Diário**, apenas garantiu mais alguns anos ao regime escravocrata, ainda mais que, dentro da própria lei, o recém- nascido do ventre escravo só estaria supostamente livre a partir dos oito anos de idade, momento no qual, o proprietário da mãe decidiria se aceitaria a indenização do governo e o entregava, ou se o manteria no cativeiro até os 21 anos de idade. O que, de fato, acontecia na maioria das vezes. (Jornal *Carapuça*, 1887, BPBL)

No entanto, para muitos contemporâneos, a Lei do Ventre Livre garantiria o fim da escravidão, sem haver necessidade de uma abolição imediata e sem indenização.

É sobre estas falas escravistas e antiescravistas colocadas nos jornais maranhenses da segunda metade do século XIX e também sobre a literatura do período que iremos tratar neste capítulo. Para entender e situar a fala do romance Úrsula e do conto *A Escrava*, de Maria Firmina dos Reis, compreendendo que a autora não tirou seu discurso antiescravista do vazio, e sim de um imenso debate colocado no período, não só no Maranhão, como no restante do país.

3.1 SER OU NÃO SER ABOLICIONISTA

Carta de liberdade.

A família Galvão, em regozijo pelo consórcio de seu irmão Ataliba Galvão, concedeu anteontem liberdade a sua escrava Filomena, de 20 anos de idade. A carta foi entregue a libertanda pelo exm. sr. dr. Costa Rodrigues que, nessa ocasião, louvou o ato como ele merecia, cumprimentando os noivos, que davam motivo para tão eloquente prova de satisfação. (Jornal *Diário do Maranhão*, 1887. BPBL)

Esse é um dos inúmeros anúncios de alforrias concedidas ao longo dos anos 1880 por várias famílias maranhenses. Perto da abolição da escravatura, havia, no Maranhão, como nas demais províncias do país, um espírito manumissor ou abolicionista.[35] A discussão sobre o elemento servil e o futuro da lavoura também se fez forte no Maranhão da segunda metade do século XIX.

Segundo Jalila Ribeiro, formam-se, a partir da década de 1860, no Maranhão, algumas sociedades que faziam libertações de

---

[35] Como Emília Viotti da Costa já explicou, havia diferenças entre ser manumissor e ser abolicionista. Manumissor seria aquele que pregava a compra de alforrias, e abolicionista seria aquele que exigia o fim da escravidão. Ver: COSTA, 2008.

escravos, como a irmandade de São Bento e a Sociedade Manumissora Vinte e Oito de Julho, fundada em 1869. (RIBEIRO, 1990) Essas associações procuravam fazer arrecadações, quermesses e festas para poderem libertar alguns escravizados. É preciso entender que, mesmo sendo formadas por membros da elite local, elas estavam eivadas de um espírito humanitário e progressista. Ora, como bem apontou José Maia Bezerra Neto, ser manumissor, abolicionista, ou antiescravista era, antes de tudo, pregar um ideário de progresso e de civilização. (BEZERRA NETO, 2009) Civilização que estava pautada não só na crença do progresso econômico, assim como na civilização dos gestos e na construção de um "humanitarismo" que também se colocava como um gesto de distinção. Afinal de contas, ser civilizado era ser o contrário do bárbaro, do inconsciente, do escravizado. Ser civilizado e humanitário era conceder alforria, era dar provas de satisfação, bondade e elegância.

Claro que estamos falando já da década de 1880, em que o pensamento abolicionista já se fazia forte em todo país, o que, para Emília Viotti da Costa, pode ser explicado por:

> Abriram-se novas perspectivas para o capital. Não mais convinha mantê-lo imobilizado em escravos, mercadoria que se depreciava a olhos vistos e estava fadada a desaparecer. Modificava-se a mentalidade dos fazendeiros das zonas mais dinâmicas. Não mais pensavam em comprar escravos, mas em livrar-se deles. (COSTA, 2008)

Essa argumentação datada historicamente e marcadamente econômica pode nos explicar, em parte, o que foi o movimento abolicionista no país e no Maranhão, mas não pode dar conta de todas as peculiaridades que ele sofreu em diversos locais do país. O próprio Maranhão tem a sua singularidade, pois, ao contrário das demais províncias do Norte que se encontravam nesse momento em franca decadência econômica da lavoura, manteve-se escravocrata até a abolição definitiva. Para Jalila Ribeiro:

> No Maranhão, apesar do decréscimo da sua população servil já superada pela população branca e, muito mais pela de mestiços, a elite agrária se manteve intransigente até o fim, mostrando-se, portanto, menos inclinada a aderir ao abolicionismo. (RIBEIRO, 1990)

Em seus jornais, constava-se um imenso debate sobre como resolver a questão do elemento servil, sem colocar em risco a lavoura e o direito de propriedade dos senhores. Como mostramos, na fala do articulista do *Diário do Maranhão*, era preciso entender que o abolicionismo maranhense existia, mas estava pautado em bases legais, opinião diversa do articulista do *Carapuça*. Por isso, é preciso entender esses meandros dos discursos antiescravistas no Maranhão, nos quais Maria Firmina dos Reis esteve inserida.

3.2 FALAS ANTIESCRAVISTAS

Os discursos antiescravistas, no Maranhão, começaram a aparecer por volta da década de 1860, momento em que, no restante do país, também se fizeram presentes, muito pelo fato de em 1850 termos a lei que proibiu o tráfico negreiro e recolocou a discussão da e contra a escravidão à tona. Mais uma vez, o discurso antiescravista emerge e se faz forte principalmente através de uma literatura romântica, à qual Maria Firmina dos Reis era inserida.

Uma literatura que pretendia formar um ideário de nação, de pátria e de civilização. Uma literatura que se dizia, pela primeira vez, essencialmente brasileira. Que buscava, como apontou Machado de Assis, um "instinto de nacionalidade". Ora, este, fez os românticos pensarem e repensarem a nação; ao fazerem isso, repensaram a condição do cativo e da escravidão. (ASSIS, 1959)

No Maranhão, surgiram, ao longo da década de 1860 e até alguns anos antes, falas que colocaram a escravidão e os cativos como temas. Talvez o texto mais exemplar disso seja *Meditação*, de Gonçalves Dias, que, embora escrito em 1845, foi publicado apenas em 1849 na revista *Guanabara*. (FARIA, 2010)

O teor do texto está eivado de uma fala que pensa e medita sobre o império brasileiro, onde um ancião pergunta a um jovem o que ele vê quando olha para o país, ao que o jovem responde prontamente:

> E sobre essa terra mimosa, por baixo dessas árvores colossais – vejo milhares de homens — de fisionomias discordes, de cor vária, e de caracteres diferentes.
> E esses homens formam círculos concêntricos, como os que a pedra produz caindo no meio das águas plácidas de um lago.
> E os que formam os círculos externos têm maneiras submissas e respeitosas são de cor preta: - e os outros, que são como um punhado de homens, formando o centro de todos os círculos, têm maneiras senhoris e arrogantes: - são de cor branca.
> E os homens de cor preta têm as mãos presas em longas correntes de ferro, cujos anéis vão de uns a outros — eternos como a maldição que passa de pais a filhos!

(...)
E nessas cidades, vilas e aldeias, nos seus cais, praças e chafarizes – vi somente — escravos!
E à porta ou no interior dessas casas mal construídas e nesses palácios sem elegância — escravos!
E no adro ou debaixo das naves dos templos — de costas para as imagens sagradas, sem temor, como sem respeito — escravos!
E nas jangadas mal tecidas – e nas canoas de um só toro de madeira — escravos; - e por toda a parte — escravos!!...
Por isso o estrangeiro que chega a algum porto do vasto império –
consulta de novo a sua derrota e observa atentamente os astros — porque julga que um vento inimigo o levou às costas d'África.
E conhece por fim que está no Brasil – na terra da liberdade, na terra ataviada de primores e esclarecida por um céu estrelado e magnífico!
Mas grande parte da sua população é escrava – mas a sua riqueza consiste nos escravos – mas o sorriso – o deleite do comerciante – do seu agrícola – e o alimento de todos os seus habitantes é comprado à custa do sangue escravo!
E nos lábios do estrangeiro, que aporta no Brasil, desponta um sorriso irônico e despeitoso — e ele diz consigo, que a terra — da escravidão — não pode durar muito; porque ele é crente, e sabe que os homens são feitos do mesmo barro – sujeitos às mesmas dores e às mesmas necessidades. (DIAS, 2010)

Para o olhar crítico e aguçado do poeta que ainda jovem escreveu a sua *Meditação*, o império brasileiro estava se sustentando pela escravidão e por uma ordem social que colocava homens (feitos do mesmo barro) numa relação social desigual e hierárquica. Aos olhos dos estrangeiros, o império brasileiro era desvalorizado pela escravidão que o sustentava, o desencaminhava do progresso e da civilização, o desumanizava frente aos demais países europeus. O império era colocado como parte de uma imagem das terras africanas, considerada por eles como lugar de barbárie e selvageria. A escravidão era um problema não apenas pelo seu caráter desumano, mas principalmente porque envergonhava a nação frente aos países europeus. Era um problema, porque igualava a nação à África, pois, como ainda pensava Joaquim Manuel de Macedo, em seu já citado livro *Vítimas-algozes* (MACEDO, 2010), tornava o império vítima da vilania de escravizados. Mais uma vez, vemos a inversão do discurso. Nesse caso, a "humanidade era desumana", porque, ao estabelecer um discurso humanitário para com os cativos, os colocava como responsáveis pelo motivo do atraso da nação. Por isso, a província do Amazonas se livrara dos cativos e não o contrário, não foram os cativos que se libertaram do jugo escravocrata, mas o Amazonas que se libertara deles, como vítima infeliz da escravidão.

Existe outro olhar que também é antiescravista, mas pautado num discurso de idealização da África e do povo africano. É importante inseri-lo aqui para podermos compreender como Gonçalves Dias, Maria Firmina dos Reis e outros, seus contemporâneos, viam, inventavam e idealizavam o continente africano. No poema: *A escrava*, de 1848, podemos perceber a construção de uma África inventada pelo poeta.

Oh! doce país de Congo, doces terras dalém-mar! Oh! dias de sol formoso! Oh! noites d'almo luar!

Desertos de branca areia de vasta, imensa extensão, onde livre corre a mente, Livre bate o coração!

Onde a leda caravana rasga o caminho passando, onde bem longe se escuta as vozes que vão cantando! Onde longe inda se avista

o turbante muçulmano. O Iatagã recurvado, preso à cinta do Africano! Ele depois me tornava

Sobre o rochedo – sorrindo: – As águas desta corrente Não vês como vão fugindo? Tão depressa corre a vida, Minha Alsgá; depois morrer só nos resta!... – Pois a vida
 Seja instante de prazer.

Os olhos em torno volves espantados – Ah! também arfa o teu peito ansiado!... Acaso temes alguém?

Não receies de ser vista. Tudo agora jaz dormente; Minha voz mesmo se perde   no fragor desta corrente.

Minha Alsgá, porque estremeces? Porque me foges assim? Não te partas, não me fujas, que a vida me foge a mim!

Outro beijo acaso temes.

Expressão de amor ardente? Quem o ouviu? – o som perdeu-se

No fragor desta corrente.

Onde o sol na areia ardente se espelha, como no mar; Oh! doces terras de Congo,

Doces terras d'além-mar!

Quando a noite sobre a terra   desenrolava o seu véu, Quando sequer uma estrela não se pintava no céu; Quando só se ouvia o sopro De mansa brisa fagueira,

Eu o aguardava – sentada   debaixo da bananeira.

Um rochedo ao pé se erguia,   dele à base uma corrente despenhada sobre pedras, murmurava docemente.

> E ele às vezes me dizia:
> - Minha Alsgá, não tenhas medo; Vem comigo, vem sentar-
> -te sobre o cimo do rochedo.
> E eu respondia animosa:
> - Irei contigo, onde fores! – E tremendo e palpitando
> me cingia aos meus amores. Assim praticando amigos
> a aurora nos vinha achar! Oh! doces terras de Congo, doces
> terras d'além-mar!
> Do ríspido senhor a voz irada, rápida soa,
> Sem o pranto enxugar a triste escrava pávida voa.
> Mas era em mora por cismar na terra, onde nascera,
> Onde vivera tão ditosa, e onde morrer devera!
> Sofreu tormentos, porque tinha um peito, Qu'inda sentia;
> mísera escrava! no sofrer cruento, Congo! dizia.[36]

O poema mostra a idealização de uma África ausente, de uma África de liberdade, o avesso da terra que era aqui encontrada, terra da escravidão, vasto império escravocrata. Gonçalves Dias, muito provavelmente, sabia da África aquilo que lera nos livros, a sua África idealizada e sonhada que se constrói num canto de desterro e de exílio. A diáspora africana vivida pelos muitos cativos que aqui estavam foi um tema importante para os escritores românticos. Maria Firmina retomará essa temática em seu romance Úrsula, de 1859, assim como Castro Alves alguns anos depois.[37]

Idealizada ou não, essa visão da África ajudou a construir um discurso antiescravista no Maranhão e no país da segunda metade do século XIX. Essa África, que ao mesmo tempo era lida como

---

36 DIAS, Gonçalves. *A escrava*. Disponível em: <http://www.geia.org.br/images/goncalves_dias.pdf>. Acesso em: 31 ago. 2012.
37 Sobre a idealização romântica da África, principalmente pelo poeta Castro Alves, ver: SILVA, 2006.

lugar de barbárie e selvageria, também era a África da liberdade, onde os cativos viviam livremente, diferentemente da realidade que encontraram no império brasileiro, pelo menos na visão de Gonçalves Dias e na de outros românticos.

Outro poeta maranhense que vai se destacar na fala em relação aos cativos será Trajano Galvão em seus poemas: *A Crioula, Calhambola, Nuranjan*, todos publicados na coletânea *Três Lyras*. Coleção de poesias dos bacharéis: Trajano Galvão de Carvalho, Antonio Marques Rodrigues e Gentil Homem de Almeida Braga, em 1863.[38]

Trajano Galvão nasceu em Barcelos, Vitória do Baixo Mearim, em 1830, e faleceu em 1864. Bacharel formado em Direito em Olinda, volta ao Maranhão para administrar sua fazenda, *locus* onde pôde observar a vida dos cativos e tecer o que, para alguns autores como José Henrique de Paula Borralho e Maria Rita Santos, era uma etno-poesia. (BORRALHO, 2009 e SANTOS, 2001) Uma poesia que para Maria Rita Santos o consagrou como "o primeiro a cantar o negro escravo e em tom sério, isto é, refletindo sobre a condição do ser escravo e do peso da perversa escravidão num mundo só e somente construído, sistematizado e controlado pelo europeu". (SANTOS, 2001, p. 03)

Primazias à parte, o que nos chamou a atenção nos poemas de Trajano Galvão foram a forma e a denúncia contra a escravidão que seus poemas veiculam, talvez pela observação do mundo dos cativos, já que, administrando a fazenda herdada do pai, o poeta conviveu com os escravizados de forma aproximada. Porém, não

---

38 Cf. BORRALHO, 2009, p. 371-403 e SANTOS, 2001, p. 1-4.

sabemos como foi a sua relação de fato com os cativos, nem sabemos se foi um senhor "razoável" ou verdugo. O que nos ficou foi sua poesia que tentou mostrar e sensibilizar a opinião pública da época acerca da questão da escravidão. As falas antiescravistas estavam eivadas de diversos objetivos; humanitarismos, criação de uma civilidade, de uma civilização e de um ideário de nação e denúncia de maus tratos. Provavelmente, Trajano Galvão não era contrário ao sistema escravocrata, mas sim a determinados comportamentos de alguns senhores. Talvez visse a si mesmo como um bom senhor, um senhor benevolente, um senhor "civilizado". Se é que isso era possível. Para José Henrique de Paula Borralho:

> A exaltação da condição dos afro-descendentes, no entanto, não elimina as contradições do poeta, por ser administrador de uma fazenda cuja mão-de-obra é sustentada exatamente pelo braço escravo, por ser integrante de uma elite econômica, por pertencer a um seleto grupo de pessoas com acesso as estâncias de poder, aos locais de condução da vida pública, às instituições de formação de uma cultura oficial e de educação formal. A exaltação não elimina as contradições do poeta enquanto sujeito posicionado a falar ou descrever as condições históricas do Maranhão, mas também não dirime a riqueza de sua poesia, fazendo dela uma outra leitura possível afora as interpretações oficiais sobre o que se passava nas fazendas do Maranhão, dando visibilidade sobre outras sociabilidades para além daquelas das elites. (BORRALHO, 2009, p. 373)

Acreditamos que não exista uma contradição na poesia de Trajano Galvão entre ser senhor de escravos e ter poemas antiescravistas, não existe necessariamente uma oposição. É preciso lembrar que quase todos os poetas antiescravistas vinham de família abastadas e a grande maioria deles teve contato com cativos, sejam como senhores ou filhos de senhores. O próprio Castro Alves, considerado por determinada crítica literária "o poeta dos escravos", tinha cativos. (SILVA, 2006) Quase todos os abolicionistas da década de 1880 estavam ligados ao sistema escravocrata de uma forma ou de outra. Embora Emília Viotti afirme que só foi possível existir um movimento abolicionista, de fato, com a formação de setores urbanos, como funcionários públicos, médicos, bacharéis em Direito já que estes não dependiam diretamente da lavoura. (COSTA 2008)

O que fica para os historiadores é o olhar desses literatos e o que eles podem nos contar sobre a vida do cativeiro que eles observaram ou idealizaram. O que Trajano Galvão pode nos contar, assim como Gonçalves Dias, é o universo cultural em que esses cativos estavam inseridos, pelo menos pelo olhar dos dois poetas.

Um dos poemas em que percebemos claramente que é o olhar do senhor branco letrado que fala e vê o cotidiano dos cativos está no poema *A crioula* no qual existe uma forte erotização da cativa. Olhar que no nosso entendimento demarca muito a fala do senhor branco masculino que ler a sensualidade da escravizada:

> A Crioula
>
> Sou cativa... que importa? folgando hei de o vil cativeiro levar! ...Hei de sim, que o feitor tem mui brando coração, que se pode amansar!...Como é terno o feitor, quando chama, à noitinha, escondido com a rama no caminho — ó crioula, vem cá! — Há nada que pague o gostinho de

poder-se ao feitor no caminho, faceirando, dizer: - Não vou lá? Tenho um pente coberto de lhamas de ouro fino, que tal brilho tem, que raladas de inveja as mucamas me sobreolham com ar de desdém. Sou da roça; mas, sou tarefeira. Roça nova ou feraz capoeira, corte arroz ou apanhe algodão, cá comigo o feitor não se cansa; que o meu cofo não mente à balança, cinco arrobas e a concha no chão! Ao tambor, quando saio da pinha das cativas, e danço gentil, Sou senhora, sou alta rainha, Não cativa, de escravos a mil! Com requebros a todos assombro voam lenços, ocultam-me o ombro entre palmas, aplausos, furor!...Mas, se alguém ousa dar-me uma punga, o feitor de ciúmes resmunga, pega a taça, desmancha o tambor Na quaresma meu seio é só rendas quando vou-me a fazer confissão; e o vigário vê cousas nas fendas, que quisera antes vê-las nas mãos. Senhor padre, o feitor me inquieta; É pecado ...? -Não, filha, antes peta. Goza a vida... esses mimos dos céus. És formosa... e nos olhos do padre eu vi cousa que temo não quadre com o sagrado ministro de Deus... Sou formosa... e meus olhos estrelas que transpassam negrumes do céu atrativos e formas tão belas pra que foi que a natura mais me deu? E este fogo, que me arde nas veias como o sol nas ferventes areias. Por que arde? Quem foi que o ateou? Apagá-lo vou já - não sou tola...

E o feitor lá me chama: - ó crioula. E eu respondo-lhe branda: -Já vou. [39]

É claro que, mesmo perpassado de um olhar branco e masculino, pode-se inferir que agradaria à crioula inventada por

---

[39] GALVÃO, Trajano. *A crioula*. Disponível em: <http://www.jornaldepoesia.jor.br/tra01.html>. Acesso em: 31 ago. 2012.

Trajano Galvão exercer no mundo branco e masculino dos senhores tanto poder. Isso pode ter sido talvez uma tática de tantas crioulas que percebiam na sedução uma forma de conseguir sobreviver à escravidão. Obviamente que isto não retira ou redime tantas violências vividas pelas escravizadas, mas pode nos dar alguns fios de saídas e táticas possíveis das mulheres escravizadas de sobreviverem à escravidão.[40]

Há ainda, em Trajano Galvão, um poema chamado *Nuranjan*, em que, diferentemente da crioula, a escravizada medita sobre a escravidão e seus malefícios e aponta o sonho e o pensamento como os únicos lugares possíveis e plausíveis para se escapar da dura realidade que a cercava. Era, pois, preciso mergulhar no mundo da fantasia e da melancolia para deixar-se esquecer dos castigos infligidos aos escravizados:

> – Em que cismo? Em que cisma a cativa? Ah! Da negra o que importa o cismar?
> Destes sonhos ninguém não me priva; Ah! Deixai-me, deixai-me sonhar?...Vês a Lua que brilha serena, solitária – como alma que pena a vagar pelos campos d'além?... Porque os brilhos com a noite despendem? Quem na leira os sorrisos lhe entende?Em que cisma?... Não sabe ninguém.– Amo a Lua saudosa, que vaga na campina azulada dos céus, porque a Lua com raios me afaga, e levanta minh'alma até Deus! Amo a Lua, porque amo a tristeza, porque a Lua jamais se despreza d'escutar meus queixumes de dor: Porque á luz do meu astro fogueiro, me

---

40 Sobre as negociações, táticas e resistências dos escravos para sobreviver à escravidão ver: REIS; SILVA, 1989.

> deslumbro do vil cativeiro, do azurraque, e do bruto feitor...
> (GALVÃO, 2001, p. 02)

Já no poema *Solau*, a imagem da cativa que aparece é a daquela que se resigna e sente pena de si mesma por viver em escravidão:

> – Ai! ...pobre de mim, coitada, que sou negra e sou cativa!
> – Ai! triste de mim, coitada, que sou negra e sou cativa! ...
> ... ... –Faceira, esquiva e donzela...Ninguém me peça por ela.–Branco só vós é que sois; mas homens somos nós dois. Meu Senhor, por piedade, por amor do vosso pai! Sou castigada sem culpa. Meu Senhor, ah! Perdoai! –Eu dei conta da tarefa, nunca fiz mal a ninguém. Sou humilde e sou criança- Tanto ódio d'onde vem?. (GALVÃO, 2001, p. 03)

No poema *O Calhambola*, já vemos outro perfil de cativo, que é aquele justamente por ser calhambola, ou seja, quilombola, o que se revolta contra a escravidão e reage de forma direta, enfrentado assim o mundo dos senhores:

> – Nasci livre, fizeram-me escravo; Fui escravo, mas livre me fiz. Negro, sim; mas o pulso do bravo não se amolda ás algemas servis! Negra a pele, mas o sangue no peito, como o mar em tormentas desfeito, ferve, estua, referve em canhões! Negro, sim; mas é forte o meu braço, negros pés, mas que vencem o espaço, assolando, quase negros tufões. Alta noite, sozinha, o luar: E soluço, que o peito comprime, porque o negro, que chora tem crime, porque o negro não deve chorar!...Eu bramia, porém não chorava, Porque a onça brami-o, não chorou. Membro

> a membro meu corpo quebrava, a vontade, ninguém m'a quebrou!... Como reina a mudez na tapera; no meu peito a vontade é que impera; aqui dentro, só ella dá leis. (GALVÃO, 2001, p. 03)

Dessas imagens idealizadas, dessas construções contraditórias, entre o olhar do poeta romântico que se revolta contra a escravidão, mas é dela dependente, visto que senhor de escravos, podemos inferir fios de um mundo cativo, através de um filtro obviamente comprometido, e que filtro não o é? Mas esses poemas e esses poetas podem nos ajudar a entender e compreender o que foi o mundo dos cativos e suas lutas contra a escravidão e também como eram lidos pelos seus contemporâneos. As falas antiescravistas podem nos dizer muito sobre o mundo dos senhores, mas também podem nos falar sobre o mundo dos escravizados. Se fizermos o exercício de uma leitura a contrapelo, como nos ensinou Walter Benjamin, (BENJAMIN, 1985) poderemos entender muito o que foi aquele mundo dos cativos que poetas e escritores como Maria Firmina dos Reis viram, escreveram, pintaram e interpretaram.

Mas, antes de adentramos na obra de Maria Firmina dos Reis especificamente, iremos sair das falas dos poetas dos anos 1860, para darmos uns passos adiante e compreendermos como a discussão do "elemento servil" esteve colocada na província maranhense nos anos de 1880, década que foi frugal para entendermos como muitas dessas falas antiescravistas da década de 1860 ajudaram a construir um olhar sobre a escravidão e um discurso abolicionista e emancipacionista nos anos finais da servidão na província maranhense.

3.3 A FALA, A RÉPLICA E A TRÉPLICA: a escravidão pelos jornais

É o ano de 1859 e, pelo *Jornal do Comércio* da cidade de São Luís, circulava um texto retirado do *Jornal da Bahia*, que versava sobre a proibição do tráfico negreiro e a apreensão de navios negreiros pela frota inglesa. Em 1850, a lei Eusébio de Queiroz proibiu o tráfico de escravizados para o Brasil pelo Atlântico, restabelecendo a lei de 1831 que já o havia proibido, mas foi ignorada pelo império brasileiro.[41] A lei de 1850 proibiu o tráfico transatlântico e colocou de novo em discussão o sistema escravista. O artigo que encontramos perdido, nas páginas do *Jornal do Comércio*, nos dá indício de como um determinado setor senhorial leu a proibição do tráfico e a perseguição dos navios ingleses aos tumbeiros; intitulado "Colonização africana", o artigo esclarece para o público leitor qual seria o destino dos escravizados apreendidos nos navios negreiros pelos ingleses:

> Quando um cruzeiro inglês aprisiona um negreiro carregado de escravos, onde depõe seu carregamento? Volta para costa d'África para restituir os negros a seu país e à liberdade, ou não prefere transportá-los para uma colônia inglesa a título de trabalhadores e sem pedir-lhes seu consentimento? A esta primeira questão um dos nossos correspondentes julga poder responder que estes desgraçados tomados ou comprados por força na costa d'África, depois capturados em alto mar pelos cruzeiros ingleses, são quase sempre mandados para Demerara, Jamaica, Santa Lúcia etc, onde

---

41 Cf. CHALHOUB, 2012.

são obrigados a fazer engajamento de 16 anos ao serviço da rainha, para serem distribuídos pelos plantadores. Outra questão: Entre negociantes estrangeiros residentes em Havana, Santiago, Rio de Janeiro, Bahia, etc, quais são os que se apressam mais em obter, fornecer e vender aos traficantes negreiros as mercadorias próprias para fazer o tráfico, tais como batata, algodão, pólvora, armas de fogo, marmitas, tábuas e forros? O nosso correspondente pretende que são os negociantes ingleses os que se mostram neste assunto menos escrupulosos e acrescenta que os grandes negociantes de negros, cujos nomes são célebres nestas paragens, lhes tem dito que muitas vezes, quando os jornais de Londres indignavam-se contra os traficantes de peles negras: "Não nos vendais os objetos próprios para fazer o tráfico, e não mandaremos mais ao Congo. Um de nossos correspondentes é ainda mais indiscreto; quereria perguntar aos cônsules de sua majestade que habitam aos países de escravos, se muitos de seus nacionais plantadores ou como fabricantes ou negociantes não estão em contravenção com a lei de 1842 que lhes proíbe serem senhores de escravos? Enfim manda-nos também de Londres um cálculo que aprovaria que os jornais ingleses não tem razão para queixar-se da manutenção (ilégível) de uma esquadrilha nas costas das África e nas Antilhas para vigiarem o tráfico de negros; porque os lucros quase se obtiveram compensariam largamente as despesas que ela faz. Eis aqui o raciocínio que conduz a esta conclusão: segundo a própria confissão das autoridades inglesas, as presas feitas anualmente pelos cruzeiros ingleses excedem algumas vezes a cifra de quarenta navios negreiros. Supondo nesses 40 navios somente 18 tenham sido presos com carregamento humano, a média sendo quase de 300 escravos

por navio, seriam 5.400 trabalhadores que a Inglaterra, sem ter-lhes pedido seu consentimento introduzirá todos os anos em suas colônias. Ajuntando a essas carregações humanas o valor das mercadorias, aparelhos, navios, ouro e prata pertencentes aos capitais, arguidos, marinheiros e passageiros, objetos declarados igualmente de boa preza, firma-se a convicção de que a esquadrilha dos ingleses, para a repressão do tráfico é não uma obra ruinosa de filantropia, porém sim um negócio muito bom.
H. M. Martin, (O Gaycurú) (*Jornal do Comércio*, 1859, BPBL)

Afinal, qual o sentido de enxertar, em um jornal da cidade de São Luís, um artigo de um jornal baiano, deslegitimando a Inglaterra como grande protetora dos escravizados africanos medonhamente arrastados em diáspora pelos mares atlânticos? Talvez porque fazer isso fosse justificar a permanência da escravidão no império brasileiro, na província maranhense. Talvez, porque através dos jornais do século XIX, principal veículo de comunicação, a imprensa pudesse construir, juntamente com a literatura, um discurso que justificasse ou não a escravidão. De qualquer forma, o debate acerca da escravidão vai permear toda a segunda metade do século XIX no Brasil e no Maranhão. De um discurso antiescravista dos poetas da década de 1860, mergulhamos em jornais que historicamente situados nos falam das apreensões daqueles indivíduos e principalmente daqueles que detinham a imprensa e se colocavam como porta-vozes de uma classe senhorial que pensava no futuro da nação. O cotejamento com os jornais sobre a escravidão se fez necessário para se entender em que solo Maria Firmina dos Reis escreveu sua obra contra a escravidão. A fala que deslegitima a Inglaterra e contrabalanceia o seu "instinto filantrópico" aos fins lucrativos é colocada no jornal do comércio no mesmo ano que Maria Firmina dos Reis publicou o seu livro Úrsula (1859) e também é uma data muito próxima da publicação das poesias de Gonçalves Dias e Trajano Galvão que, como já demonstramos, posicionavam-se, muitas vezes, com um discurso antiescravista, embora idealizado.

O que encontramos, nos jornais, ao longo das décadas de 1860 e 1880, foram várias discussões entre os setores dominantes sobre para onde caminharia o sistema escravista e também a vida cotidiana, no qual informes sobre fugas de escravos, venda de escravos e tráfico interprovincial se misturavam. Enquanto os articulistas discutiam a História, a história vivida ia se desenrolando e acontecendo:

> Albino Alvim du Rocher remete para o Rio de Janeiro a sua escrava de nome Leopoldina. Maranhão 8 de junho de 1860.

> Compra escravos Albino A. du Rocher, em sua casa Rua da paz n. 26.

> Nesta tipografia se diz quem precisa d'uma escrava de 15 a 23 anos, que não tenha vícios e nem esteja acostumada a castigos: sendo de boa índole, e tendo algumas habilitações para o serviço d'uma casa de família e bonita figura. Precisa-se tê-la alguns dias a contento e declara-se que é para ficar na Província. Não se põe dúvida fazer-se bom preço uma vez que tenha as qualidades que se requer. (*Jornal do Comércio*, 1860, BPBL)

Da história sonhada, a dos poetas, escritores e literatos, a história vivida, embora uma não consiga ser pensada sem a outra, afinal como aponta Samira Nahid de Mesquita:

> Faz-se importante lembrar que a ficção, por mais - inventada - que seja a estória, terá sempre, e necessariamente, uma vinculação com o real empírico, vivido, o real da história. O enredo mais delirante, surreal, metafórico estará dentro da realidade, partirá dela, ainda quando pretenda negá-la, distanciar-se dela, - fingir - que ela não existe. Será sempre expressão de uma intimidade fantasiada entre verdade e mentira, entre o real vivido e o real possível. (MESQUITA, 2006)

Claro que, ao falarmos dos jornais do século XIX, não podemos ser ingênuos em acreditar que ali estava retratada a vida como ela era... Afinal, eram pontos de vista, olhares e falas demarcados de determinados setores da sociedade e que, na maioria das vezes, falavam sobre a ótica dos setores dominantes. As apreensões que encontramos nos jornais aqui trabalhados são olhares das classes que sustentavam esses jornais e eram sustentados pela escravidão. Por isso, encontramos, de forma recorrente, a preocupação com o destino da província; o que seria do Maranhão, ou, melhor dizendo, de sua classe senhorial finda a escravidão? A preocupação com o futuro da lavoura era uma constante nos jornais da segunda metade do século XIX na província:

> A lavoura e o comércio. A lavragem e a pastagem são as duas telas do estado. O século é industrial por toda parte o comércio, a manufatura, a especulação multimoda faz

prevalecer a sua influência, e também por toda a parte a lavoura definha; vão escasseando os braços que se lhe consagram.(*Jornal do Comércio*, 1860, BPBL)

Ao detectar que a lavoura definhava e que os braços para trabalhar nela se escasseavam, é preciso lembrar o porquê disto está acontecendo. As lavouras do Norte no século XIX encontravam-se, de fato, em decadência, visto que, neste período, era a economia do café do Sul que se ampliava e que boa parte da mão-de-obra escravizada do Maranhão havia saído da província no tráfico interprovincial. Encontramos vários anúncios que informavam a saída de cativos, ao longo da década de 1860, indo para o Rio de Janeiro para serem lá distribuídos entre os cafezais:

> Joaquim Alves da Silva, remete para o Rio de Janeiro, por conta e ordem de seus cunhados Raimundo Alves Nogueira da Silva, Marcos Alves Nogueira da Silva, Joaquim Alves Nogueira da Silva e José Alves Nogueira da Silva, os seus escravos crioulos de nomes Marcelino, Ignácio, Bibiana, Martinho, Philomena, Maria, Clara, João Cancio, Geminiana, Marcelino, Rosa, Januário, Silvestre, Simão João Ferreiro, Pantaleão, Júlia, Ângelo, José, Honorio, Caetano, Joaquim, Manoel, Clemente, Rozaura, Bernardina, Cleto, Adeonato, Philomena, Vitório e Cleonice, os quais houveram por herança de seu pai o finado José Alves da Silva.

> D Ana Joaquina Jansen Pereira, remete para o Rio de Janeiro seu escravo menor de nome Heduvigio, crioulo.

> João Ribeiro Pontes Júnior, por procuração de José Antônio de Sampaio, remete para o Rio de Janeiro, os escravos

crioulos Joaquim e Benedito que os houve por herança de seu pai José João de Sampaio em 1836. Remete mais por autorização de Raimundo Joaquim Mouzinho também os escravos crioulos Pedro, Antonia e Luiza que os houve os dois primeiros por arrematação em 10 de fevereiro de 1848, e a última por herança de seu falecido pai Raimundo Joaquim Mouzinho, em 1848. (*Jornal O Publicador Maranhense*, BPBL, 1857)

Segundo Cristiane Pinheiro Santos Jacinto, esses informes já eram uma obrigatoriedade desde 1854; havia que se anunciar a saída dos escravizados nos jornais por, pelo menos, três dias. Era uma medida para impedir a saída destes; roubados ou em litígio. (JACINTO, 2009) Segundo ainda Jacinto, "a crise econômica afastava definitivamente o Maranhão da condição de comprador de escravos. A província agora ocupava lugar inverso, havia se tornado uma importante fonte de escravos para a região cafeeira". (JACINTO, 2009, p.180)[42]

Em decorrência dessa mudança econômica que transformou o Maranhão em "fonte de escravizados" e contribuiu para a decadência econômica da província, ao longo das décadas seguintes, os setores dominantes procuraram saídas para a crise e, já nas últimas décadas do século XIX, nos anos 1880, o discurso contrário à escravidão, mais uma vez, emergia com outra vertente. Agora não era mais a causa humanitária, ou não apenas ela que devia levar o país

---

42 Afinal, como apontou Regina Helena de Martins Faria, a formação da Companhia Geral do Comércio do Grão Pará e Maranhão em 1755 e o crescimento da economia algodoeira e rizícola na província, proporcionou uma entrada maciça de africanos escravizados no Maranhão, o que o transformou numa província negra, pois, em 1822, cerca de 53,3% de sua população era composta por escravizados. Cf. FARIA, 2005. O que obviamente se alterou com o tráfico interprovincial.

à abolição, mas principalmente a causa civilizatória e progressita. Abolir a escravidão era progredir, era "retirar a mancha negra" que envergonhava o país frente às demais nações e o impedia de crescer economicamente e como nação.

Não será à toa que veremos a discussão acerca da abolição da escravatura emergir, mais uma vez, nos jornais maranhenses dos anos 1880.

Para Josenildo de Jesus Pereira, os jornais do século XIX podem ser divididos em quatro aspectos: político, religioso, literário e jocoso. O autor, ao analisar três jornais da década de 1880: *O Diário do Maranhão, O Paiz e A Pacotilha*, como jornais políticos e noticiosos, tentou perceber como, na última década da escravidão, a temática sobre o elemento servil e a servidão reaparece nestes jornais maranhenses. (PEREIRA, 2006)

Aqui, no entanto, apenas tomaremos alguns artigos dos jornais *O Paiz e A Pacotilha*, por considerarmos que eles representam vozes diferenciadas em ralação à escravidão. Enquanto o jornal *A Pacotilha* se colocava como abolicionista, o jornal *O Paiz* defendia a manumissão com indenização.

Claro que essas diferenças não eram também abissais, já que ambos os jornais falavam do olhar e perspectiva dos setores dominantes. Até mesmo o jornal *A Carapuça*, aqui por nós já apresentado, embora num tom muito mais abolicionista e forte comparado aos demais, também representava o olhar de uma elite que se considerava à frente dos demais contemporâneos e que podia e devia falar por eles e levar o Maranhão ao progresso. Nesta ideia de progresso, construíu-se um discurso sobre a liberdade. Vamos a ele:

A liberdade.

Encrespa-se o mar gigante da liberdade e espalhando suas vagas por todos os recantos, faz ouvir o brado altivo- Liberdade. A instrução progrida, nem sempre guiada por esta estrela nunca extinta - Liberdade. Ó povos quando chegardes à nova aurora do porvir é que podereis exclamar: somos livres, caiu por terra à opressão, calquemos aos pés a escravidão, temos a instrução e o direito inauferível de pensar. Sempre andam de mão dada a instrução e o pensamento e dirigir-se ambos para o mesmo ponto, que é-Liberdade. Ó nações, que já fruis as delícias da liberdade, acordai o Brasil, gigante que dorme indolente ante vós, para dizer-lhe que pense e que se instrua afim de que possa um dia empunhar o estandarte da liberdade, que já tendes a felicidade de ver flutuar em vossa presença; a tarefa é árdua, porém é nobre e grandiosa. Povos que dormis ainda embalados pela negra mão da escravidão despertem d'esse sono inglório e trabalhai para legar a vossos filhos um tesouro imenso, que é a Liberdade. Vossos antepassados, que já dormem nos túmulos, de lá mesmo vos saudarão e orgulhar-se-ão de possuir descendentes como vós. Qual será o homem que não prestará seus serviços a grande causa da liberdade? Qual será o braço que não se erguerá para bater a opressão? Nenhum com certeza. Aprendei com a história, essa alavanca enorme que revolve todo o passado, a libertar-vos. Vede aquele colosso que além vos contempla. Sabeis quem ele é? – É o horizonte da liberdade, que vós esperais; empunhai, pois o livro essa arma fecunda e, caminhai que ele vos estenderá as mãos.

T.J (Jornal *A Pacoltilha*, 1881, BPBL)

O jornal *A Pacotilha*, fundado em 1880, colocava-se como um jornal abolicionista que pregava o fim da escravidão e a marcha para o progresso. Era necessário para os articulistas deste jornal que a província maranhense saísse do atraso que fora legado dos mesmos antepassados, que se "orgulhariam" do fim da escravidão feito por seus "descendentes". Estes que ainda viviam à custa da escravidão. O discurso civilizatório que via a escravidão como o motivo de atraso do país estava calcado no que acontecia internacionalmente. Depois do fim do tráfico negreiro em 1850 e das sucessivas pressões inglesas para que o Brasil abolisse a escravidão, pressões estas pautadas em interesses mais do que humanitários, eram principalmente econômicos, visto ser a escravidão um entrave para o desenvolvimento industrial e a ampliação de um mercado consumidor.

    Era preciso, portanto, aboli-la. Os papéis se invertiam, mais uma vez, na construção do discurso; eram os senhores maranhenses reféns da escravidão e não o seu inverso. Era a escravidão que atrapalhava o progresso, a marcha da civilização e a liberdade. Era a "mancha negra da escravidão" que impossibilitava a construção de um novo país. Apesar de o jornal *A Pacotilha* se colocar como abolicionista e não como manumissor, a discussão sobre a escravidão, nos periódicos maranhenses, não se diferenciava muito na concepção de como pensavam os escravizados. Para Josenildo de Jesus Pereira:

> A despeito de diferentes concepções dos articulistas desses periódicos quanto ao sentido da escravidão, pode-se considerar que compartilhavam da visão de mundo que reduzia os escravos à condição de força de trabalho, um bem privado e, por conseguinte uma mercadoria passível de transações no mercado. Por isso, publicavam nas colunas comerciais desses periódicos inúmeros anúncios de compra, de venda e de aluguel de escravos. (PEREIRA, 2006, p. 102.)

Sobre essa dimensão, encontramos, no próprio período, um artigo no jornal *A Carapuça*, que se autointitulava abolicionista, uma crítica ao jornal *A Pacotilha*, justamente por ver nela uma contradição de princípios:

> Não temos a menor dúvida nesse sentido, por quanto o nosso público sabe perfeitamente que a Pacotilha, acompanhado o progresso em sua evolução, é abolicionista, e, como todo amante desta terra, vê que na extinção da escravatura está a salvação da nossa pátria. Se não faz propaganda ativa, se energicamente não procura lutar com a cáfila dos negreiros, ao menos não é imbecil e parva como o Diário, que por espirito de servilismo faz causa comum com os escravocratas. Do Diário não se podia esperar outra coisa, porque ele é a asneira personificada, elevada na sua mais profunda expressão. A Pacotilha, porém, temos a fazer uma observação:- sendo abolicionista como é, o que não contestará, - como publica todos os dias um sem número de anúncios sobre compras, vendas e fugas de escravos? Desejamos ver isto explicado para que não se diga que a Pacotilha é abolicionista e escravocrata ao mesmo tempo, o que é impróprio de quem tem caráter e bastante luz no espírito como, o simpático jornal da tarde. Esperamos pela explicação, ou por outra, - contamos que o distinto colega,- se nos permite o tratamento, - depois de ter pensado no que acabamos de dizer trancará para sempre as suas colunas aos anúncios a que nos referimos. Ou bem escravocratas ou bem abolicionistas. Ser ou não ser. Convêm definir-se. (Jornal *Carapuça*, 1884, BPBL.)

Ao chamar a atenção dos redatores do jornal *A Pacotilha* sobre a situação de serem agentes do progresso, da civilização e, por conseguinte, da abolição, mas continuarem veiculando anúncios de ofertas, compras, e fugas de escravizados, os articulistas do jornal *A Carapuça* pedem uma definição. Se eram abolicionistas, por que veiculavam esses anúncios?

Obviamente, há uma resposta mercadológica para isso. Afinal, os jornais viviam das assinaturas, das vendas avulsas e dos anúncios. Diferentemente do jornal *A Carapuça*, que circulava de forma trissemanal e era subintitulado como órgão de todas as classes, *A Pacotilha* era um jornal diário e tinha, de fato, um formato voltado para o mercado, precisava de assinaturas, vendas e anúncios para conseguir sobreviver. Já o *A Carapuça* era mais um jornal panfleto do que um jornal noticioso, provavelmente autofinanciado.

Sobre como o jornal *A Carapuça* concebe a escravidão, podemos ver neste soneto publicado em suas páginas:

> Trabalhar, trabalhar continuamente, Sem alarde fazer, e ostentação, trabalhar por erguer um nosso irmão, Que a lei oprime estúpida, indecente;
>
> Com as armas da Justiça tão somente, combater esse horror- Escravidão, tendo o bem por divisa e, por guiã, o direito levando à nossa frente;
>
> Combater por amor da humanidade, a senzala tristonha, escura e feia, Levando a santa luz da Liberdade;
>
> Lavar a nodoa vil, de infâmias cheia.
> Que nos mancha e corrompe a dignidade,
> E todo o nosso fim, a nossa ideia. (Jornal *A Carapuça*, 1884, BPBL)

Mais uma vez, a imagem da escravidão como nódoa vil do passado, como espaço da desumanidade, como motivo fatal do atraso, emerge nas colunas dos jornais que se autointitulavam abolicionistas. Era preciso abolir a escravidão para que a nação entrasse na marcha do progresso.

No entanto, é preciso nos perguntar que tipo de abolicionismo era pregado nesses jornais, como eles se posicionavam e se havia diferenças entre eles do ponto de vista do discurso em relação à escravidão. O jornal *A Carapuça* nos responde essa pergunta de forma contundente:

> É verdade que há abolicionistas de todo o gênero, porém felizmente os claqueurs (palavra que deu no goto dos negreiros) ainda não infestaram a nossa sociedade e nem tão pouco nos considerarmos iguais a eles, porque a humanitária ideia que propagamos, não é movida pelo interesse do assalto da propriedade alheia, representamos um papel passivo em questão de tanta importância. (Jornal *A Carapuça*, 1884, BPBL)

Ou seja, o abolicionismo do *A Carapuça* era pautado no respeito à propriedade privada, não queriam a abolição da escravidão de forma imediata e sem indenização, ao arrepio da lei. Não eram "quakers" (abolicionistas ingleses considerados radicais) e muito menos caifazes, como os que existiam em São Paulo que lutavam contra a propriedade escrava. (MACHADO, 1994) Seu abolicionismo era passivo e visava somente levar a província maranhense ao progresso, mas de forma pacífica e ordeira, embora em alguns artigos haja contradição nas falas, como nestes:

> Quando um movimento revolucionário procura na Europa aumentar a felicidade dos povos, suplantando o despotismo dos reis, o Brasil consente- não simplesmente em obedecer ao domínio de um rei; mas assiste as cenas de canibalismo com que os senhores de escravos exploram o trabalho e a liberdade de milhares de infelizes, que também são brasileiros, que são também nossos irmãos. E é um país civilizado, e é um povo ilustre, governado pelo monarca mais sábio do mundo, que permite ao estrangeiro possuir os seus compatriotas, trazendo-os debaixo do azorrague com se fossem um irracional qualquer.
> Para aqueles em cujos corações ainda há um pouco de amor por esta terra, isto é por demais revoltante e prova unicamente que já ultrapassamos a corrupção torpe do baixo império. Medite bem o nosso governo e veja que o escravo é -brasileiro- e que por uma questão de amor próprio não devemos consentir que este estado de coisas continuasse. Basta de tanta miséria e de tanta vergonha. Pelo mundo civilizado somos apontados como um povo atrasado — porque fazemos do homem uma propriedade.
> (Jornal *A Carapuça*, 1884, BPBL)

Interessante que afirmam não pregar o assalto à propriedade alheia, mas em outros artigos não concordavam que o escravizado fosse uma propriedade, já que os consideravam como compatriotas, ou até como brasileiros, (Jornal *A Carapuça*, 1884, BPBL) Ao negar a legitimidade da propriedade dos escravizados, não estariam também negando a própria propriedade? Pelo menos, a propriedade cativa? Portanto, não podemos homogeneizar o discurso do *A Carapuça*, visto que existiam divergências entre seus próprios articulistas.

Por fim, temos o jornal *O Paiz* que, diferentemente do jornal *A Carapuça* e d'*A Pacotilha*, tinha um discurso muito mais contido em relação à abolição, e seus articulistas propunham a saída da escravidão de forma pacífica, ordeira e principalmente indenizada. Os articulistas deste jornal se consideravam pertencentes à classe senhorial da lavoura:

> Tendo nós publicado alguns escritos **a bem do progresso e prosperidade da nossa lavoura, à cuja classe temos a honra de pertencer;** sendo-lhe de particular interesse a magna e importante questão do elemento servil, questão para ela de vida e morte, hoje calorosamente discutida em nosso país, já aos nossos parlamentos e já pela nossa imprensa, temo-nos abstido, até hoje, de escrever uma só palavra a respeito; não que tenhamos deixado de ler quanto se há publicado nos jornais que nos tem vindo às mãos; deixando que as nossas ditas inteligências, as nossas grandes capacidades elucidem essa questão e resolvam esse delicado e melindroso problema; apesar de reconhecermos que na construção dos grandes edifícios não deixam de ser aproveitadas as pedras miúdas e os toscos matacões.
> (Jornal *O Paiz*, 1885, BPBL)

Ao publicar este artigo assinado por um "conciliador abolicionista", o jornal procurava apresentar uma proposta para a situação da decadência da lavoura e da abolição da escravidão. Colocando-se claramente contra a abolição sem indenização, buscando diferenciar-se dos abolicionistas "intransigentes":

> O que vemos nós nessa animada discussão- do dize tu, direi eu? De um lado abolicionistas intransigentes que - de

> chofre, a todo o transe e sem indenização querem que se extinga a escravidão no país; de outro lado emancipacionistas escrupulosos que não deixam de querer também a extinção da escravidão, mas lentamente e com justa indenização; aqueles fundamentam ou justificam a sua opinião no- abuso ao pretendido direito de propriedade sobre o homem; estes, analisando a origem do direito de propriedade, fazem vê que fundando-se ele nos esforços, nas diligências e no trabalho para ser adquirido, distinção nenhuma há a fazer-se sobre o escravo ou outro qualquer bem, desde que a nossa sociedade admitiu em seu seio sem distinção e o sancionou com seus atos- recebendo (...). (Jornal *O Paiz*, 1885, BPBL)

Aqui se percebe que, mais uma vez, a discussão sobre a legitimidade da propriedade dos escravizados se recoloca; o conciliador abolicionista considera que: desde que a lei legitimou a propriedade cativa, esta não poderia ser questionada, já que os proprietários estariam exercendo o seu legítimo direito de propriedade e deveriam ser indenizados, mesmo que no caso estejamos falando de seres humanos, que eram tratados como mercadoria, o que deslegitimava esse direito pra alguns colegas do jornal *A Carapuça*.

Continuando seu argumento, o conciliador aponta porque não aceita a abolição sem indenização:

> Não aceitamos a abolição sem indenização, porque a execução de tal medida importaria em uma verdadeira desgraça para o país. Sofrendo desde logo a lavoura que está já a balançar-se com os pés postos sobre a aresta das bordas de um horrendo abismo; precipitada ela iria esmagar-se de encontro às pedras que eriçassem o seu fundo, arrastando

consigo todas as indústrias ou tudo quanto dela estivesse dependente, desgraça essa que afetaria a sociedade em peso, ainda que os fanáticos dos abolicionistas intransigentes digam que o diabo não será tão feio como se pinta. A nossa lavoura evaporar-se-ia indubitavelmente, pois que endividada como ela se acha, não sabemos se deixaria aos nossos lavradores a roupa do corpo, e como muito bem se diz- onde não há que pagar el-rei perde, muitos seriam prejudicados. (

A certeza de uma hecatombe econômica e da bancarrota dos proprietários rurais, proprietários estes que o articulista representava e dizia fazer parte, caminhava o seu abolicionismo conciliador para a indenização e que, em caso de não poder ser feita em dinheiro, poderia ser realizada por serviços prestados pelos ex-cativos pagos por um valor mínimo, visto que o conciliador acreditava que a escravidão tornara os cativos indolentes e preguiçosos. Com algum pagamento seria possível fazê-los mais morigerados e contentes com o trabalho, mas, para o articulista, isso tudo deveria ser executado e bem direcionado por leis criadas pelo governo, para que não degringolasse o país numa bancarrota.

Para fecharmos este capítulo e puxarmos mais um fio desse tecido, é interessante que transcrevamos o que o conciliador aponta sobre o trabalho dos escravizados no ano de 1885.

> O que tem lucrado a lavoura depois das alforrias de escravos pelo fundo de emancipação? Grande depreciação no seu valor, descendo a menos da metade, o trabalho feito à vontade do escravo, a desobediência e o desrespeito aos senhores, aos administradores e ainda mais aos feitores a

> imoralidade dos casos trágicos e fatais que a estatística dos crimes registra todos os dias. O fato das alforrias parciais despertas o ciúme, o desespero nos que continuam na escravidão, torna-os frenéticos, ousados e insolentes com todos, requintando a ojeriza que naturalmente nutrem a seus senhores; parecendo não dever-se continuar em tal estado de coisas, pois que é um mal crescente e que o bom senso repele. O escravo sabendo que não trabalha para si ou que não é pago pelo seu trabalho, torna-se remisso, preguiçoso e malandro; se trabalha um ou dois dias na semana, passa o resto dela a dormir, alegando moléstias, para o que não lhe faltam pretextos; recorrem a dores de caleça, de dente, de costela e de cadeiras; um simples arranhão é uma ferida grave que os faz gemer em quanto estão acordados; ao passo que o homem livre é de trabalho às vezes, gravemente doente e a cair morto. Já se vai arrastando a sua lida quotidiana. (Jornal *O Paiz*, 1885, BPBL)

Aponta os problemas que o fundo da emancipação trouxe para os senhores rurais, visto que incitava a desobediência dos cativos e colocava a vida de administradores, feitores e até mesmo dos próprios senhores em perigo, porque criava categorias diferenciadas de escravizados, aqueles parcialmente alforriados trabalhando a fim de conseguir algum pecúlio que pudesse lhes garantir, em breve, a liberdade, ou trabalhando com a promessa da alforria. No olhar do conciliador, criava ciúmes entre eles, tornando os demais insolentes e ousados.

É neste ponto que o conciliador abolicionista acrescenta que o escravizado, por não ser remunerado, era preguiçoso, remisso e malandro, porque não veria o fruto do seu trabalho e por isso criava queixas, reclamações, doenças infundadas para se furtar ao trabalho. Pensamos que isto fosse mais uma vez, táticas contra a escravidão. O que o conciliadcor abolicioniota, obviamente não viu, foi que nessas atitudes havia muita resistência contra a servidão. Claro que aos olhos dos senhores, toda e qualquer prática dos escravizados que não coadunasse com o que os senhores desejavam, só podiam ser lidas como indolência.

Ao longo dos jornais pesquisados da segunda metade do século XIX, em todas as décadas, encontramos notícias de fugas de escravizados. Fugiram até às vésperas da abolição. Nunca aceitaram a escravidão como uma fatalidade. Buscaram construir, ao longo de suas vidas, caminhos para a liberdade. É farta a historiografia que trabalha com as resistências dos escravizados.[43] E esse ponto para nós é nevrálgico, visto que é nos discursos contra a escravidão que encontramos esses cativos; são lidos, na maioria das vezes, como uma massa inerte que precisaria ser libertada, seres sem consciência, infantilizados, bestializados pela própria escravidão. Quando reagem, reagem instintivamente, por traição, por fuga, por insolência e ousadia, nunca por uma negativa a ser escravizado.

Para que entendamos como Maria Firmina dos Reis construiu outro discurso sobre os escravizados, que pensam, falam e dialogam, contrários ao cativeiro, foi preciso que fizéssemos esse rastreamentos dos caminhos de suas resistências, do mundo "real" ao mundo "inventado", já que é neste ziguezague que operamos. Afinal, a abolição não foi uma conquista apenas do movimento abolicionista. Para Emília Viotti da Costa, ela foi fruto de uma série

---

43 Cf. CHALHOUB, 1990; REIS e SILVA, 1989; REIS, 2003; REIS e GOMES, 1996.

de conjecturas econômicas (COSTA, 2008), mas também foi fruto de uma intensa luta social do cativo, como pensa Sidney Chalhoub (CHALHOUB, 1990) e também foi fruto das discussões que atravessaram os jornais e a literatura do período. Vamos à vida e obra de Maria Firmina dos Reis.

4.MARIA FIRMINA DOS REIS: UMA VIDA EM CONSTRUÇÃO

Neste capítulo, abordaremos alguns estudos feitos sobre a vida de Maria Firmina dos Reis, para que possamos compreender a trajetória da escritora maranhense e como ela aparece e desaparece ao longo dos anos. Isto nos levou a uma periodização da repercussão da obra firminiana, que entendemos se deu em quatro momentos: O lançamento de Úrsula em 1859 e a relativa recepção que a obra teve, como também a continuidade dos escritos de Maria Firmina dos Reis até o final do século XIX. Num segundo momento, temos um total silenciamento de mais de cem anos da obra da escritora, que só será retomada em 1975, terceiro momento, por Nascimento de Morais Filho, no qual a escritora ressurge como símbolo de mulher, negra, maranhense, pioneira das letras brasileiras feitas por mulher. Compreendemos que neste período, justamente na década de 1970, momento em que os movimentos feministas e de consciência negra faziam-se forte no Brasil, Maria Firmina foi retomada, exatamente com esse *boom*. O quarto período será no ano de 1988, retomada por Luiza Lobo, no centenário da abolição da escravatura no Brasil, quando esta autora traz a crítica de Charles Martin, de Úrsula, em que ele entende que Maria Firmina dos Reis construiu em seu romance, no século XIX, "uma rara visão de liberdade".

Entendemos que hoje vivemos o quinto momento, no qual Maria Firmina dos Reis é lida, como uma escritora negra antiescravista e abolicionista. Alçada pelos feminismos negros, detentora de uma fortuna crítica considerável sobre sua obra, entre dissertações, teses e artigos. Homenageada pela maior feira literária do Brasil – A FLIP, em 2022, Maria Firmina dos Reis adiquire neste momento grande visibilidade. Recebeu em 2022 também uma segunda biografia, feita por Agenor Gomes (GOMES, 2022) que ampliou as informações que tínhamos sobre sua vida. Ainda não foi colocada no cânone literário brasileiro, mas acreditamos que caminhe para isso. No entanto, é preciso salientar que mesmo que nos últimos anos tenha adquirido essa visibilidade ainda há muito a se pesquisa e falar sobre Maria Firmina, a controvérsia do bicentenário de sua morte, se em 2022 ou 2025 demonstra isso.[44] Iremos então seguir estas trajetórias a partir de seus estudiosos.

Maria Firmina dos Reis nasceu em São Luís, em 11 de outubro de 1825.[45] Filha de João Pedro Esteves e Leonor Felipe

---

44 Nos últimos tempos Firmina tem adquirido uma maior visibilidade sobre sua vida e obra, afinal foi a autora homenageada da maior feira literária do Brasil (FLIP) em 2022. Temos visto nos últimos anos, várias dissertações e teses sobre Maria Firmina, defendidas em diversos programas de pós-graduação no Brasil, em diversas áreas das humanidades: História, Letras, Sociologia, Filosofia. A sua obra também tem recebido diversas edições pelas mais variadas editoras, principalmente o seu romance antiescravista *Úrsula* de 1859, afinal temos até uma tradução para a lingua inglesa do romance de Firmina. (REIS, 2022). No entanto, acreditamos que as pesquisas sobre a vida e a obra da escritora negra antiescravista e abolicionista Maria Firmina dos Reis merece ainda muitas pesquisas. Podemos pontuar, por exemplo que a afemeride do bicentenário de nascimento da autora em 2022, apesar de bem vinda, mostrou-nos o tanto que personagens negros da nossa História e Literatura são pouco pesquisados ou negligenciados. Dizendo melhor, em pesquisa recente de Agenor Gomes em 2022, foi descoberto que Maria Firmina dos Reis nasceu realmente em 1825 e não em 1822, logo, as homenagens mais que merecidas de 2022 podem e devem ser novamente feitas em 2025, ano no qual a autora realmente fará seu bicentenário de nascimento. O equívoco da datação só confirma o que já apontamos, que personagens negros são pouco pesquisados ou negligenciados, como já foi dito por Lilia Moritz Schwarcz, Flávio Gomes e Jaime Lauriano em sua *Enciclopedia negra: biografias afro-brasileiras* (2021).

45 Ver nota anterior.

dos Reis. Mudou-se para a vila de Guimarães, próxima a São Luís ao prestar o concurso para professora de primeiras letras em 1847 (GOMES, 2022)

Pouco sabemos sobre o que decorreu entre a sua infância e sua aparição nas folhas dos jornais maranhenses de 1860, que anunciam a publicação de seu único romance: Úrsula, de 1859.

Recontar a história de Maria Firmina dos Reis e reler seus textos não é apenas falar de uma história de uma mulher que escreveu no século XIX, mas também tentar entender seus escritos, como escreveu, para quem ela escreveu e quais seriam os objetivos de seus textos.

Nossa intenção é justamente, através dos escritos deixados por Maria Firmina dos Reis, tentar compreender como essa escritora percebia o mundo que a cercava; como através da literatura tentou interferir nesse mundo, usando, como bem pensou Nicolau Sevcenko, "a literatura como missão" (SEVCENKO, 2003.).

Fazer isso é também adentrar na discussão da história das mulheres do Oitocentos no Brasil. E mais especificamente das mulheres escritoras. O mundo feminino, no século XIX, muitas vezes, foi lido e narrado pela pena masculina, visto o acesso à educação e à escrita pública para as mulheres ser nesse período bastante limitado. (SAFFIOTI, 1969) Dessa forma, a intenção aqui é discutir as ideias de uma mulher escritora na segunda metade do século XIX, especificamente no que diz respeito aos seus dois textos dedicados à temática da escravidão, que foram o romance Úrsula (1859) e o conto *A escrava* (1887), pensando dessa forma, como a escrita feita por Maria Firmina pode nos ajudar a compreender os discursos sobre as mulheres e a escravidão no período.

O que nos chegou até agora são dados de seus principais biógrafos. Um dos primeiro deles, Augusto Vitorino Sacramento Blake afirma em seu dicionário bibliográfico brasileiro:

> D. Maria Firmina dos Reis- filha de João Pedro Esteves e dona Leonor Felipe dos Reis- nasceu na cidade de São Luís do Maranhão em 11 de outubro de 1825. Dedicando-se ao magistério, regeu a cadeira de primeiras letras, em São José de Guimarães, desde agosto de 1847, até março de 1881, quando foi aposentada. Em 1880, fundou uma aula mista em Maçaricó, termo de Guimarães, cujo ensino era gratuito para quase todos os alunos, e por isso foi a professora obrigada a suspendê-la depois de dois anos e meio. Cultivou a poesia e tanto em verso, como em prosa escreveu algumas obras, de que as mais conhecidas são: – Cantos à beira mar: Poesia. São Luís.., "Úrsula", romance. São Luís , "A Escrava", romance. São Luís. (BLAKE,, 1900, p. 232.)

Note-se que, no dicionário de Sacramento Blake, são apontadas por alguns críticos, como Nascimento de Morais Filho, algumas incongruências, como citar o conto *A Escrava* como romance. Em edição mais recente pela Editora Mulheres (MUZART, 2000), configura-se também como conto e não como romance. O único texto mais extenso publicado por Maria Firmina dos Reis, de fato, foi Úrsula, que apareceu nos jornais maranhenses, em 1860, em anúncios de venda, a 2.000 réis o exemplar:

> ÚRSULA- Acha-se à venda na Tipografia do progresso, este romance original brasileiro, produção da Exma. Sra. D. Maria Firmina dos Reis, professora pública em Guimarães. Saudamos a nossa comprovinciana pelo seu ensaio que

> revela de sua parte bastante ilustração; e, com mais vagar emitiremos a nossa opinião, que desde já afiançamos não será desfavorável à nossa distinta comprovinciana. (Jornal *A Moderação*, 11 ago. 1860, p.02 BPBL)

Apesar de, Nascimento de Morais Filho, falar do acolhimento da obra de Maria Firmina dos Reis, principalmente do seu romance Úrsula, o que percebemos é que existiram, de fato, muitos anúncios vendendo o livro e falando de seu aparecimento. Mas notas falando sobre o seu conteúdo só encontramos três e achamos interessante analisar cada uma delas. A primeira é de 1857. Cremos que o livro já estava pronto em 1857, mas só foi publicado/lançado em 1859. Vamos a crítica:

> O romance brasileiro, que se vai dar ao prelo, sob a denominação de – ÚRSULA – é todo filho da imaginação da autora, jovem maranhense, que soltadas as asas a sua imaginação, estreia a sua carreira literária, oferecendo ao ilustrado público da sua nação as páginas, talvez demais vazias de um estilo apurado, como é o do século, mas simples; e os pensamentos, não profundos, mas entranhados de patriotismo. Todo ele ressente-se de amor nacional, e de uma dedicação extrema à liberdade. Os personagens da sua obra, não os foi buscar num fato original; a existência desses entes criou-a ela, no correr da mente. A autora simpatiza com o que há de belo nas solidões dos campos, na voz dos bosques, e no gemer das selvas; e por isso preferiu tecer os fios do seu romance, melhor que nos salões dourados da corte, nos amenos campos, e nas gratas matas do seio da paz. Recolhida ao seu gabinete a sós consigo mesma, a autora brasileira, tem procurado estudar os homens e as

coisas, e o fruto desses esforços de sua vontade é: – ÚRSULA – A donzela, que vai aparecer-vos sob esse nome, vivendo isolada nas solitárias regiões do Norte, não é um desses tipos de esmerada civilização, mas longe de serem selvagens os seus costumes. Úrsula tinha o cunho de um caráter ingênuo e puro, com o só defeito de ser talvez demais ardente, e apaixonada a sua alma constante nos seus afetos, essa donzela se não assemelha a tantas outras mulheres volúveis e inconsequentes, que aprendendo desde o berço a iludir, deslustram o seu sexo, mal compreendendo a missão de paz, e de amor de que as incumbiu Deus. Talvez um amor estremecido, e uma prevenção desde o berço alimentada contra seu tio, o comendador P. lhe dê por um momento os traços de leviandade; mas se atentarmos que Úrsula, no verdor dos anos, arrastadas por essas duas paixões imperiosas, que tão fatais lhe foram, conservou sua pureza de uma alma angélica, confessaremos que a predileta da autora, tinha caráter firme, como so pode ser o das almas grandes, e virtuosas. Úrsula, tinha a imaginação ardente das filhas do Norte, e como elas guardava na alma sentimentos nobres, e um afeto, e uma dedicação, que só o túmulo saberá extinguir. Menor ardente não era o coração do jovem Tancredo – essas duas almas perfeitamente harmonizavam. O comendador, invejou tão extrema ventura, e lançou absintio no vaso de suas doces esperanças: podia ter sido generoso, mas seu amor era terrível, ele não pode perdoar. Túlio e Susana, representam essa porção do gênero humano, tão recomendável pelas suas desditas! – O Escravo! – A autora tem meditado sobre a sorte desses desgraçados entes, tem-lhes escutado as lacrimosas nênias, e o gemer saudoso, a recordação de uma vida, que já lá passou, mas que era bela nas regiões da África!... É um brado a favor da humanidade, - descupaia-a... Subscreve-se para essa obra na tip. do Progresso, do Observador, do Diário e do Publicador – preço por casa exemplar brozado – 2$000 rs. (Jornal *A IMPRENSA*, São Luís, 17 out. 1857, n. 40, p. 3.)

Esta resenha foi feita a pedidos, provavelmente da própria autora, já tentando divulgar e angariar leitores para seu romance. No entanto, aquele que a faz esta, centrou-se mais na história de Úrsula e Tancredo, e tentou perceber uma história patriótica na narrativa, mesmo assim teceu algumas críticas à personagem que dá título ao romance Úrsula, lida como uma personagem de amor ardente, como as filhas do norte. Talvez porque Úrsula, mesmo tímida, não se deixa pegar pelas garras de seu algoz Fernando P. e acaba fugindo com o aval da mãe moribunda Luisa B. As mulheres firminianas não são apenas vitimadas do patriarcado, elas reagem. Mesmo em condições desiguais, elas reagem. Por isso o autor da resenha pede um olhar delicado para a protagonista do romance. Também tece críticas a própria escrita de Maria Firmina dos Reis "vazias de um estilo apurado", "não profundas". Ora, em uma sociedade patriarcal, na qual era vedado a maioria das mulheres a escrita publica, não podemos esperar que o romance de Reis passase incolume daqueles homens "ilustrados, que aconselham, discutem e corrigem" (REIS, 2009, p. 13) e assim aconteceu com as duas resenhas que se puseram a debater mais profundamente o livro.

No entanto, sobre a narrativa dos escravizados e sobre a luta antiescravista de Maria Firmina dos Reis, pouco ou quase nada é dito, apenas que a autora escutou as "nénias", ou seja as lamúrias "desses desgraçados", afinal eles não teriam nada para lastimar, não é mesmo? Mesmo quando a pena do provável autor da resenha tenta ser impática, esta se desfaz na incapacidade de de colocar de fato no lugar do outro, que só pode, é claro, lastimar-se, gemer por uma vida passada lá na África, mas que não existe mais. Mesmo nessa tentativa empática, mesmo na afirmativa de que o livro de Reis é um "brado a liberdade", o autor da resenha, pede desculpas para Reis, por ela ter tocado em assunto delicado e considerado de pouca importância numa sociedade escravista: Falar de escravizados e criar personagens cativos com voz ativa. Afinal a quem interessaria a voz "desses desgraçados"?

A segunda resenha aparece no *Jornal do Comércio* em 4 de agosto de 1860, sem também constar o autor:

> OBRA NOVA - com o título Úrsula publicou a Sra. Maria Firmina dos Reis um romance rapidamente impresso que se acha à venda na tipografia do Progresso. Convidamos aos nossos leitores a apreciarem essa obra original maranhense, que, conquanto não seja perfeita, revela, muito talento na autora, e mostra que se não lhe faltar animação poderá produzir trabalhos de maior mérito. O estilo fácil e agradável, a sustentação do enredo e o desfecho natural e impressionador põem patentes neste belo ensaio dotes que devem ser cuidadosamente cultivados. É pena que o acanhamento mui desculpável da novela escrita não desse todo o desenvolvimento a algumas cenas tocantes, como as da escravidão, que tanto pecam pelo modo abreviado com que são escritas. A não desanimar a autora na carreira que tão brilhantemente ensaiou, poder para o futuro, dar nos belos volumes. (*Jornal do Comércio*, 1860, BPBL)

O que podemos inferir por essa crítica é justamente a acolhida em tom de "poderia ter feito coisa melhor". Na verdade, a crítica não assinada aponta que a autora de Úrsula poderia se tornar uma grande escritora, ou seja, estimava-se que ainda não o era. E mais naquilo que entendemos ser o centro da discussão do romance, que é a construção de um enredo contra a escravidão, passa despercebido, ou melhor, é percebido como inconcluso, deficiente, carente de profundidade. As perguntas que nos colocamos são se isso não se daria por ser essa escrita, uma escrita feita por mulher? Ou se o enredo do romance, ao nosso entender, antiescravista[46], era um tema demasiado incômodo?

Acreditamos que a terceira crítica encontrada, nos jornais, também sem indicação de autor, poderá nos ajudar a responder ou, pelo menos, pensar um pouco mais sobre essas questões:

> Raro é ver o belo sexo entregar-se a trabalhos de espírito, e deixando os prazeres fáceis do salão propor-se aos afãs das lides literárias. Quando, porém, esse ente, que forma o encanto da nossa peregrinação na vida se dedica às contemplações do espírito, surge uma Roland, uma Stael, uma Sand, uma H. Stowe, que vale cada uma delas mais do que bom escritores, porque reúne à graça do estilo, vivas e animadas imagens, deliciosos quadros, e esses sentimento delicado que só o sexo amável sabe exprimir. Se é, pois, cousa peregrina ver na Europa, ou na América do Norte, uma mulher, que, rompendo o círculo de ferro traçado pela educação que lhe damos, nós os homens, e

---

[46] Entendemos o romance de Maria Firmina dos Reis como antiescravista visto ser ele uma narrativa em que a autora coloca os personagens cativos para falar contra a escravidão. Existe um narrador onisciente e mais quatro vozes narradoras, que são de Preta Suzana, o escravo Túlio, o escravo Antero e Luísa B, mãe de Úrsula, todos usam do recurso da memória para contarem suas vidas. A narrativa dos escravizados é eivada de um sentimento de aversão à escravidão e de uma fala s obre os malogros de se nascer cativo.

indo por diante de preconceitos, apresentar-se ao mundo, servindo-se da pena e tomar assento nos lugares mais proeminentes do banquete da inteligência, mais grato e singular é ainda ter de apreciar um talento formoso, e dotado de muitas imaginações, despontando no nosso céu do Brasil, onde a mulher não tem quase educação literária, onde a sociedade dos homens de letras é quase nula. O aparecimento do romance "ÚRSULA" na literatura pátria foi um acontecimento festejado por todo o jornalismo, e pelos nossos homens de letras, não como por indulgência, mas como uma homenagem rendida a uma obra de mérito. Em verdade que é esse o livro que se apresentou sem nome de autora, modestamente e ainda sem apregoadores. As suas descrições são tão naturais e poéticas, que arrebatam; o enredo tão intricado que prende a atenção e os sentidos do leitor; o diálogo é animado e fácil; os caracteres estão bem desenhados — como o de Túlio, do Comendador, de Tancredo e Úrsula. Sua autora, D. Maria Firmina dos Reis, professora de português na vila de Guimarães, revelou um grande talento literário, porquanto com poucos e acanhadíssimos estudos, ainda menos leitura do que há de bom e grandioso na literatura francesa e inglesa, o que fez, deve, e a si, a seu fértil e prodigioso engenho, e a mais ninguém. A nossa comprovinciana não é só romancista, também conversa com as musas. (Jornal *A Verdadeira Marmota*, 1861. BPBL)

Essa crítica é bem mais benevolente e bem mais entusiasmada, centra-se na capacidade da autora de escrever bons quadros literários. Percebemos claramente que a intenção da crítica é apontar que Maria Firmina dos Reis tem qualidades como escritora, — conversa com as "musas" da Literatura; no entanto, nada é dito sobre o conteúdo do romance em si, sobre a sua fala antiescravista. O que acreditamos ser o que o romance traz de mais profundo, porque, eminentemente político e antiescravista, numa sociedade escravagista que era aquela do Brasil e do Maranhão do século XIX. A crítica se negou a tocar no assunto principal da autora em seu romance, que era a denúncia de uma sociedade escravista.

O que causa admiração é uma mulher de pouca leitura ter a ousadia de lançar tal romance na província. O que nos admira também é o fato de ter-se levado anos para que a autora fosse, ao menos, reconhecida e retirada do ostracismo em que esteve colocada por mais de um século.

Será apenas em 1973 que Nascimento de Morais Filho a encontrará perdida nos periódicos do século XIX e que descobrirá que essa mulher que aparecia de forma esporádica nos jornais havia publicado um romance intitulado Úrsula, entre 1859 e 1860. Ao descobrir isso, Morais Filho vai à procura do romance e consegue encontrá-lo com Horácio de Almeida, que doa o exemplar raro da primeira edição de Úrsula ao estado do Maranhão, na pessoa do governador Nunes Freire. (MORAIS FILHO, 1975)

Morais Filho, em 1975, lança *Maria Firmina dos Reis: fragmentos de uma vida*, onde reúne poesias, contos, hinos, depoimentos de ex-alunos e alunas da escritora, assim como dos filhos adotivos, já nonagenários na época. Apesar do valor inestimável do livro de Morais Filho para todo aquele que queira estudar Maria Firmina dos Reis, trata-se de uma biografia no seu sentido mais tradicional do termo. Onde são descritos e retomados "fragmentos" da vida de Maria Firmina e a grande preocupação do autor é falar do pioneirismo da autora como a primeira mulher a publicar romance no Brasil, fato, aliás, diversas vezes contestado pela crítica especializada.

Depois de Nascimento Morais Filho "resgatar" Maria Firmina dos Reis, encontramos outros trabalhos que começam a se preocupar com a autora, embora, tratando-se de pequenos artigos, prefácios e posfácios que marcam, então, as análises feitas acerca da escritora. Exemplar disso seria o prefácio à terceira edição de Úrsula feita por Charles Martin, intitulado "Uma rara visão de liberdade" (MARTIN, 1988) onde o autor desenvolve a ideia de que o texto de Maria Firmina, se não é o primeiro romance publicado por mulher no Brasil, é o primeiro romance abolicionista[47] que trata os negros e cativos de uma forma diferenciada.

Segundo Charles Martin, Maria Firmina dos Reis desenvolveu em seu romance um enredo, paradoxal para sua época, diferentemente dos romances considerados marcadamente abolicionistas, como *A escrava Isaura* (GUIMARÃES, 2001) de Bernardo Guimarães, 1875, cuja heroína da narrativa é uma escravizada branca, que por infortúnio do destino nasceu cativa. Firmina, ao ampliar a voz dos escravizados em seu romance Úrsula, faz, para Martin, aquilo que ele intitulou "uma rara visão de liberdade".

A partir de Charles Martin, percebemos que quase todos os trabalhos referentes à autora caminham nessa direção. No posfácio

---

47 Para muitos críticos literários, quase todos os textos que versaram contra a escravidão eram abolicionistas. Ao entendermos o texto firminiano como antiescravista e não abolicionista, entendemos que não havia ainda no Brasil um movimento abolicionista em 1859, e que só a partir da formação de um setor na sociedade brasileira mais liberal, como advogados, juristas, professores e com as condições socioeconômicas favoráveis a outras relações de trabalho que não escravistas é possível pensar um movimento abolicionista no Brasil, já nas décadas de 1870-1880. Cf. (COSTA, 2008) Muitos críticos literários ainda não fazem a diferença entre o romance ser antiescravista ou abolicionista, mas para historiadores isso é fundamental.

à quarta edição de Úrsula, pela editora Mulheres, Eduardo de Assis Duarte em seu texto *Maria Firmina dos Reis e os primórdios da ficção afro-brasileira* (DUARTE, 2004) temos, mais uma vez, o retorno da preocupação com a escrita de Firmina se colocar como uma espécie de porta-voz dos cativos. Mas, como disse, trata-se de um posfácio, sendo um escrito breve.

Em outra perspectiva, temos o artigo de Zahidé Lupinacci Muzart em antologia organizada pela autora *Escritoras Brasileiras do Século XIX* (MUZART, 2000) onde reúne diversos artigos nos quais a maior preocupação é resgatar as autoras e trazer seus textos à tona, na tentativa de estabelecer novos cânones para a literatura brasileira.

Temos, ainda, os trabalhos de Algemira Macêdo Mendes e Adriana Barbosa de Oliveira, respectivamente, uma tese de doutorado e uma dissertação de mestrado, ambas na área da crítica literária. Algemira Macêdo em sua tese, examina Maria Firmina e Amélia Beviláquia, e tem como questão central "rastrear o processo de inclusão e de exclusão das escritoras Maria Firmina dos Reis e Amélia Beviláquia na historiografia literária brasileira do século XIX e XX". (MENDES, 2006, p.24)[173] Já Adriana Barbosa busca:

> fazer uma leitura do romance Úrsula de Maria Firmina dos Reis, que evidencia a denúncia da condição de desigualdade a que as mulheres e que os africanos e seus descendentes estavam submetidos, no Brasil, do século XIX, devido a atuação do regime patriarcal. (BARBOSA, 2007, p. 26)

Na esteira dos estudos sobre a autora, encontramos, ainda, um artigo de Luiza Lobo que se encontra no Livro **Crítica sem juízo,** publicado em 1993; o texto intitula-se *Auto-retrato de uma* *pioneira abolicionista* (LOBO,2007), em que Luiza Lobo pode ser considerada uma pioneira na crítica literária ao redescobrir Maria Firmina dos Reis e tentar nesse capítulo, mesmo que de forma "fragmentada", estabelecer um "auto-retrato" da autora, a partir da obra dela e principalmente de informações coligidas do livro de Nascimento de Morais Filho. Ela é também responsável pela terceira edição de Úrsula em 1988, centenário da abolição da escravatura no Brasil, no qual encontramos o prefácio de Charles Martin, comentado aqui.

Temos ainda dois autores que tratam do texto firminiano, que são Maria de Lourdes da Conceição Cunha, em *Romantismo Brasileiro: Amor e Morte* (CUNHA, 2005) e Juliano Carrupt do Nascimento, *O negro e a mulher em "Úrsula" de Maria Firmina dos Reis.* (NASCIMENTO, 2009), Ambos livros decorrem de dissertações de mestrado na área de Letras.

Maria de Lourdes da Conceição Cunha, ao publicar seu livro em 2005, tematiza o amor e a morte em José de Alencar e Maria Firmina dos Reis, colocando a autora em pé de igualdade com o famoso romancista brasileiro.

Já o texto de Juliano Nascimento, ao tratar a obra da autora aponta

> o fato consiste no tempo perdido sem que se examinasse seriamente se há um discurso poético ou não na obra, se há qualidade literária aliada a crítica cultural no romance Úrsula, ou se o romance se mostra apenas como um dramalhão onde mulheres e negros aparecem de forma exótica, ou no melhor dos casos, peculiar. (NASCIMENTO, 2009, p. 24)

Por isso, Nascimento se debruça sobre a obra e tenta ver para além do discurso ideológico extraliterário, as qualidades literárias da autora.

Obviamente seria uma tarefa herculea e quase impossível falar de todos os pesquisadores que se debruçaram sobre a obra firminiana desde a construção desse texto como tese em 2013 e sua revisão e atualização como livro em 2023. Dez anos de pesquisa não poderiam ser condensados em poucas páginas ou isso exigiria fazer um outro trabalho de pesquisa. Optamos, portanto em manter a fala sobre os pioneiros na pesquisa sobre Maria Firmina dos Reis, nos quais acreditamos que nos encontramos, visto este texto ter sido defendido como tese de doutorado em 2013. Apresentamos aqui ao leitor, uma edição revista e ampliada, mas sem a pretensão de dar conta de todo o debate da fortuna crítica de Maria Firmina dos Reis nos últimos dez anos.

No entanto, achamos importante trazer algumas informações. Temos hoje mais de 50 trabalhos entre dissertações e teses sobre a obra firminiana. Nosso trabalho foi o primeiro na área de História e ainda bem, não continua sendo o único, por nosso conhecimento sabemos de mais duas dissertações em programas de pós-graduação em História (UFOP e UFRN) respectivamente que tratam da obra firminiana. O primeiro de Leliane Faustino *Úrsula caminha entre nós: Maria Firmina dos Reis e a literatura romântica como perspectiva antirracista para a história do Brasil*, defendido em 2022 na Universidade Federal de Ouro Preto, o segundo de Benigna Ingred Aurelia Bezerril *"Na orla cinzenta do horizonte": o espaço das memórias de Maria Firmina dos Reis* (1859-1917), defendido recentemente, em agosto de 2023 na Universidade Federal do Rio Grande do Norte.

Outras áreas como sociologia (ZIN, 2022) (TEIXEIRA, 2023) também se debruçaram sobre a obra firminina. O autor e a autora citados defenderam teses de doutorado respectivamente: *Escritoras abolicionistas no Brasil-Império: Maria Firmina dos Reis e Júlia Lopes de Almeida na luta contra a escravidão e Condições históricas e sociais das apropriações de Maria Firmina dos Reis e sua "obra" (1973-2022)*.

Nos últimos tempos Firmina tem adquirido uma maior visibilidade sobre sua vida e obra, afinal foi a autora homenageada da maior feira literária do Brasil (FLIP) em 2022. Temos visto nos últimos anos, várias dissertações e teses sobre Maria Firmina, defendidas em diversos programas de pós-graduação no Brasil, em diversas áreas das humanidades: História, Letras, Sociologia, Filosofia. A sua obra também tem recebido diversas edições pelas mais variadas editoras, principalmente o seu romance antiescravista *Úrsula* de 1859, afinal temos até uma tradução para a lingua inglesa do romance de Firmina. (REIS, 2022).

Pontuamos, que a efeméride do bicentenário de nascimento da autora em 2022, apesar de bem vinda, mostrou-nos o tanto que personagens negros da nossa História e Literatura são pouco pesquisados ou negligenciados. Dizendo melhor, em pesquisa recente de Agenor Gomes em 2022, foi descoberto que Maria Firmina dos Reis nasceu realmente em 1825 e não em 1822, logo, as homenagens mais que merecidas de 2022 podem e devem ser novamente feitas em 2025, ano no qual a autora realmente fará seu bicentenário de nascimento. O equívoco da datação só confirma o que já apontamos, que personagens negros são pouco pesquisados ou negligenciados, como já foi dito por Lilia Moritz Schwarcz, Flávio Gomes e Jaime Lauriano em sua *Enciclopedia negra: biografias afro-brasileiras* (2021).

Não temos nenhuma pretensão aqui de elevar Maria Firmina dos Reis ao cânone, de buscar para ela um lugar no Pathéon Maranhense (LEAL, 1987) ou na Atenas Brasileira. (BORRALHO, 2010) Visto que não consideramos isso tarefa de historiador, na medida em que não nos propomos a falar da qualidade ou não do texto firminiano, achamos que isso cabe à crítica literária. Esse levantamento literário bibliográfico justifica a periodização que propomos aqui. Na condição de historiadores, também nos propomos a (re)construir e compreender as ideias de Maria Firmina dos Reis, principalmente no que diz respeito a sua luta contra a escravidão no Brasil na segunda metade do século XIX, pois essa temática será a espinha dorsal dos textos da autora.

4.1 UMA MEMÓRIA EM BRONZE

Para Jacques Le Goff,

> A memória, como propriedade de conservar certas informações, remete-nos em primeiro lugar a um conjunto de funções psíquicas, graças às quais o homem pode atualizar impressões ou informações passadas, ou que ele representa como passadas. (LE GOFF, 1996, p. 423)

Ao abordamos aqui, neste subtópico, as várias memórias construídas sobre Maria Firmina dos Reis, visamos entender por que por tanto tempo se construiu uma memória da autora como pária social, como uma escritora esquecida e também como esse discurso foi se transformando ao longo do tempo.

Ao chegarmos nas ídas de 2012 ao Arquivo Público do Estado do Maranhão para pesquisarmos sobre Maria Firmina, as primeiras palavra da funcionária que lá trabalhava há bastante tempo foi, "quase não temos nada sobre Maria Firmina dos Reis. Você sabe, ela era mulher e negra, logo quase não se registrou nada sobre ela, mesmo ela tendo tanta importância como escritora." Essa imagem da pária social, da mulher negra esquecida, foi, no nosso entendimento, construída no Maranhão por Nascimento de Morais Filho em seu livro *Maria Firmina dos Reis: fragmentos de uma vida*, publicado em 1975, no qual o autor construiu uma imagem de Maria Firmina dos Reis como a primeira romancista do país. Baseado em fontes orais, de ex-alunas e filhos adotivos de Maria Firmina já nonagenários, Morais Filho descobriu a negritude de Maria Firmina, quando uma de suas depoentes falou que ela – era de cor. Fotografia, este não encontrou e até hoje não encontramos. Sabemos da negritude de Maria Firmina dos Reis pelos relatos de seus ex-alunos e agora pela pesquisa minuciosa da segunda biografia de Maria Firmina dos Reis feita por Agenor Gomes *Maria Firmina dos Reis e o cotidiano da escravidão no Brasil*, lançada em 2022, na qual o autor encontrou documentos que comprovam que Reis era filha da ex-escravizada Leonor Filipa dos Reis, logo se fortalecendo a imagem da escritora negra.

Isto colocou Maria Firmina dos Reis em dois lugares: O primeiro, o de enaltecimento da mulher negra; o segundo, o de escritora pioneira. Esquecida porque negra e mulher, segundo Nascimento de Morais Filho. Não considerada como grande escritora maranhense e brasileira, justamente por aquilo que aos olhos desse crítico, também negro, a deveria enaltecer.

Ora, é preciso situar em qual contexto Nascimento de Morais Filho construiu sua biografia sobre Maria Firmina. Era a metade da década de 1970, momento no qual o país atravessava uma ditadura militar, embora já se encaminhando para uma abertura, "lenta e gradual", momento em que os movimentos negros e de mulheres retomavam suas posições e reconstruíam suas lutas. Encontrar uma escritora negra esquecida era se colocar neste debate político e trazer à tona uma "memória subterrânea", para usar um termo de Michael Pollack:

> Ao privilegiar a análise dos excluídos, dos marginalizados e das minorias, a história oral ressaltou a importância de memórias subterrâneas que, como parte integrante das culturas minoritárias e dominadas, se opõem à "Memória oficial", no caso a memória nacional. Num primeiro momento, essa abordagem faz da empatia com os grupos dominados estudados uma regra metodológica e reabilita a periferia e a marginalidade. (POLLACK, 1980, p. 04)

Este momento no Maranhão casa-se com a construção de uma positividade da herança negra no Estado. É neste período que Josué Montello lança seu livro *Tambores de São Luís*, 1975, no qual o autor reconta a história do Maranhão de forma literária, enaltecendo a participação fundamental do negro como formador da identidade maranhense.

Josué Montello, que foi um escritor maranhense de renome nacional e membro da Academia Brasileira de Letras, ajudou na divulgação do trabalho de Nascimento de Morais Filho, ao publicar no *Jornal do Brasil*, em 11 de novembro de 1975 o texto *A primeira romancista brasileira*:

> Dois pesquisadores maranhenses, Antonio de Oliveira e Nascimento Morais Filho, são os responsáveis pela ressurreição literária de Maria Firmina dos Reis: o primeiro, falando em voz baixa, como é de seu gosto e feitio; o segundo, falando alto, ruidosamente, com uma garganta privilegiada, graças à qual sem esforço, pode fazer-se ouvir no Largo do Carmo, em São Luís, à hora em que se cruzam os automóveis, misturando a estridência de suas buzinas e de seus canos de descarga ao sussurro do vento nas árvores da praça. Desta vez ao que parece, Nascimento Morais Filho ergueu tão alto a voz retumbante que o país inteiro o escutou, na sua pregação em favor de Maria Firmina dos Reis. Há quase dois anos, ao encontrar-me com ele na calçada do velho prédio da Faculdade de Direito, na capital maranhense, vi- o às voltas com originais da escritora. Andava a recompor-lhe o destino recatado, revolvendo manuscritos, consultando jornais antigos, esmiuçando almanaques e catálogos, como a querer imitar Ulisses, que reanimava as sombras com uma gota de sangue. E a verdade é que no dia de hoje, Maria Firmina dos Reis dá pretexto a estudos e discursos, e conquista o seu pequeno espaço na história do romance brasileiro — com um nome, uma obra, e a glória de ter sido uma pioneira. Maria Firmina dos Reis é a rigor a primeira romancista brasileira.
> (MONTELLO, 1975)

Ao publicar esta crítica no *Jornal do Brasil*, Josué Montello dá visibilidade nacional a Maria Firmina dos Reis e ao trabalho de resgate que Nascimento de Morais Filho fazia da autora. Acreditamos que esta seja a memória mais forte criada sobre Maria Firmina dos Reis: a primeira mulher negra a publicar romance no Brasil. Se isto é verídico ou não, não sabemos; deixemos ao bibliógrafos a tarefa de esmiuçar o pioneirismo ou não de Maria Firmina, mas esta foi a imagem que foi construída para a autora. Imagem que se reverbera até os dias de hoje.

Outro ponto importante sobre esta memória é que o dia da mulher maranhense ficou sendo deste então, 1975, o dia 11 de outubro, dia do nascimento da escritora. Ergueu-se a seguir para ela um busto na praça do Panteon Maranhense, única mulher a figurar entre tantos homens considerados importantes nas letras ou na política do Estado.

A praça do Panteon Maranhense situa-se em frente à Biblioteca Pública do Estado, no Centro de São Luís. Os bustos dos maranhenses considerados ilustres lá figuram.

Sobre o busto de Maria Firmina dos Reis, que foi feito levando em conta as informações coligidas por Nascimento de Morais Filho de ex-alunos e filhos adotivos da escritora, acentuou-se a magreza da autora. O nariz é afilado, os lábios finos, cabelos lisos, amarrados em coque, em nada se parecendo a uma mulher negra ou mulata. No entanto, os seios são bem avantajados, parece-nos que o artista Flory Gama[48] preocupou-se mais com a questão dela ser a única mulher a figurar no Panteon do que necessariamente seguir os perfis de uma identidade negra. (Fig. 1)

---

48 Foi Flory Gama, o artista que fez o busto de Maria Firmina dos Reis. Cf.: MORAIS FILHO, 1975.

Figura 1. O busto de Maria Firmina dos Reis. Frente e perfil. Museu Artístico e Histórico do Maranhão. São Luís, Maranhão. Foto nossa, 2013[49]

Essa não certeza de como era de fato a fisionomia da escritora levou a memória social a uma série de enganos. O artista que fez o busto tenha sido apenas o primeiro a cometer alguns erros. No entanto, também temos que considerar a liberdade dos artistas, afinal o que fazem são representações do real. Mesmo que tivéssemos uma fotografia de Reis esta não seria a real face da autora, mas uma escolha representacional do fotográfo da época, que a teria feito, editado, enquadrado.

4.2 UMA MEMÓRIA EM CONSTRUÇÃO

Após a imagem da primeira mulher negra romancista, criada nos anos 70, e retomada nos anos 80, no centenário da abolição, em 1988 é publicada a terceira edição de Úrsula, em que se constrói a imagem de Maria Firmina dos Reis aboli-

---

[49] A época desta foto o busto de Maria Firmina dos Reis encontrava-se no Museu Artístico e Histórico do Maranhão, visto ter todos os bustos passado por pichação e vandalismos. Estes passaram anos resguardados no Museu até que puderam voltar a praça Marechal Deodoro em frente a Biblioteca Pública Benedito Leite.

cionista. A partir de então, a crítica literária tomou Maria Firmina como uma escritora abolicionista, e por isso deveria ser respeitada. Pioneira, negra, mulher e abolicionista. Passa a ser também heroína dos negros nas rimas do movimento hip- hop organizado do Maranhão.

No entanto, a pergunta que nos colocamos é o que hoje, quatro décadas depois, sobrou dessa memória? Que lugares de memória (NORA, 1993) Maria Firmina ocupa nos dias atuais? Fizemos duas incursões na cidade que Maria Firmina dos Reis. A primeira em 2013, a segunda em 2023.

Reis viveu por quase toda vida em Guimarães, no Maranhão, e percebemos em 2012, assim como em hoje em 2023, que ali, naquela cidade, quase todos já tinham ouvido falar sobre Maria Firmina dos Reis. Porém os vazios e o descaso para com os lugares de memória da escritora ficaram também bastante evidentes em 2012.

4.2.1 AS MEMÓRIAS EM 2013

Comecemos pela casa na qual Maria Firmina viveu. Hoje ela se tornou uma loja do armazém Paraíba, loja de móveis e outra loja Credi Norte, também de móveis. A foto antiga da casa de Maria Firmina dos Reis, datada da década de 1950.[50]consta na figura 2.

---

50 Blog *O Vimarense*. Disponível em: <HTTP://vimarense.zip.net>. Acesso em: 24 set. 2012. O blog atualmente não existe mais.

Figura 2. Antiga casa de Maria Firmina dos Reis. Guimarães, Maranhão, 1950 Foto do blog Vimarense

Em 2012, o local era ocupado por duas lojas de móveis: Armazém Paraíba e Credi Norte. (Fig. 3)

Figura 3. Lugar onde antes fora a casa de Maria Firmina dos Reis, Guimarães, Maranhão Foto nossa, 2013.

O que restava como referência do local foi apenas a placa que indicava que ali morou Maria Firmina.

Figura 4. Placa alusiva a casa e escola de Maria Firmina dos Reis. Guimarães, Maranhão. Foto nossa, 2013.

Outra referência que encontramos foi uma rua e uma escola com o nome de Maria Firmina. A rua situa-se na própria cidade de Guimarães; já a escola localiza-se no povoado de Maçaricó, lugar onde, segundo Sacramento Blake (BLAKE, 1900), Maria Firmina teria inaugurado uma escola mista para meninos e meninas, depois de se aposentar como mestra régia. (Fig. 5 e 6)

Figura 5. Rua Maria Firmina, Guimarães, Maranhão. Foto nossa, 2013.

Figura 6. Escola Maria Firmina dos Reis, Guimarães, Maranhão. Foto nossa, 2013

Por fim, encontramos também o túmulo da escritora no pequeno cemitério da cidade de Guimarães. A placa de bronze que trazia seu nome foi arrancada e segundo o vereador Osvaldo[51], isso se deu no carnaval de 2012. Ainda segundo o vereador, a prefeitura da cidade pretende construir um mausoléu para Maria Firmina ainda neste ano de 2013, no aniversário de nascimento da escritora em outubro. (Fig. 7)

Figura 7. Túmulo de Maria Firmina dos Reis, Onde só constam as placas das duas pessoas que cuidaram dela na velhice, Maria Amália da Costa Goulart (era sua filha adotiva) e Silvino da Costa Goulart (compadre de Reis). Guimarães, Maranhão. Foto nossa, 2013.

---

51   Hoje prefeito da cidade: Osvaldo Luís Gomes (PDT, 2021 – 2024)

Concluímos assim que a memória social de Maria Firmina dos Reis estava viva entre os habitantes da cidade de Guimarães em 2013; em contraposição, os lugares de memória sobre ela encontravam-se abandonados.

4.2.2 As memórias em 2023 e 2024

Passados dez, onze anos, retornamos a Guimarães para rever os lugares de memória sobre Maria Firmina dos Reis. Para nossa felicidade, encontramos uma cidade bem mais fortalecida nos espaços e monumentos para Maria Firmina dos Reis. Desde de 2013, como falamos sugiram quase uma centena de dissertações e teses sobre Maria Firmina dos Reis, várias edições da obra Úrsula por diversas editoras. A Companhia das Letras, publicou o romance de Reis, ou seja, a autora foi publicada pela maior editora do país. Tivemos a tradução da obra para o inglês (REIS, 2022), os movimentos de mulheres negras no Brasil se fortaleceram e por fim a autora foi homenageada pela FLIP em 2022, maior feira literária do Brasil. Acreditamos que nossa timida tese de doutorado tenha ajudado nesse fortalecimento do nome de Maria Firmina dos Reis no Brasil. Quando defendemos a tese não imaginávamos, apesar de desejarmos que a autora ganharia essa visibilidade que hoje tem e oxalá que assim continue. Que Reis seja enfim canonizada e estudada obrigatoriamente nos livros didáticos de literatura no Brasil. É o que desejamos.

Portanto diante disso, tivemos sim mudanças sobre a memória da autora na cidade. Hoje na praça central de Guimarães encontramos uma estátua em homenagem a autora:

Figura 8- Estátua de Maria Firmina dos Reis na praça Luís Domingues em Guimarães- MA. Foto nossa, 2023.

A estátua foi este ano, 2024, pintanda em negro:

Foto nossa, agosto de 2024

A placa da moradia dela, foi modificada:

NESTA CASA MARIA FIRMINA DOS REIS, A PRIMEIRA ROMANCISTA BRASILEIRA, ESCREVEU ÚRSULA, ENTRE 1854 E 1857. AQUI, TAMBÉM, A PROFESSORA ABOLICIONISTA RESIDIU E LECIONOU DE 1847 A 1860.
Homenagem do Instituto Histórico e Geográfico de Guimarães no 198º aniversário de nascimento da escritora.
Guimarães, 11 de outubro de 2023

Foto nossa, agosto de 2024

Percebemos algumas diferenças nessa nova placa, primeiro de material, ela não é mais de bronze e sim de alumínio, material mais barato e mais moderno para placas. A abrangência de Maria Firmina dos Reis se expande, ela não é mais a primeira romancista maranhense e sim brasileira. Ela é lida como abolicionista, independentemente do seu romance *Úrsula* ter sido publicado em 1859, quando ainda não existia tal movimento no Brasil, mas não é um erro de todo, já que Reis tornou-se abolicionista nas décadas que seguiram a 1859. A placa mudou de local, passou do Armazém Paraíba, para a farmácia ao lado DrogaShop. Segundo o pesquisador Agenor Gomes, também membro do Instituto Histórico e Geográfico de Guimarães, que doou a nova placa, a farmácia fazia parte também da antiga casa de Maria Firmina dos Reis, tanto o Armazém Paraíba, como a Farmácia DrogaShop eram uma casa só no tempo em que Reis por lá viveu e lecionou. Vide imagem:

Foto nossa. Agosto de 2024.

O tumulo da escritora também foi reconstruído e hoje figura como um dos melhores túmulos do pequeno cemitério da cidade. A placa foi mandada fazer outra:

Figura 10: Túmulo de Maria Firmina dos Reis. Foto da autora, 2023.

Criou-se também o Instituto Histórico e Geográfico de Guimarães e a Academia vimarense de Letras, lugares também de memória de Maria Firmina dos Reis.

Como pudemos perceber os "lugares de memória" (NORA, 1993) se modificaram ao longo desses dez, onze anos e hoje a escritora aparece com a memória monumental bem mais resguardada e expandida. A rua Maria Firmina continua existindo, assim como a escola em Maçarico- MA que leva o nome da autora. A escola passou por reformas e hoje é uma escola bem maior do quem em 2013.

4.3 UMA LUTA DE MEMÓRIAS

Em tempos de Google e Wikipedia, redes sociais as informações circulam pela internet de forma rápida e efêmera. Hiper informação, relevantes ou irrelevantes, assuntos sobre as celebridades, pesquisas, livros para download e uma série de informações sobre todo e qualquer assunto, infinidades de blogs.

No entanto, a desinformação também chega pela internet, a confusão de ideias e de imagens. Foi isso que percebemos em nossa incursão pela cidade de Guimarães em 2013. Fomos surpreendidos por uma tela gigantesca encontrada na Câmara dos Vereadores, doada por pessoa ilustre da cidade, como um presente para ela. Uma tela que retrata a imagem de sua mais ilustre mulher, Maria Firmina dos Reis. Porém, a imagem lá pintada não é da escritora; como já dissemos, não existe nenhuma fotografia ou retrato de Maria Firmina dos Reis; o busto foi feito baseado em relatos orais, e imaginado pelo artista Flory Gama. A imagem retratada na Câmara dos Vereadores da cidade trata-se de uma troca provocada pela internet e por alguns de seus inúmeros blogs que tratam da vida de escritoras ilustres do século XIX.

Hoje, em 2023, o quadro não se encontra mais na Câmara dos vereadores. Ainda bem. Há um projeto em dá-lo de presente ao governo do Rio Grande do Sul para que a homenageada no quadro esteja de fato em sua terra de origem, explicamos:

Quando pedimos a pesquisa de imagem no Google sobre Maria Firmina dos Reis, percebemos que ocorre uma confusão. Em algum momento alguém tomou a imagem da escritora Maria Benedita Câmara Borman, conhecida pelo pseudônimo de Délia, escritora gaúcha do século XIX e que faz parte de um capítulo do livro *História das Mulheres no Brasil*, dentro do artigo de Norma Telles (TELLES, 2008), e usou esta imagem como a imagem de Maria Firmina dos Reis. É esta a imagem do quadro que estava na Câmara de Vereadores de Guimarães:

Figura 11. Pintura onde erroneamente se retratou Maria Firmina dos Reis. Guimarães, Maranhão, Foto nossa, 2013.

Percebemos que esta imagem é uma de uma mulher ricamente adornada. Com um vestido de luxo, um colar, parecendo uma mulher burguesa, branca, diferente dos relatos que Nascimento de Morais Filho recolheu em sua biografia.

O que percebemos patentemente é que a memória social e coletiva sobre Maria Firmina é forte entre os habitantes da cidade; todos já conhecem a sua história ou já ouviram falar sobre ela. Mas do ponto de vista dos lugares de memória, estes se encontravam abandonados, como nos demonstrara algumas fotografias. No entanto de 2013 para cá, como já salientamos muita coisa mudou em relação a memória monumental de Maria Firmina dos Reis em Guimarães-MA. Hoje quem visita a cidade, além de encontrar uma população hospitaleira também terá certeza que está em terras firminianas.

Maria Firmina já adquiriu no Maranhão, desde a publicação do livro do Nascimento de Morais Filho, muitos lugares canônicos. E na década de 1990, tornou-se ícone do movimento organizado de hip-hop de São Luís "Quilombo Urbano".

O Quilombo Urbano criou uma música com letra na qual Maria Firmina aparece como símbolo:

> Sabe quem eu sou? Moleque de
> quebrada , nascido na perifa, briguenta até
> os talo.
> Gosto de basquete, jogo uma bola
> passei pela escola, me formei em História
> sabe o meu nome? Não precisa, não
> importa
> mas coletivamente por mim, não há quem
> possa

Sou Quilombo Urbano Hip Hop Militante
Sou mano de atitude, sou mina de responsa,
sou mano de quebrada, sou mina de favela
sou todos os que lutam por um mundo sem miséria
Pra frente com os ideias de foice e martelo
herói de preto é preto forjado na favela
Sou fugas e mais fugas, sou a morte do senhor.
 Sou filho da revolta que a escravidão gerou.
herdeiro do quilombo.
Sou rapper do Nordeste
Sou gíria bem vermelha que luta pelo certo

Sou mano de quebrada.
Sou mina de favela
sou todos os que lutam por um mundo sem
 miséria .
Sou mano de atitude, sou mina que é de fibra.
herói de preto é preto tipo Cosme e Firmina

herói de preto é preto eu falo, o boy se morde.
Meus heróis não morreram de overdose
como quer o opressor, herói de grife, de moda
que te ensina a ser racista e faz campanha contra as cotas
- Cê conhece a minha história? A de Ras Mauro? A de Verck?
- Cê conhece a história do Q.U.? – Cê conhece?
- Cê conhece a história do aluno problemático?
Cujo herói viraram vultos negros no livro didático ?/
Herói de preto é preto, pretitude além da cor.

> Seja preto, seja branco, só não seja traidor.
> Canguru de sangue azul, eu tô ligado que é um monte
> „ Tipoo aqueles lá que pulam de ong em ong
> Tipo aquela lá, princesinha de papel
> Mulher preta de atitude não se espelha em Isabel
> Meus heróis eu conheci no hip hop, não na escola
> Professor desinformado deturpou minha História.
> Ora bolas, minha senhora! Ver se pode?
> Meus primeiros professores foram Racionais e Gog
> Hoje eu sou educador, mas não professo o conformismo , nem virei refém daquele livro
> Como o boy quer! Como quer o MEC
> O homem preto favelado que não pensa, não reflete, raciocina com a bunda, tipo Gretchen
> Herói de preto é preto, herói de boy não serve
> Sou mano de quebrada, sou mina de favela
>
> sou todos os que lutam por um mundo sem miséria
> sou mano de atitude, sou mina que é de fibra
> Herói de preto é preto, tipo Cosme e Firmina (HERTZ e VERCK, 2008)

Unida ao preto Cosme da Balaiada (1838-1840), Maria Firmina é deslocada à periferia e surge junto a população negra e pobre, militante de esquerda, lutando por um mundo sem miséria. O movimento hip-hop organiza assim uma determinada forma de memória social que havia se formado em torno de Maria Firmina dos Reis, a da primeira mulher romancista e negra do Brasil. Assim

Maria Firmina dos Reis se transformou numa heroína para os jovens das periferias de São Luís.

Terminamos este capítulo com uma certeza: a memória sobre Maria Firmina dos Reis é vasta: temos uma crítica literária que acabou consagrando-a como a primeira escritora abolicionista do Brasil; a seguir, temos a memória de vários movimentos de mulheres e negros, que a colocam como primeira escritora negra brasileira.

Nossa intenção a seguir é, através dos escritos deixados por Maria Firmina dos Reis, tentar compreender como essa escritora percebia o mundo que a cercava, e como através da literatura tentou interferir nesse mundo. Pistas aqui já foram dadas que a escravidão foi a grande temática da autora, portanto, é sobre as representações da escravidão no Maranhão na segunda metade do século XIX, a partir do olhar de Maria Firmina dos Reis, que nos debruçaremos e também sobre alguns dos seus personagens femininos para tentar compreender como Maria Firmina dos Reis entendeu a si mesma e representou as demais contemporâneas em seu texto.

5. REPRESENTAÇÕES DE MULHERES EM MARIA FIRMINA DOS REIS

Neste capítulo, abordaremos as representações[52] das mulheres[53] em Maria Firmina dos Reis, ao longo de sua obra. Tomaremos como textos centrais Úrsula, de 1859, o conto *Gupeva*, de 1861, e o conto *A escrava*, de 1887. Nossa intenção é ler, nesses textos, como Maria Firmina dos Reis representou e pensou as mulheres[54] de seu tempo, como em seu discurso literário as mulheres são construídas e também, quando possível, ver como a própria autora se pensava como escritora e mulher, na segunda metade do século XIX, no Maranhão.

Como já foi apontado, o Maranhão da segunda metade do

---

[52] Usamos o conceito de representação de Roger Chartier: "As percepções do social não são de forma alguma discursos neutros: produzem estratégias e práticas (sociais, escolares, políticas) que tendem a impor uma autoridade à custa de outros, por elas menosprezadas, a legitimar um projeto reformador ou a justificar, para os próprios indivíduos as suas escolhas e condutas. Por isso esta investigação sobre as representações supõe-nas como estando sempre colocadas num campo de concorrências e de competições cujos desafios se enunciam em termos de poder e de dominação. As lutas de representações têm tanta importância como lutas econômicas para compreender os mecanismos pelos quais um grupo impõe, ou tenta impor, a sua concepção do mundo social, os valores que são os seus, e o seu domínio. Ocupar-se dos conflitos de classificações ou de delimitações não é, portanto, afastar-se do social- como julgou durante muito tempo uma história de vistas demasiado curtas- muito pelo contrário, consiste em localizar os pontos de afrontamento tanto mais decisivos quanto menos imediatamente matérias" In: CHARTIER, 1990 p. 59.

[53] Usamos mulheres no plural, por entender que ao abordar uma história das mulheres, só podemos compreendê-las a partir de um ponto de vista diversificado, de raça, cor, classe. Cf. SAMARA, 2003.

[54] Sobre a história de mulheres no Maranhão do século XIX e XX e relações de gênero Cf: ABRANTES, 2004 e CORREIA, 2006.

XIX era palco de uma economia agroexportadora que se encontrava em decadência, assim como quase todo o Norte. É neste período que o Sul, com a economia cafeeira, vai se estabelecer como principal produtor de exportação brasileira, seguido pela borracha na região do Pará e Amazonas, já que, por razões de concorrência internacional, o açúcar das Antilhas, a lavoura canavieira havia perdido espaço na exportação.

É nessa economia periférica que era o Maranhão da segunda metade do século XIX, que Maria Firmina dos Reis apareceu como escritora, publicando seu romance Úrsula em 1859.

É importante pensar que o Maranhão em que Firmina viveu passou também por várias transformações culturais. O Maranhão do século XIX, assim como boa parte do país, vivenciou um período de efervescência cultural; segundo Nicolau Sevcenko: "O século XIX foi o século da literatura" (SEVCENKO. 2003)

Essa imagem de um século no qual a literatura, e frisemos, a literatura moderna, ganhou um espaço privilegiado, confundindo, muitas vezes, jornalistas e literatos. Afinal, quase todos os jornalistas eram literatos fez com que a literatura ocupasse um lugar de destaque e servisse como distinção social. Era preciso publicar versos para ser considerado um indivíduo pensante e que se diferenciava dos demais. Na "Ilha de letrados em um oceano de analfabetos", no dizer de José Murilo de Carvalho (CARVALHO, 2007), pensando o Brasil do século XIX, fazer versos e publicá-los em jornais era sinal de distinção.

No Maranhão, não foi diferente. No jornal semanal *A Marmotinha*, que se autointitulava "Jornal joco-sério, literário e recreativo", em novembro de 1852, encontramos um texto que trata sobre a educação da "mocidade" maranhense do período; e, neste artigo, percebemos como o cronista anônimo lia o retorno dos formados em Direito em Olinda:

> Chegados que tenham aos 18 anos são remetidos à Olinda, foco de Luzes, e também de depravação; ali sem terem quem os possa reprimir nas suas imorais ações, passam os cinco anos que levam para obterem o grão de Bacharel, não a estudarem, mas sim, introduzidos nas mais infames e objetas orgias, a que eles mui bem chamam pagodes, gastando superfluamente a pensão que muitas vezes por bem caro, seus pais lhes mandam abonar. Assim se passam despercebidamente estes cinco anos, no fim dos quais obtêm, por patronato, a carta de Bacharel formado em ciências jurídicas e sociais: e com isto se recolhem à Pátria, mui ufanos de si, qual outra gralha da Fabula. Assim que na rampa (lugar de desembarque nesta cidade) aportam, mostram em seus ademanes e modos de trajar, que foi esse o único dos estudos que aproveitaram; mesmo assim, **procuram logo introduzir-se na redação d'alguma folha política, para que, escrevendo contra o governo, este o empregue para fazê-los calar.** Obtêm, portanto uma promotoria, ou qualquer outro emprego, e aí confundidos, é que dão mostras de ignorarem aquilo que foram examinados, e plenamente aprovados; embaraçados com algum despacho de mais circunstância que tenham a dar, para resolverem qualquer dúvida, recorrem de pronto, como taboa de salvação, ao infalível — Fiat jus titia — e com isto se vê o Julgador o mais das vezes entre a cruz e a caldeirinha. (Jornal *A Marmotinha*. 1852. BPBL, setor Hemeroteca. Grifos nossos.)

A formação desta "mocidade" em Olinda demarcou as

relações sociais e políticas dessa elite letrada na segunda metade do Oitocentos. Segundo Henrique Borralho, entre 1832 e 1922, trezentos e sete maranhenses passaram pela Faculdade de Direito de Recife. (BORRALHO, 2011, p. 59) Os bacharéis retornavam à cidade e ocupavam os espaços dos jornais, escrevendo críticas, versos, dedicando poemas. Muitas vezes, colocando-se para que, no dizer do crítico anônimo, fossem contratados como funcionários públicos para "calarem-se". A relação dos literatos com as funções públicas visto que era o Estado o grande e maior empregador desses filhos de uma elite, muitas vezes, iletrada[55], demarcam as intricadas relações que esses homens e mulheres de letras tiveram que enfrentar para, algumas vezes, sobreporem-se ou mesmo tentar não fazer parte do coro dos contentes. Às vezes, também, apenas se enquadrando nos locais de chefia, nos quadros governamentais, muitas vezes, já ocupados por seus pais.

Maria Firmina dos Reis era também funcionária pública, professora régia desde 1847, na vila de Guimarães, lançando seu livro Úrsula aos 34 anos de idade, em 1859. (MORAIS FILHOI, 1975) Provavelmente, a escrita de Úrsula tenha se dado pelos anos de 1853 e 1854, e que como vimos já estava pronto em 1857, quando a professora pediu licença, por vários meses, alegando problemas de saúde:

> Licença concedida a Professora de Primeiras letras da vila de Guimarães D. Maria Firmina dos Reis.
> O Presidente da Província resolve conceder dois meses de licença com os respectivos vencimentos a D. Maria Firmina dos Reis, professora Pública de primeiras letras da vila de

---

55 Cf. CARVALHO, 2007.; MATTOS, , 2004. Em relação ao caso específico do Maranhão e como sua elite letrada esteve entrelaçada com a política local cf: BORRALHO, 2010.

Guimarães para tratar de sua saúde onde lhe convier devendo começar agora d'ela dentro do prazo de vinte dias. Palácio do Governo do Maranhão em 4 de outubro de 1853. Pagou dois mil reis em que ficou lançados no L.º competente. Secretária da Província do Maranhão, 4 de outubro de 1853.[56]

Úrsula recebeu uma relativa acolhida pelos jornais da cidade, onde encontramos alguns anúncios que vendiam o romance. No entanto, pouco foi dito sobre ele.[57]

Agora faremos uma análise de como Maria Firmina dos Reis viu e representou o mundo de mulheres da segunda metade do século XIX, como viu e se viu como mulher escritora numa sociedade na qual a literatura era além de espaço de distinção, também espaço para se pensar sobre o mundo e o meio que a cercava.

5.1 UMA ESCRITA DE SI

A literatura feita por mulheres, no Brasil oitocentista, era uma expressão rara, era permitida, mas, na grande maioria das vezes, consistia em uma literatura de "bicos e bordados", falando de amor açucarado, de borboletas azuis, de amores galantes. Pouquíssimas foram as mulheres escritoras que ousaram criar coisa diferente, falar de outras temáticas, e falar sobre e ser contra a escravidão na década de 1860: só conhecemos, até agora, os textos de Maria Firmina dos Reis. Outras se arvoraram a

---

[56] Livro de registro de portarias de licença saúde, assuntos particulares, prorrogações de licença. Livro n.º 1568. Arquivo Público do Estado do Maranhão, APEM. Devo essa indicação de fonte ao professor César Augusto Castro, do Departamento de Educação da Universidade Federal do Maranhão. Embora Nascimento de Morais Filho, em seu *Maria Firmina dos Reis: Fragmentos de uma vida*, cite esse pedido de licença, ele não a transcreve, nem dá a importância que aqui colocamos, da possibilidade de Maria Firmina dos Reis ter aproveitado os meses que pediu de licença, entre 1853, 1854, 1855 e 1856. Pede licença também no ano de 1859, provavelmente como aponta Nascimento de Morais Filho para a preparação da publicação de Úrsula.

[57] Ver as críticas e análise sobre elas no capítulo 4.

falar contra o jugo escravocrata[58], mas isso se deu mais no final do século XIX, quando a abolição era um fato inexorável.

Por isso, ser uma mulher escritora, na província do Maranhão em pleno oitocentos, não foi fácil, como aponta Hoock-Demarle:

> A mulher sábia inspira medo, é uma singularidade, já não é mulher ou então- e isso mais um olhar de homem- é ridícula, um espantalho que provoca em alguns 'arrepios de febre" (...) Enquanto se contenta em embelezar o espírito e colecionar amáveis citações para os seus álbuns de poesia, uma mulher cultivada é o orgulho de seu noivo ou do seu marido. Mas se procura enriquecer os seus conhecimentos, se analisa o conteúdo das suas leituras, se as confronta com as realidades que a rodeiam, logo o espectro da mulher erudita regressa. (HOOCK-DEMARLE, 1991. p. 179.)

Acreditamos que Maria Firmina vivenciou vários percalços por ser uma mulher escritora. Encontramos ainda, em 1871, no jornal *O Progresso*, o seguinte texto, extração de outro jornal baiano, no qual o cronista discorre sobre as mulheres literatas:

> – A mulher é física e moralmente predestinada a exercer outra ordem de funções que o homem na família. O homem, ativo, robusto, trabalha lá fora, ao sol. A mulher, delicada, amante, cria o filho, administra a casa.
> Isto quer dizer que a mulher não nasceu para literata; mas para mãe de família; e que não lhe é dada a disputar ao homem, se lhe é dado disputar alguma coisa aquele de quem tudo consegue e a quem tudo entrega, senão o amor de seus filhos.

---

58 Cf. SILVA, 2002.; CAVALCANTE, 2008.

Deve ser a mulher inteligente e instruída? Sim, para a vocação severa da maternidade.
E para cumprir seus deveres? perguntarão.
Vejamos. A mulher, além de douta mãe de família, deve ser esposa fiel. Para a primeira missão precisa ser instruída; para a segunda, não.
Uma mãe pode não educar bem seu filho por ignorante; nunca, porém, falta a seus deveres de mulher por inocente.
Os deveres das mulheres são difíceis de cumprir, mas facílimos de ser compreendidos.
Por mais inculta que seja a mulher é sempre mais sábia que o homem em assuntos de amor, e tem para defender-se, além da perspicácia que lhe dá a natureza, o pudor que a acompanha desde o berço, os brados de sua consciência e a vergonha da opinião pública, quando não tivesse a experiência de todos os dias.
Por isso mesmo que o homem tem mais razão e a mulher mais sensibilidade é que o conhecimento dos deveres no homem mantêm-no na probidade, e esse mesmo conhecimento não guarda as mulheres, porque acima da inteligência predomina a paixão.
Bahia, 6 de agosto de 1871.
B. Barreto. (Jornal *O Progresso*, 1871. BPBL)

Citando Eugênio Pelettan, poeta português, para B. Barreto, a função da mulher seria propriamente o papel de mãe, então, nesse sentido, não havia necessidade da mulher trabalhar fora de casa nem se instruir para ser "literata". Esse discurso seguramente corresponde ao ideal de mulher de elite, pois evidentemente não poderia ser aplicado às mulheres escravizadas, principalmente no que se refere à questão do trabalho. A instrução para as mulheres de elite, lhe seria útil para educar os filhos, mas não para adentrar no mundo das letras. O texto foi veiculado em um jornal em São Luís de 1871, mesmo ano que Maria Firmina dos Reis lança seu livro *Cantos à Beira-mar* e também já havia lançado Úrsula em 1859;e continuou, nesse intervalo de tempo, publicando nos jornais. Portanto, ocupando um lugar que, teoricamente, não lhe estava reservado; ser escritora.

Consta que, por volta de 1868, a cidade de São Luís contava com trinta e cinco mil habitantes. (MARQUES, 2008) No censo de 1855, que dá conta das seguintes ruas da capital, registrando oitenta quarteirões, divididos entre as seguintes ruas: Rua da Cruz, Rua de Santo Antônio, Rua do Ribeirão, Rua das Barrocas, Rua do Egito, Beco do Machado, Praia do Caju, Praia Pequena, Praia Grande, Praia das Mercês, do Desterro, do Portinho e Largo da Fonte das Pedras. Constatamos que, neste censo, dos nove mil habitantes arrolados, quatro mil duzentos e oito eram mulheres, três mil, seiscentos e cinco eram escravizados. As mulheres estavam divididas, entre cativas, livres, crianças, adultas, brancas, mulatas, cafuzas, pardas e pretas.[59]

Mas o discurso que vinha, nos jornais, sobre as mulheres, era um discurso normatizador, principalmente, porque as imagens que se veiculavam em alguns jornais sobre as mulheres estavam repletas de um discurso ora da negatividade, ora de uma positividade, no sentido de que somente haveria duas formas de se pensar nas mulheres; anjo ou demônio[60], ou seja seres cheios de qualidades

---

59 Primeiro Caderno do Recenseamento da população da cidade de São Luís do Maranhão. Maranhão, 20 de maio de 1855, João Nunes de Campos. Arquivo Público do Estado do Maranhão. Livro n.º 1701.
60 Cf. RAGO, 1997. Principalmente o seguinte trecho: "Identificada à religiosa ou mesmo considerada como santa, a imagem de Maria, a mãe será totalmente dessexualizada e purificada, ainda mais que, ao contrário, a mulher sensual, pecadora e principalmente prostituta, será associada à figura do mal, do pecado e de Eva, razão da perdição do homem. Assim serão contrapostas no discurso burguês duas figuras femininas, polarizadas, mas complementares: a santa assexuada, mas mãe, que deu origem ao

virginais e quase santificadas ou seres supérfluos. Interessante ver as imagens que circulavam à época da publicação de *Úrsula*:

> Também cá no Maranhão, há meninas bem faceiras, que namoram dois e três e não são as derradeiras;
> Pois há outras que são sonsas e são mais namoradeiras.
> (*Jornal A Marmotinha*. 1852, BPBL)

> MOTE.
> Elas morrem por casar.

> GLOSA.
> Meninas que da janela não se querem afastar. Não há dúvida nenhuma; elas morrem por casar.(*Jornal A Marmotinha*. 1852, BPBL)

> A desgraça que desce reconcilia todos os homens, assim como a perda dos encantos de uma mulher bela a reconcilia com todas as outras. Três coisas movem poderosamente as mulheres: o interesse, o prazer e a vaidade. Há três coisas que a maior parte das mulheres lança pela janela, seu tempo, seu dinheiro e a sua saúde. A honra de um homem consistiria em bem pouca cousa se ela estivesse presa ao vestido de uma mulher A mulher mais virtuosa é aquela de quem se fala menos. Toda a mulher que repousa muito sobre sua virtude corre o risco de perdê-la (*Jornal O Século*, 1860. BPBL)

---

salvador da humanidade, que padece no paraíso do lar e esquece abnegadamente dos prazeres da vida mundana e a pecadora diabólica que atraí para as seduções infernais do submundo os jovens e maridos insatisfeitos. A segunda exclusivamente carnal e egoísta- encarnação do mal. Ambas, no entanto, submissas, dependentes, porcelanas do homem, incapazes de um pensamento racional e consequentemente, de dirigirem suas próprias vidas." (RAGO,1997, p. 82.

É bom lembrar que essas imagens de mulheres se dirigiam ao público leitor, um público que se constituía numa parcela mínima da sociedade. Embora, como já apontaram Robert Darnton (DARTON, 2007) e E. Palmer Tompson (THOMPSON, 1987), era possível que essa leitura fosse compartilhada entre os iletrados, através de leituras coletivas, onde aquele que sabia ler o fazia para os demais. No entanto, o que podemos inferir, nestes textos, que encontramos nos jornais do período, são as imagens que se construíram sobre as mulheres, a "atmosfera cultural" sobre o mundo feminino, apesar de nos parecer evidente que os cronistas anônimos estivessem falando das mulheres de elite, que podiam "perder" tempo nas janelas. Mas esse discurso se pretendia homogeneizador.

Ao falar das mulheres como um todo, como um ser uno, sem divisões de classe, raça, condição social, os cronistas referendavam um discurso sobre o ideal das mulheres de elite, e que deveria ser talvez, um modelo a ser seguido por todas. Mais do que descobrir o porquê desse discurso é importante nos perguntarmos como ele se fazia presente[61] e como afetou as imagens, construções e representações que Maria Firmina dos Reis fazia de si mesma e de seus personagens como mulher e escritora.

O mito das origens da mulher, foi também reelaborado e retomado, nesse período, em um poema também anônimo, ainda no jornal *A Marmotinha*, em 1852.

A origem da Mulher

---

61 A observação de que mais importante do que entender por que "as mulheres" eram lidas de tal e tal maneira em determinado período seria melhor se perguntar como isso se deu, de que formas esse discurso se fez dominante, foi para nós colocada pela historiadora Joana Maria Pedro, em mini-curso ministrado no Programa de História Social da UFC, em 2001.

Quando eu era pequenino que jogava o meu pião, certo velho me contava a vida do pai Adão. Me disse que Deus lhe dera tudo quanto era preciso, n'um lugar perto do Céu que se chama o Paraíso. Mas que não dano a mulher para sua companheira foi pedi-la humildemente a chorar desta maneira: "Oh! Senhor, vago sozinho por este mundo que é vosso, tenho frio, tenho medo...Viver assim já não posso. Dai Senhor, que uma mulher me venha a vida afagar, dai Senhor que sobre a terra não tenha o que desejar... -Tel-a-has, - Disse-lhe Deus,- Tel-a-has formosa e bela.- Mas de ti hei de arrancar - Pra fazê-la - uma costela "Sim meu Deus- Tornou-lhe Adão, aceito a vossa bondade, pois que nessa graça vejo toda a minha felicidade. E Deus então resolvido, sem demora e sem cautela arrancou do lado esquerdo de Adão, a tal costela. E depondo-a sobre o chão...Eis que salta um cão pelado, fazendo dela uma presa; E... Correu muito apressado. Adão largou-se após ele, pelo rabo o agarrou; com tal força, e desespero, que do cão o separou. Fatigado pelo excesso, não podendo-o perseguir resolveu tonar à Deus p'ra o pedido ir-lhe pedir. E este, compadecido, o milagre resolveu; da cauda fez a mulher por quem Adão padeceu. Aqui tendes meu leitor, a história que assim acabo:- A mulher nasceu do cão,- E esse cão era o diabo.*R* (Jornal *A Marmotinha*, 1852, BPBL)

Mais uma vez, a imagem demoníaca é retomada, a Eva pecadora. Aquela que não foi criada da costela do homem, mas do cão, do diabo. Este ser endemoniado que levou milhares de homens à perdição. Eternamente culpada pela perdição da humanidade, uma imagem que se repete até a exaustão. As mulheres seriam seres perigosos. Males necessários ao mundo, justamente pelo seu avesso, que seria a mãe, a santa, a virgem, a *mater dolorosa*, que tudo sofre para expiar o mal do mundo, para pagar um pecado eterno.

Encontramos ainda outra imagem de mulher que se coloca nas representações do século XIX, aquela mulher aburguesada que só pensa em modas, arrumar um "bom partido", ler romances fúteis, adornar-se e ser adorno dos bailes. A mulher sem conteúdo, e que, por fim, também só pensa em vaidades. O cronista chamou-a de "a mulher do tom".[62]

> A senhora do tom.
> ... com um coração feminino, mistura d' esforço e timidez, d' energia e fraqueza — que será sempre para a filosofia um mistério-
> (Alexandre Herculano)
>
> Uma Sra. do tom? Senhora...e do tom! Credo!- cruzes!
> — Ente incompreensível, caos em que se distingue a ignorância a par da esperteza- vaidade e amor próprio casado com afetada modéstia, coração rijo e duro, duro e rijo como o mais fino diamante!...
> É um mistério inexplicável! Duas palavras sobre este mistério.
> O olhar de uma Senhora do tom penetra em toda a parte; mas por superficial, nada profunda; - seu espírito limitado é todavia universal; - qualquer existência, que não se assemelha à sua, é nula, é miserável- zomba-se dela!-
> Uma senhora que deixou passar sua mocidade sem pertencer a moda, nem sequer um dia;- na sua opinião- tem vegetado, não tem vivido.
> A senhora do tom de nada gosta absolutamente- A Música,

---

[62] Sobre a mulher burguesa no século XIX, ver: D'INCAO, In: PRIORE, 1997, p. 223-240.

a dança, a poesia não lhe serve de prazer, senão em certas ocasiões. A Música agrada-lhe, é verdade, mas é n'um grande teatro, na ordem nobre, vista por todos, tendo bastantes atenções fixas sobre si, e quando dois rapazes do tom e d' alta consideração a distraem com um aturado galanteio!
Apraz-lhe a dança, mas quando? — n'um baile magnífico, onde só encontre nobreza e riqueza; seu vestuário elegante, rico e extraordinário, deverá encantar, seduzir, e causar geral admiração;- suas graças deverão ter, pelo menos, meia dúzia de admiradores, que, a porfia, a lisonjeiem, e procurem agradar-lhe ou em termos do tom- lhe façam corte.
Se tal acontece, confessa-se no dia seguinte muito satisfeita — muito me diverti, muito gostaram do meu vestuário, todos a uma, diziam — que era eu a pessoa mais elegantemente vestida que lá estava; sempre tive bons pares, o barão de... o visconde de ...o comendador...o deputado...
— porém se nada disso teve lugar, se pouca gente lhe deu atenção, se lhe faltaram pares para todas as contradanças, a linguagem mudou inteiramente — que noite insípida que passei ontem, que senhoras tão mal vestidas, que homens tão pouco delicados.
(...)
À vista de uma pinga de sangue- desmaia; todavia namora a bandeiras despregadas na presença de um homem que tem a imperdoável loucura d'estar por ela apaixonado, ralando-o de ciúmes- e ri se!!-
Lê um romance- chora: atraiçoa o futuro esposo, engana-o por muito tempo, e depois casa com outro e zomba!!-
A um homem que despreza seus encantos- odeia-o; - a quem rendido a admira, e lisonjeia- chama-lhe tolo!!-
Vai lá compreendê-las!!

> Eis o que é uma senhora do tom . João Mendonça- Extr.
> (Jornal *A Marmotinha*. 1853, BPBL)

Citando Alexandre Herculano como epígrafe, onde o autor romântico português fala da indecifrável dicotomia feminina entre força e fraqueza, o mistério do mundo feminino em um discurso aburguesado e dirigido para aquelas "senhoras do tom" e da elite do século XIX, mas que se pretendia homogeneizador.

É nesse universo cultural, portanto, que Maria Firmina dos Reis se coloca como escritora, nesse mundo que pensava nas mulheres de elite como seres desprovidos de qualquer racionalidade. O avesso da mulher fútil seria a santa mãe, a mulher virtuosa, honesta e recatada. Estranha dicotomia na qual Maria Firmina dos Reis teve que conviver e se pensar como mulher e escritora. Em um mundo literário marcadamente masculino, no qual a palavra pública contrariando a morfologia é masculina, Maria Firmina publica seu romance Úrsula, tendo que lidar com esses olhares e, muitas vezes, ser pega na teia desses discursos, que de tão repetidos passam a ser estereótipos. Não é à toa que, assim como as demais escritoras do período[63], inicia seu livro, Úrsula, com um pedido de desculpas:

> Mesquinho e humilde livro é este que vos apresento leitor. Sei que passará entre o indiferentismo glacial de uns e o riso mofador de outros, e ainda assim o dou a lume. Não é a vaidade de adquirir nome que me cega, nem o amor próprio do autor. Sei que pouco vale este romance, porque escrito por uma mulher, e mulher brasileira, de educação

---

63 Sobre as escritoras do século XIX, cf: MUZART, 2000.

> acanhada e sem o trato e a conversação dos homens ilustrados, que aconselham, que discutem e que corrigem, com uma instrução misérrima, apenas conhecendo a língua de seus pais, e pouco lida, o seu cabedal intelectual é quase nulo. (REIS, 2004, p. 13)

Mesmo tratando-se de um recurso retórico da época, pedir desculpas pelo livro que se traz a lume, podemos perceber que Maria Firmina tem clareza que o lugar que tenta ocupar, no universo das Letras, estava vedado às mulheres.

Maria Firmina percebe essa problemática e percebe também a dificuldade de uma mulher, mesmo que letrada, adentrar nesse debate, por isso, resguarda-se das críticas que, porventura, apareceriam usando o recurso da "falsa modéstia", dizendo que "seu cabedal intelectual era quase nulo". Sabe que seu romance será lido pelos "homens que aconselham, discutem e corrigem". Percebemos nesse pequeno trecho um grande grau de ironia firminiana. Mas mesmo sabendo disso, nos perguntamos, por que então publicar um romance? A própria autora nos responde ainda no prefácio:

> Deixai, pois que a minha ÚRSULA, tímida e acanhada, sem dotes da natureza, nem enfeites e louçanias d'arte, caminhe entre vós. Não a desprezeis, antes amparai-a nos seus incertos e titubeantes passos para assim dar alento à autora de seus dias, que talvez com essa proteção cultive mais o seu engenho, e venha a produzir cousa melhor, ou quando menos, sirva esse bom acolhimento de incentivo para outras, que com imaginação mais brilhante, com educação mais acurada, com instrução mais vasta e liberal, tenham mais timidez do que nós. (REIS, 2004, p. 14)

Dessa forma, Firmina entendia que só a publicação do romance já poderia motivar as demais mulheres a trazerem seus textos à tona. Afinal, publicar já é uma ação política.⁶⁴ A publicação de Úrsula era, dessa forma, um incentivo, um chamado, para que outras adentrassem no mundo das letras. Nos jornais, encontramos sempre o texto literário, como folhetins, como versos soltos no meio destes, publicações a pedido. A literatura ocupava um lugar importantíssimo no universo cultural do século XIX. Não é à toa, portanto, que algumas mulheres letradas tenham buscado se aventurar nesse mundo, escrever versos, publicar romances, colocar-se num espaço que as relegava ao silêncio.

As mulheres eram personagens dos romances galantes, leitoras, criaturas, nunca criadoras; portanto, aventurar-se a publicar um romance, e um antiescravagista como o foi Úrsula de Maria Firmina dos Reis era, antes de tudo, uma atitude política.

No entanto, dizer apenas isso não basta. É preciso compreender que papéis Maria Firmina criou ao longo de sua obra, além de se ver como escritora, além de chamar as outras mais "ilustradas", mais "liberais" para o debate. Como Firmina pensou em seus personagens femininos, como muitos dos discursos colocados da época sobre as mulheres influenciaram sua obra e sua visão de mundo? Em que momentos ela avança e em quais se deixa prender na teia discursiva

---

64 Cf. SARLO, 2005. "O olhar político se fixaria, justamente nos discursos, nas práticas, nos atores, nos acontecimentos que afirmam o direito de intervir na unificação, ostentando, diante dela, o escândalo de outras perspectivas. Assim, olhar politicamente é pôr as dissidências no centro do foco, o traço oposicionista da arte frente aos discursos (a ideologia, a moral, a estética) estabelecidos. Um olhar político aguça a percepção das diferenças como qualidades alternativas frente as linhas respaldadas pela tradição estética ou pela inércia (ligadas ao sucesso e a facilidade) do mercado. Porque, de alguma maneira, olhar politicamente a arte supõe descobrir as fissuras no consolidado, as rupturas que podem indicar mudanças tanto nas estéticas quanto no sistema de relações entre a arte e a cultura em suas formas prático-institucionais e a sociedade." (SARLO, 2005, p. 80-81)

do discurso normatizador sobre as mulheres, como escritora de seu tempo, historicamente datada? Para fazer isso, dividimos em três imagens que percebemos serem constantes no texto firminiano: as mães, as sobreviventes e o último trata do conto *Gupeva*, no qual Firmina traça a imagem de uma mulher indígena.

5.2 AS MÃES

Entre as mães que Maria Firmina dos Reis inventou, percebemos ao menos duas imagens contrapostas: a mãe plena de felicidade e a *mater-dolorosa*.[65] A primeira pode ser associada, a nosso ver, com a África e a maternidade em ambiente de liberdade. A segunda, com a *mater dolorosa*, a mãe como imagem do sofrimento e da abnegação total, do amor incondicional aos filhos. A imagem divina de sofrimento e de padecimento no paraíso que é a maternidade em um contexto de escravidão.

A pátria África foi berço de alguns dos seus personagens escravizados que aparecem no romance Úrsula. Preta Suzana, uma africana que teria vindo para o país através dos tumbeiros relembra e reconstrói a imagem da família, da África, lugares de felicidade para sempre perdidos e deixados para trás. Depois de exaltar a liberdade que gozou em sua infância na África e a alegria e a saudade que essas lembranças lhe trazem, Preta Suzana pondera:

> Ah meu filho! Mais tarde deram-me em matrimônio a um homem, que amei como a luz dos meus olhos, e como

---

[65] Chamamos de *mater dolorosa* a um dos tipos femininos criados por Maria Firmina dos Reis, por aproximação ao personagem cristão da Maria em sofrimento pela expiação do filho Cristo. A *mater dolorosa* sofre assim por todas as mães e por todos os filhos perdidos.

penhor dessa união veio uma filha querida, em quem me revia, em quem tinha depositado todo o amor da minha alma: - uma filha, que era a minha vida, as minhas ambições, a minha suprema ventura, veio selar a nossa tão santa união. **E esse país de minhas afeições**, e esse esposo querido, essa filha tão extremamente amada, ah Túlio! Tudo me obrigaram os bárbaros a deixar! Oh! Tudo, tudo até a própria liberdade! (...) Quando me arrancaram daqueles lugares, onde tudo me ficava- **pátria,** esposo, mãe e filha, e liberdade! Meu Deus! O que se passou no fundo da minha alma, só vós o pudeste avaliar.(REIS, 2004, p. 115-117)

Nesta passagem do romance *Úrsula*, na qual a personagem Preta Suzana relembra sua pátria ancestral, percebemos a construção idealizada de uma África por Maria Firmina dos Reis, uma África de lindas conchinhas, de sol claro, mas que antes de tudo representava o tempo da liberdade. A mãe pátria que proporcionou à preta Suzana o que ela não tinha no Brasil. A escravidão retirou dela tudo que lhe era mais caro: a filha, o esposo, a pátria, a liberdade!

Maria Firmina, ao construir essa imagem de pátria África, a constrói como o avesso do que era o Maranhão e por extensão o Brasil; a África de Maria Firmina dos Reis era uma África sonhada, idealizada[66], mas que tinha como princípio a liberdade.

Na mãe África inventada de Maria Firmina, as relações de escravização dentro do próprio continente africano não existiam. A pátria era uma mãe, boa, que perdia seus filhos levados pela ganância dos escravocratas. Até que ponto Maria Firmina sabia sobre

---

[66] Sobre a idealização romântica da África, principalmente pelo poeta Castro Alves, ver: SILVA, 2006

o continente africano do século XIX é difícil responder.[67] O que sabemos, com certeza, é que a escritora utiliza dessa imagem para recriar o avesso do país, na pátria ausente havia liberdade. Nessa imagem formada, construída ou idealizada, a África era o território e o lar daqueles cativos que clamavam contra a escravidão.

Outra passagem importante na qual percebemos isso é a fala do velho escravo Antero, também no romance Úrsula, em que o escravo relembra como eram as festas na sua pátria: O escravo Antero é apresentando, na narrativa, como dado ao "mau-hábito" da bebida alcoólica, por isso, ser em degradação, que pedia a um e a outro dinheiro para matar o vício (REIS, 2004, p. 207-208). As lembranças do velho escravo Antero, de seu tempo, da época em que trabalhava e, portanto, podia custear a sua bebida, podem remeter ao passado como escravizado, mas que quando jovem, podia ter sua plantação, vender alguns artigos dela[68], ou podem dizer respeito ao tempo no qual não era escravizado. Na pátria onde podia beber em dias festivos, onde a própria bebida tinha outro significado, que era o da festa, a celebração que Maria Firmina chama de fetiche, mas, na qual, a qualidade da bebida extraída do vinho da palmeira era muito melhor do que a encontrada na terra do romance, que agora, sem sombra de dúvidas, tratava-se do Maranhão, quando a escritora cita a tiquira, cachaça feita à base de mandioca, própria da região.

Mais uma vez, a pátria África aparece como o avesso do que aqui era encontrado, era a pátria da liberdade, da festa, do fetiche,

---

[67] Para Gomes tudo leva a crer que Reis retirou essa narrativa do convívio direto com os cativos, que podiam sim não ter sido escravizados em África, apenas no Brasil, pelo menos os escravizados com os quais Reis provavelmente conversou. Cf. GOMES, 2022

[68] Sobre essa discussão da possibilidade de escravizados do campo, ter suas próprias plantações e venderem parte de seus produtos agrícolas, ver o texto já clássico: CARDOSO, 1987.

da bebida com um significado religioso e não de degradação, como o álcool tinha se tornado para o velho Antero.[69]

Outra imagem de mãe é a *mater dolorosa* que pode ser encontrada no conto *A Escrava*, de 1887.[70] Esse conto já foi publicado muito tempo depois de Úrsula, de 1859, e já quando havia, no Maranhão e no Brasil, toda uma discussão sobre a abolição da escravidão. Jalila Ayoub Jorge Ribeiro nos fala que, na província, a discussão sobre a abolição, na década de 1880, era uma constante nos jornais do período. Também nos informa que foi criado o Centro Artístico Abolicionista Maranhense em 1881. (RIBEIRO, 1990) É importante ressaltar, portanto, que já havia neste conto, publicado em 1887, um tom mais forte, abertamente abolicionista.[71]

Sintomática nesse sentido é a fala da escrava Joana, que perdeu seus filhos para o tráfico interprovincial.

> - Não sabe, minha senhora, eu morro, sem ver mais meus filhos! Meu senhor os vendeu... eram tão pequenos...eram gêmeos. Carlos, Urbano... Tenho a vista tão fraca... é a morte que chega. Não tenho pena de morrer, tenho pena de deixar meus filhos... Meus pobres filhos!...Aqueles que me arrancaram destes braços... este que também é escravo!...
> (...)
> Ah! Minha senhora! Abriu os olhos. Que espetáculo! Tinham metido adentro a porta da minha pobre casinha, e nela penetrado meu senhor, o feitor, e o infame trafican-

---

69 Essa discussão de outro significado construído para África no olhar de Maria Firmina dos Reis pode também ser encontrada em: NASCIMENTO, 2009.
70 Sobre esse conto ver artigo de SANTOS, 2003, p. 97-104.
71 Sobre o processo de abolição no Brasil cf.: COSTA, 1998; ainda da mesma autora: COSTA, Emília Viotti da. 1982. Também cf.: AZEVEDO, 2010 e MACHADO, 1994

te. Ele, e o feitor arrastavam sem coração, os filhos que se abraçavam a sua mãe.
(...)
-Por Deus, por Deus, gritei eu, tornando a mim, por Deus, levem-me com meus filhos!
-Cala-te! gritou meu feroz senhor.- Cala-te ou te farei calar.
-Por Deus, tornei eu de joelhos, e tomando as mãos do cruel traficante: - meus filhos!...meus filhos!
Mas ele dando um mais forte empuxão, e ameaçando-os com o chicote, que empunhava, entregou-os a alguém que os devia levar... (REIS, 2004, p. 256-257)

A escrava Joana, aqui inventada, estava inserida dentro da lógica do tráfico interprovincial que separou milhares de mães e filhos cativos. A partir da proibição do tráfico negreiro transatlântico, o Maranhão se constituiu como exportador de escravos no tráfico interprovincial. Podemos ver como em alguns jornais do período, a partir da segunda metade do século XIX, muitos cativos eram vendidos:

ESCRAVOS

Compram-se para fora desta província a tratar do ajuste no sobrado da rua da Estrela sob nº 27.
Para as boas figuras de 14 a 25, anos de idade, pagam-se por bons preços, e isto em continuação (*Jornal O Publicador Maranhense*, 1871, BPBL).

LEILÃO DE ESCRAVOS.

Os abaixo assinados administradores da massa falida de Antonio Pinto Ferreira Viana, competentemente autorizados pelo Sr. Dr. Juiz de direito especial do comércio farão vender em leilão mercantil no dia 24 do corrente mês pelo corretor Manoel José Gomes, em seu armazém na praça do comércio, dezesseis escravos de ambos os sexos, todos eles novos, bonitos e bem morigerados. Principiará o leilão às 11 horas em ponto- Maranhão 16 de janeiro 1857 Antonio José Fernandes Guimarães.- Leite & Irmão. (*Jornal O Publicador Maranhense,* 1857, BPBL.)

Antonio Rodrigues Ferreira Nina remete para o Rio de Janeiro as suas escravas crioulas Ignes e Henriqueta as quais houve por herança de seus pais.
Faustino Leite de Meirelles como procurador de Pedro de Souza de Moraes Rego embarca para o Rio de Janeiro os escravos Frederico, Salvador, Thereza, Theodoro, Raimundo, Ricardo, Francisca, Rosa, Cipriana e José. (*Jornal O Publicador Maranhense, 1857, BPBL.*)

ANÚNCIOS

Comendador José Teixeira Viera Belford embarca para o Rio de Janeiro no vapor Guanabara os seus seguintes escravos: Thomé crioulo, Amélia crioula, Henrique crioulo, Ernesto crioulo, Carlota crioula, Serafina crioula, Clara crioula, Idalina crioula, Leuduvina crioula, Sebastião crioulo, Roberto crioulo, Quintiliano crioulo, Dorotheo crioulo, Cristovão crioulo, Benedito calabar, José Angola, Aguida crioula, Marcelina crioula, João Pedro crioulo, Veridiana crioula, Froctuozo criolo, Leonor crioula e Salomão crioulo. Maranhão, 12 de março de 1857. (*Jornal O Publicador Maranhense,* 1857, BPBL.)

30 escravos a venda

No sobrado do Prego na praia de S. Antonio, hoje pertencente a Exc. Sra. D. Ana Jansen existem 30 escravos, que se vendem por cômodo preço, quem os pretender, ali os poderá ver e tratar. (*Jornal O Publicador Maranhense*, 1857, BPBL)

Estes cativos foram vendidos, ora embarcados para o Rio de Janeiro, a fim de lá serem distribuídos entre a zona cafeeira, ora vendidos em leilão para provavelmente serem levados embora da província. Muitas vezes, não interessava se tinham família, filhos, e outros laços de amizade e solidariedade já construídos.[72] No caso específico da escrava Joana, criada por Maria Firmina dos Reis, ela não viu respeitada sua condição de mãe, e mãe de dois filhos gêmeos, Carlos e Urbano. Entre as mães escravizadas da realidade e esta da ficção, provavelmente, havia muito em comum. A separação dos filhos, ou seja, a maternidade negada levou Joana ao enlouquecimento. A imagem de uma mãe que por ser escravizada não pôde exercer plenamente sua maternidade, pensada e tratada como coisa, restaram-lhe poucas alternativas, além da fuga e da loucura. Isso, pelo menos ao pintar esse quadro já em 1887, na *Revista Maranhense*, apela para os valores cristãos e maternais de seus possíveis leitores. Se há uma "moral" da história nesse conto, seria a denúncia do horror escravagista, que separava mãe e filhos e negava às mulheres, por serem cativas, a maternidade, bem maior de certo ideário feminino, como já vimos anteriormente.

As outras duas mães simbólicas da *mater dolorosa*, na obra de Maria Firmina, seriam as mães dos protagonistas do romance

---

[72] Sobre o trafico interprovincial no Maranhão na segunda metade do século XIX, ver: JACINTO, In: GALVES; COSTA,(Org.), p. 169-194. 2009. Sobre as relações familiares entre escravos ver também da mesma autora: JACINTO, 2008.

Úrsula, a mãe de Tancredo e a mãe de Úrsula-Luísa B. A mãe de Tancredo aparece, na narrativa, pelas memórias do filho: mãe honesta, boa e virtuosa, que tudo sofreu da tirania do marido em nome do filho, por isso, diz Tancredo:

> Não sei por que, mas nunca pude dedicar a meu pai amor filial que rivalizasse com aquele que sentia por minha mãe, e sabeis por quê? É que entre ele e sua esposa estava colocado o mais despótico poder: meu pai era o tirano de sua mulher; e ela, triste vítima, chorava em silêncio e resignava-se com sublime brandura (REIS, 2004, p. 60)

Essa imagem da mãe resignada, da mulher que tudo suporta em nome dos filhos retoma a imagem da *mater dolorosa* e do papel principal da mulher; segundo o crítico Barreto, ser mãe é um papel para a qual "naturalmente" as mulheres estavam predestinadas. A mãe de Tancredo não foge desse ideal, morre na trama por conta da vilania do marido e de outra mulher, Adelaide, que será construída pela pena firminiana como o avesso da mulher ideal. Adelaide não era mãe, era má. Portanto, as imagens de mulheres construídas por Firmina, muitas vezes, casavam-se com aquele discurso que idealizavam o mundo feminino. Embora possamos perceber que ao falar de tudo que a mãe de Tancredo sofre nas mãos do marido e da "mulher serpente" Adelaide[73], essa construção não foge muito dos ideários construídos para as mulheres no século XIX.

Outra mãe que aparece com bastante força, na pena de Firmina, é Luisa B., mãe de Úrsula. Essa mãe era vítima de todos

---

73 Com o passar dos anos construí um novo olhar sobre a personagem Adelaide e que Reis poderia tê-la utilizado para mostrar os poucos caminhos de ascensão social as mulheres pobres e órfãs na sociedade escravista e patriarcal do século XIX. Ver: SILVA, 2021. p. 86-95.

os infortúnios e tristezas, paralítica, dependente da ajuda e dos cuidados da filha Úrsula. Viúva de um marido assassinado pelo próprio irmão, vítima do amor incestuoso do irmão, o comendador Fernando P... sofrera também os infortúnios de ter casado contra a vontade deste e teve, no marido Paulo B., a quem desposara, mesmo ele sendo de uma posição social inferior a sua, um "desgraçado consórcio". O marido Paulo B... mostrou-se um péssimo cônjuge, mudando apenas após o nascimento de sua filha Úrsula, quando no dizer de Luísa B... já era tarde demais, porque seu assassinato já estava para acontecer.

Luísa B..., em seus últimos momentos de agonia sobre a terra, ainda teve a visita do irmão, Fernando, que acaba de matá-la, ao afirmar que pretendia desposar sua filha Úrsula. Isso foi um golpe fatal para a desventurada mãe que nada mais tinha, a não ser o amor materno pela filha.[74]

Por fim, as construções dessas *maters dolorosas* contribuem para que se entenda como Maria Firmina dos Reis pintou seus quadros de mulheres, que embora resignadas e sofridas, servem para denunciar a tirania à qual algumas mulheres estavam submetidas: a mãe escravizada que vê negada a sua possibilidade de maternar, e as mães mulheres de fazendeiros, de senhores de cana-de-açúcar e do algodão, (D'INCAO, In: PRIORE, (Org.). 1997, p. 223-240.) submetidas ao domínio masculino do lar (SAMARA, 1993; ANDERSON, 1984; ALMEIDA, Ângela (Org.), 1987)., mas que, ao serem narrados seus sofrimentos, poderiam levar os leitores e lei-

---

[74] Outra leitura deveras interessante sobre Luísa B. podemos encontrar em TROÍNA, 2021. Onde a autora defende que Luísa B. é muito corajosa ao mandar a filha fugir da vilania do tio, o comendador Fernando P.

toras de seu tempo à reflexão e talvez à mudança de olhar e atitude sobre as mulheres. Como aponta Roger Chartier:

> As fissuras que racham a dominação masculina não assumem todas as formas de dilacerações espetaculares nem se exprimem sempre pela irrupção de um discurso de recusa ou rebelião. Muitas vezes elas nascem dentro do próprio consentimento, reutilizando a linguagem da dominação para fortalecer a insubmissão. (CHARTIER, 1994, p. 109.)

Acreditamos que Maria Firmina dos Reis utilizou dos discursos sobre as mulheres que havia em seu universo cultural, que era o Maranhão da segunda metade do século XIX, para denunciar temas que lhe eram caros, como a luta contra a escravidão e a submissão feminina. Entre a permanência e a ruptura, Maria Firmina dos Reis construiu uma obra que revela muito de sua luta contra os preceitos de seu tempo.

5.3 ADELAIDE: UMA SOBREVIVENTE.

Talvez a personagem mais aviltada ou mais mal compreendida do romance *Úrsula* de Maria Firmina dos Reis seja Adelaide. Por motivos quase óbvios, os estudos sobre o livro concentraram-se em duas vertentes de análise: a questão dos personagens cativos na obra e a questão das mulheres no século XIX.

No entanto nesta segunda questão atêm-se a personagem mãe do jovem protagonista Tancredo, que sofreu todas as tiranias do pai do protagonista e inclusive foi vítima da "traição" da órfã que criou como filha, Adelaide, personagem que aparece na narrativa de Firmina como o contraponto do que deveria ser a mulher ideal do século XIX: doce, meiga, bondosa, virtuosa, tudo que Adelaide não era ou não foi ao "trair" a confiança da mãe de Tancredo e desposar o pai do mesmo. Não fica claro no romance, mas sugere-se que a aproximação de Adelaide com o pai de Tancredo tenha levado a pobre e humilhada mãe a cova. Logo, Adelaide é descrita como a mais vil das criaturas, visto ter "traído" a confiança da mãe que a criou e de Tancredo que a tinha como noiva. Ambiciosa preferiu o pai.

Queremos fazer outra leitura de Adelaide, que assim como Capitu foi lida e narrada pela ótica de Dom Casmurro, Adelaide é narrada pelo olhar de Tancredo e algumas vezes pelo narrador onisciente. Não temos em *Úrsula*, o ponto de vista de Adelaide, portanto só podemos confiar em Tancredo e na narração onissapiente.[75]

Aqui faremos um exercício de compreensão do universo de Adelaide e do que estava colocado para ela para que esta fizesse as escolhas que fez. Acreditamos que Maria Firmina dos Reis, urde uma trama que ao mostrar Adelaide como imagem daquilo que as mulheres não deveriam ser no século XIX no Brasil, ou seja: ambiciosa, interesseira e vaidosa acaba que nos contando, mesmo que não necessariamente intencionalmente, as táticas[76] que muitas mulheres pobres se utilizavam para ascender em uma sociedade altamente hierarquizada, na qual, escravos, mulheres e pobres livres tinham poucas possibilidades de melhorar de vida.

Adelaide era uma pobre órfã que vivia dos favores da família de Tancredo, criada como "se fosse filha". Agregada da casa dos pais do personagem, filha de uma prima falecida da mãe deste. Não

---

75 Esta percepção de que só conhecemos Capitu pela narrativa de Dom Casmurro foi pioneiramente apontada por CALDWELL, 2002. Publicado originalmente em inglês em 1960.
76 Sobre a questão dos usos de táticas de resistência pelos subalternizados cf. CERTEAU, 2008

considerada pelo pai do protagonista como um par ideal para o filho. Não tinha cabedais, não tinha fortuna e nem nome. O que restaria a Adelaide? Submeter-se a vontade senhorial ou reagir dentro do que lhe era possível em uma sociedade paternalista e escravocrata ao futuro que lhe era reservado?[77]

A personagem resolveu ser a protagonista de sua própria história e dentro dessa sociedade altamente hierarquizada, violenta, paternalista e senhorial fez o que pode pra ascender socialmente. Casou-se com o pai ao invés do filho. Para melhor desenvolvermos nosso argumento vamos às apresentações necessárias da personagem.

Adelaide aparece na narrativa primeiramente pelo delírio de Tancredo. Parece-nos que o personagem falar através de delírio e esse capítulo ser importante para o romance não acontece apenas em *Úrsula*, afinal assim como na narrativa firminiana, Machado de Assis dedica um capitulo inteiro ao delírio de Brás Cubas quando o mesmo estava para morrer.

No caso de *Memórias póstumas de Brás Cubas*, o delírio do personagem aparece como um capítulo filosófico, sobre as diferenças entre o bem e o mal e a pequenez humana perante a natureza, embora Brás, herdeiro e dono de cabedais jamais se veja como pequeno, mesmo depois de morto. (ASSIS, 2014)

No capítulo do delírio de Tancredo em *Úrsula* também podemos ler como um momento no qual existe o confronto entre o bem e o mal, o certo e o errado. É assim, portanto, nessa dicotomia que Adelaide é apresentada de supetão ao leitor:

---

[77] Sobre a resistência dos agregados na literatura oitocentista cf CHALHOUB, 1998, p. 95-122 In: CHALHOUB e PEREIRA, 1998.

> - Eu a vi- exclamou, erguendo a voz, num transporte de satisfação- vi-a, era bela como a rosa a desabrochar, e em sua pureza semelhava-se à açucena cândida e vaporosa! E eu amei-a!...Maldição!...não...nunca a amei. (...) – Eu te vi, mulher infame e desdenhosa, fria e impassível como a estátua!-inexorável como o inferno!...Assassina!...Oh! Eu te amaldiçoo... e ao dia primeiro do meu amor!...Minha mãe!... Minha pobre mãe!! (REIS, 2004, p. 32 e 33.)

Adelaide é assim apresentada, inserida numa dicotomia entre o bem e o mal, entre a aparência e a essência. De "flor de açucena" a "assassina" temos as duas primeiras impressões da personagem, na fala de um Tancredo moribundo e delirante.

Aqui o leitor se encontra em um terreno arenoso: quem seria de fato Adelaide? A "flor de açucena" ou a "assassina"? O que teria ela feito para ser colocada entre um limite e outro? Ou melhor, podemos confiar nas palavras de Tancredo em delírio? Vamos adiante e veremos.

Já um Tancredo lúcido conta a Úrsula como conheceu Adelaide e quem ela era. Primeiro fala que se tratava de uma filha adotiva de sua mãe falecida, filha da prima desta. As relações entre primos são uma constante no romance. Descobre-se depois que Úrsula também é prima de Tancredo. Os relacionamentos incestuosos ou meio incestuosos aparecem o tempo todo. Mas vamos ao que interessa no momento: a apresentação de Adelaide agora numa narrativa sana (?) de Tancredo:

> - Tancredo – continuou – não poderei esperar de ti desvelada proteção para aquela que adotei por filha, para aquela que tem enxugado as lágrimas de tua mãe na ausência de

seu filho?!!...- Minha Úrsula adorada, de joelhos prometi a minha infeliz mãe ser o escudo da formosa órfã. Então ela em sinal de reconhecimento, estendeu-me a mão, que apertei com enlevo. Creio que meus olhos exprimiam algum sentimento terno a seu respeito; porque seu rosto se tingiu de carmim, e depois um débil suspiro, como que há muito reprimido, saiu meio abafado de seus róseos lábios. (REIS, p. 59)

Na sociedade patriarcal brasileira do século XIX, de fato, caberia a Tancredo a proteção da "formosa órfã". E claro que na lógica senhorial de Tancredo; Adelaide só poderia lhe ser grata por isso, afinal "em sinal de reconhecimento" a órfã estendendeu-lhe a mão.

Sobre este ponto é interessante pensar que o gesto de dar a mão é utilizado por Maria Firmina dos Reis no primeiro capitulo do romance: Duas almas generosas, no qual Tancredo agradecido dá a mão a um Túlio espantando por tal gesto, visto que Túlio como escravizado estava acostumado a beijar mãos e nunca a um gesto de igualdade de um aperto destas ou que um homem branco lhe estendesse a mão.[78]

No caso de Adelaide o gesto se coloca de outra maneira, é ela que oferece a mão em reconhecimento a Tancredo. Há aqui mais um jogo de aparências, pois Adelaide oferece a mão ao mancebo como um gesto que é identificado por este como reconhecimento da sua bondosa proteção. Afinal ela era uma pobre órfã, que por sorte era formosa, que por laços familiares fora adotada pela mãe do personagem e que tinha agora em Tancredo o seu protetor. Adelaide

---

78 Sobre o gesto de Tancredo estender a mão ao escravo Túlio como um ato de agradecimento e reconhecimento de igualdade cf. DUARTE, 2004.

era "como se fora" filha. Agregada da família, sem cabedais, nome ou fortuna como já afirmamos.

É também na lógica senhorial de Tancredo, que todo o sentimento inicial de Adelaide por ele parte de um gesto dele, afinal são os olhos dele, mancebo e senhor, que exprimiram "algum sentimento terno" o que teria provocado em Adelaide o enrubescimento, "tingido-lhe a face de carmim".

Sidney Chalhoub em texto empolgante:Dialógos políticos em Machado de Assis nos mostra como a lógica senhorial operava, ao menos dentro dos textos machadianos. O mundo só poderia girar pela vontade do senhor, logo Adelaide só poderia enrusbecer porque partira de Tancredo, de seus olhos, algum sentimento terno. Logo o que sente Adealide é a resposta a vontade senhorial de Tancredo, ou assim ele queria crer. (CHALHOUB, 1998)

Quando Adelaide não se comporta como Tancredo esperava, ela é lida imediatamente como traidora:

> Mulher infame! – disse- lhe- perjura...onde estão os teus votos? É assim que retribuíste a estremecida paixão que te rendi? É com um requinte de vil e vergonhosa traição que compensaste o ardente afeto da minha alma? Compreendeste ou sondaste já o profundo abismo de infame execração, e de baixa degradação, em que te despenhaste? – Silêncio, senhor- bradou-me com orgulho e desdém – silêncio- estais na presença da mulher de vosso pai, e respeitai-a. – Não, não me hei de calar- redagui furioso- não me pode esmagar o teu desdenhoso acento. Monstro, demônio, mulher fementida, restitui-me minha pobre mãe, que agasalhou no seio a áspide que havia de mordê-la! Oh! Dívida é esta que jamais me poderás pagar; mas a Deus, ao

inferno, a pagarás sem dúvida. Foi essa a gratidão com que lhe compesaste os desvelos de que te cercou na infância, a generosidade com que te amou?!! (REIS, p. 88-9)

A mulher como anjo decaído, demônio, que se ocultava sob as faces de um anjo, lobo na pele de cordeiro. Adelaide é demônio. Pérfida, calculista, ambiciosa. Quando Tancredo é afastado dela pela vontade paterna, que impõe essa condição para aceitar o casamento inferior do seu filho com esta, ao retornar a casa, o jovem descobre que Adelaide, depois da morte de sua sofrida mãe, havia se casado com o seu pai.

Como nos aponta Sidney Clhalhoub no ensaio já citado: "Lendo a metáfora, encontramos a notação senhorial possível para a idéia de antagonismo de classe e para a experiência da derrota política: traição dos dependentes. Sempre que sujeitos da história, os dependentes traem os senhores." (CHALHOUB, p. 120) Mesmo tratando-se da análise de Dom Casmurro de Machado de Assis acreditamos ser possível fazer a leitura de Adealide de Maria Firmina dos Reis também dessa maneira. Adelaide jogou com que lhe era possível para ascender na sociedade senhorial e patriarcal na qual vivia, e como todos os personagens que de alguma forma burlaram a ordem vigente no romance, teve por fim a morte trágica.

Embora Maria Firmina dos Reis não tenha em seu romance poupado da cova nenhum de seus personagens pois morrem todos: senhores, escravizados, mulheres e agregados. Não existe mundo possível na realidade oitocentista para os personagens de *Úrsula*: mulheres que se revoltam, escravizados que questionam a escravidão, senhores bondosos. Para resolver tal dilema a autora opta pela morte de todos, já que inverossímeis na vida real.

Acreditamos, portanto, que Adelaide merece ser lida por um outro olhar, que seja aquele que vê nela não a mulher demônio, leitura imediata para leitor menos atento, mas como uma mulher pobre livre e agregada que procura por todos os meios uma forma de sair da vil condição na qual se encontrava de "pobre orfã". O casamento com Tancredo era uma promessa, coisa não muito certa. Adelaide não esperou, não pagou para ver e tão pouco sabemos sobre como se deu o inicio do romance desta com o pai de Tancredo, visto que o mancebo imediatamente culpa Adelaide, mesmo o pai sendo um tirano. Tancredo só imagina que o pai só poderia ter sido enganado pela mulher vil e mentirosa, afinal sempre que derrotados, os senhores são traídos, ludibriados, vítimas da traição daqueles que lhes deviam gratidão.

5.4 A INDÍGENA E A NAÇÃO

A última imagem de mulher que iremos analisar aqui está no conto *Gupeva*, publicado em 1861, no jornal *O Jardim das Maranhenses*. Esse conto foi republicado ainda nos anos de 1863 e 1865, respectivamente no jornal *Porto Livre* e no jornal literário *Echo da Juventude*. (MORAIS FILHO, 1975) Divulgado originalmente em forma de folhetim, o conto com temática indígena parece ter alcançado sucesso, tendo em vista as duas republicações que teve. Também apareceu em Nascimento de Morais Filho, em seu livro *Maria Firmina: fragmentos de uma vida*. (MORAIS FILHO, 1975)

Na sua primeira publicação no jornal literário *O Jardim das Maranhenses*, é assim apresentado:

> Existe em nosso poder, com destino à ser publicado no nosso jornal um belíssimo e interessante ROMANCE, primoroso trabalho da nossa distinta comprovinciana, a Exma. Sra. D. Maria Firmina dos Reis, professora pública da Vila de Guimarães; cuja publicidade tencionamos dar princípio do n. 25 em diante. Garantimos ao público a beleza da obra e pedimos-lhes a sua benévola atenção. A pena da Exma. Sra. D. Maria Firmina dos Reis já é entre nós conhecida; e convém muito aclamá-la, a não desistir da empresa encetada. Esperamos, pois a vista das razões expedidas, que nossas súplicas sejam atendidas, afiançando que continuaremos no nosso propósito: sempre defendendo o belo e amável sexo- quando injustamente for agredido.Salus e paz. (Jornal O Jardim das Maranhenses, BPBL, 1861)[79]

Importante considerar é que em 1861, como nos aponta o texto, Maria Firmina dos Reis já era uma escritora conhecida para os contemporâneos, publicava em jornais havia algum tempo, participa no mesmo ano da antologia poética *Parnaso Maranhense,* organizada por Gentil Homem de Almeida Braga; enfim, Maria Firmina era uma escritora reconhecida e de relativa circulação dentro do mundo literário maranhense.

Retornemos ao texto *Gupeva,* e à imagem da mulher indígena ali representada. Diferentemente de outros textos indianistas do período que Maria Firmina dos Reis provavelmente conhecia.

---

[79] O conto (ROMANCE) começa a ser publicado em 13 de outubro de 1861. BPBL, Hemeroteca.

Principalmente, o texto do Frei José de Santa Rita Durão (DURÃO, 2003), *Caramuru*, de 1781. Afinal, ao escrever *Gupeva*, que é um dos personagens de José de Santa Rita, Firmina também fala sobre Paraguaçu e Caramuru. A ação do que a autora intitula "romance brasiliense" se desenrola também na Bahia e trata ainda do encontro e desencontro de dois povos de culturas diferentes: a europeia e a indígena. Firmina certamente também conhecia o texto de seu conterrâneo Gonçalves Dias, *I-Juca Pirama (DIAS, 2002)*, Últimos Cantos, publicado em 1851. A abordagem indianista de Maria Firmina foi provavelmente movida pela leitura desses textos, que, ao serem lidos e repensados pela autora, influenciaram a escrita de seu *Gupeva*.

A narrativa trata de um indígena, cujo nome é Gupeva, pai de Épica e a paixão de Épica pelo marinheiro francês Gastão. Gupeva fala da triste história de uma indígena que teria viajado com Paraguaçu e Caramuru para a França; a indígena também se chamava Épica e quando ela volta para a América, casa-se com Gupeva e acaba lhe revelando que não era mais pura, que havia sido seduzida por um certo conde de.... Mesmo envergonhado, Gupeva cria a criança que Épica trazia no ventre, filha do francês, e coloca na menina o mesmo nome da mãe, Épica. No desenrolar da trama, Gastão descobre que a sua amada indígena é filha de seu pai, o conde de... e portanto seu amor era incestuoso. Gupeva, ao descobrir isso, mata Gastão. Épica, a filha, também acaba morrendo, assim como Gupeva.[80]

No meio dessa narrativa eminentemente trágica, Maria Firmina dos Reis constrói uma imagem interessante de mulher

---

80 Aqui optamos por trabalhar com o conto publicado no livro de Nascimento de Morais Filho. MORAIS FILHO, 1975, s/p.

indígena e de pátria/mátria que é, afinal, a nação brasileira que se forma na pena desses poetas românticos. É por isso que a construção do cenário é todo exuberância, todo natureza.[81] Tudo aquilo que constituía o diferencial brasileiro em relação à Europa. Diz, no início do "romance brasiliense":

> Uma tarde de agosto nas nossas terras do norte tem um encanto particular; quem ainda as não gozou, não conhece na vida o que há de mais belo, mais poético, não conhece a hora do dia que o Criador nos deu para esquecermos todas as ambições da vida, para folhearmos o livro do nosso passado, buscarmos nela a melhor página, a única dourada que nela existe, e aí nos deleitarmos na recordação saudável da hora feliz da nossa existência: aquele que ainda a não gozou é como se seus olhos vivessem cerrados à luz; é como se seu coração emperdenido nunca houvera sentido uma doce emoção, é como se a voz da sua alma nunca uma voz amiga houvera respondido. O que a gozou, sim; o que a goza, esse advinha os prazeres do paraíso, sonha as poesias do céu, escuta a voz dos anjos na morada celeste; esquece as dores da existência, e embala-se na esperança duma eternidade risonha, ama o seu Deus, e lhe dispensa afetos; porque nessa hora como que a face do Senhor se nos patenteia nos desmaiados raios do sol, no manso gemer da brisa, o saudoso murmúrio das matas, na vasta superfície das águas, na ondulação mimosa dos palmares, no perfume odorífero das flores no canto suavíssimo das aves, na voz reconhecida da nossa alma! (REIS, apud MORAIS FILHO, s/p)

---

81 Sobre a construção de uma imagem de um país todo natureza cf. SUSSEKIND, 1990.

Estas são as terras do norte, e, no caso específico do texto, Gupeva são as terras da Bahia, lugar do "descobrimento" de nosso país, onde tudo começou. Firmina cria a sua maneira um lugar de origem, onde a nação brasileira iniciou suas raízes. O conto, tomando como inspiração o texto *Caramuru*, traça outro perfil de identidade para a nação. Identidade que será falida, pois, ao colocar o personagem francês Gastão como enamorado da indígena Épica, Maria Firmina põe em destaque a diferença entre o povo francês e português:

> Que me importa a mim tudo isso, Alberto, acaso isso pode indenizar-me da dor de perdê-la? Alberto, tu não és francês, o teu clima cria almas intrépidas, corações fortes, os rudes ardendo sempre mais em fogo belicoso: o sangue que herdaste de teus avós gira em teu peito com ambição de glória, de renome; são nobres as tuas ambições, eu as respeito; porém as minhas são destruídas de toda a vaidade... As minhas ambições, o meu querer, meu desejo resume-se todo nela. Para que me falas das grandezas deste mundo? Alberto, eu as desprezo, se não forem para repartir com ela. Todos nós, lhe disse Alberto, temos a nossa hora de loucura; também o português, meu caro, a experimenta, às vezes, não obstante como dizes, o nosso clima gera corações mais rudes; mas, Gastão, teus pais! Queres afrontar a maldição paterna? (REIS, apud MORAIS FILHO, s/p)

Nesse trecho, percebemos claramente como Maria Firmina dos Reis construiu uma dicotomia entre esses dois povos que estiveram no Maranhão, e como a rudeza, a glória, o espírito de conquista, a belicosidade portuguesa se sobrepuseram na construção de uma nação brasileira, de um romance brasiliense, no qual o francês, Gastão, é fraco e movido por paixões. Ao contrário de seu amigo português Alberto, Gastão quer largar tudo em nome de um amor por uma indígena tupinambá, que, aos olhos e conselhos de Alberto, só poderia arrastar o amigo à desonra e à baixeza:

> Gastão, disse procurando tomar-lhe entre as suas mãos que loucura meu amigo- que loucura a tua apaixonaste por uma indígena do Brasil; por uma mulher selvagem, por uma mulher sem nascimento, sem prestígio: ora, Gastão seja mais prudente; esquece-a. E por quê?! Porque ela não pode ser tua mulher, visto que é muito inferior a ti, porque tu não poderás viver junto dela a menos que intentasses cortar a tua carreira na marinha, a menos que desprezando a sociedade te quisesses concentrar com ela nestas matas. Gastão, em nome da nossa amizade, esquece-a. (REIS, apud MORAIS FILHO, s/p)

Nesta construção, portanto, a mulher indígena é vista pelo português como totalmente inferior à mulher europeia: selvagem, sem nascimento, sem prestígio. Essa união não era possível aos seus olhos pela inferioridade da indígena. É, no entanto, a baixeza dos franceses que corrompe a possibilidade daquela união e não a inferioridade indígena. Quem de fato se mostra inferior é o pai de Gastão, o Conde de..., que, ao desonrar a mãe de Épica, desonra também a vida do filho. Essa união de franceses e indígenas era, considerada, portanto, infrutífera e ilegítima; mas não a de portugueses e indígenas.[82] Ao contrário de outras imagens que Maria

---

[82] Visão diferente tem Bastos em sua tese de *A narrativa de Maria Firmina dos Reis: nação e colonialidade*, na qual a autora me contrapõe e afirma que Reis tem esse olhar negativo para todos os europeus, não

Firmina dos Reis criou para o elemento indígena presentes em sua coletânea de poemas *Cantos a Beira Mar,* em 1871 (REIS, 1871), em que o indígena aparece como individuo forte, bravo e guerreiro, Épica é aqui descrita como infeliz vítima de uma união sem honra. Gupeva, o indígena pai, é honrado porque perdoa a mulher que caiu em tentação e cria Épica como se fosse sua filha. Acreditamos que a intenção de Maria Firmina dos Reis, ao elaborar esse "romance brasiliense", era a de criar um laço "épico" de legitimidade identitária do indígena com o outro, o estrangeiro, aquele que ocupara a terra americana, o Maranhão principalmente, apenas para maculá-la com sua paixão abrasadora, sua falta de honra, sua luxúria. Como a autora aponta, no texto, as diferenças entre os dois povos são gritantes e são diferenças de caráter, de formação.[83]

José de Alencar, em 1865, ao publicar *Iracema,* a lenda do Ceará, constrói uma identidade mista entre portugueses e indígenas, nascendo dessa união, Moacir, o primeiro cearense e morrendo a índia dos "lábios de mel", para que a mãe pátria pudesse surgir, fruto da junção entre portugueses e indígenas.[84] Maria Firmina dos Reis,

---

diferenciando franceses e portugueses (BASTOS, 2020). No entanto, como já defendi em artigo mais recente em coletânea organizada por FAEIDRICH e ZIN, *"A mente ninguém pode escravizar": Maria Firmina dos Reis pela crítica contemporânea,* 2022. Reafirmo aqui que havia sim, pela própria historicidade do Maranhão em ter sido primeiro invadido por franceses, uma disputa entre a fundação do Maranhão entre portugueses e franceses, embora concorde com Bastos que a crítica firminiana em *Gupeva* se refere a toda colonização europeia, mesmo que diferencie franceses e portugueses. Ver SILVA e DORNELLES, 2022 in FAEDRICH e ZIN, 2022.

83 Sobre a crítica de uma construção mitológica e hoje midiática de uma São Luís francesa, ver: LACROIX, 2008. Ali, a autora discute como o discurso de uma fundação francesa da cidade de São Luís esteve mais pautado numa construção das elites locais, quando do período de sua decadência econômica, e como foram estas buscar em um passado "glorioso" a identidade da cidade, que se singularizaria a partir de uma fundação diferenciada, francesa e não portuguesa. A autora ao pesquisar os documentos da época, defende a tese, de que essa "singularidade" seria uma invenção de uma "tradição", assim como o mito da "Athenas Brasileira".

84 Sobre José de Alencar e o mito de uma fundação a partir de Iracema, conferir: RIBEIRO, In: FREITAS, 1998, p. 405-410.

quando publica *Gupeva*, em 1861, constrói, em nosso entendimento, não um mito de uma possível fundação, mas a impossibilidade de uma fundação, que era a junção de indígenas com europeus, visto que estes povos como apresentados pela autora, no conto/romance, eram movido por paixões descontroladas, sem honra e sem dignidade. No caso, português, que se difereciam dos franceses no texto, são movidos por preconceitos e um sentimento de superioridade em relação aos indígenas.. Épica, uma herança francesa, é filha ilegítima, provocadora de um amor incestuoso e pecaminoso. Morre Gastão, morre Épica e morre Gupeva

Por fim, estas várias imagens que Maria Firmina dos Reis cria sobre as mulheres de seu tempo, aqui divididas, entre mães felizes, *maters dolorosas*, mulheres sobreviventes e indígenas. Usa-as de forma diferenciada, muitas vezes, para falar contra a "tirania" masculina. Em seus textos também sobreviveram imagens de mulheres românticas, anjos, estereotipadas, para quem sabe, como nos aponta Pedro Bandeira: "conquistar o coração de quem vai ler". (BANDEIRA, 1994) Talvez, na tentativa de ganhar a mente de seus leitores em prol de suas causas, luta contra a escravidão e um olhar que percebesse o lugar que a mulher estava colocada em seu tempo, um lugar de submissão, fosse preciso criar táticas[85] discursivas para ganhar o apoio e o coração de seus leitores. Mas também podemos acrescentar que suas descrições poderiam fazer pensar a homens e mulheres sobre os estereótipos femininos em vigor, contribuindo para a sua transformação.

---

85 Estamos adotando aqui o conceito de táticas de Certeau, quando o autor elabora que os indivíduos comuns criam táticas para combater as estratégias dos setores dominantes. Cf. CERTEAU, 2008.

6. *ÚRSULA* E *A ESCRAVA*: TEXTOS ANTIESCRAVISTAS E ABOLICIONISTAS

Neste capítulo iremos trabalhar os dois textos de Maria Firmina dos Reis que versam diretamente sobre a escravidão, *Úrsula*, 1859 e *A escrava*, 1887. Nosso objetivo é perceber as representações sobre a escravidão nos dois textos e como Maria Firmina foi incorporando ao longo do tempo as mudanças de discussão sobre a escravidão. Comecemos com o romance Úrsula.

A construção do romance Úrsula se encaixa num enredo romântico, por questões que já apontamos anteriormente[86] e que iremos agora demonstrar.

A heroína de nosso romance foi construída como uma personagem tipicamente romântica: "Um anjo de beleza e de candura" (REIS, 2004, p. 27) "Flor daquelas solidões" (REIS, 2004, p. 27):

> Ela era tão caridosa... tão bela...e tanta compaixão lhe inspirava o sofrimento alheio, que lágrimas de tristeza e de sincero pesar se lhes escaparam dos olhos, negros, formosos e melancólicos. Úrsula com a timidez da corça vinha desempenhar à cabeceira desse leito de dores os cuidados, que exigia o penoso estado do desconhecido. (REIS, 2004, p. 32-33)

É dessa forma que Úrsula é construída bem ao gosto da pena romântica, "anjo de candura", "cabelos negros em trança e olhos cor de ébano", "ombros de marfim".

A escolha do nome da heroína do romance Úrsula

---

[86] Ver cap. 1.

homenageia uma santa, e que, na narrativa, é também canonizada com a morte do seu tio e assassino de seu pai e do esposo, o comendador Fernando P..., que dilacerado pelo remorso termina os dias no convento das carmelitas, escondendo-se pelo nome Frei Luís de Santa Úrsula.

A história da Santa Úrsula, virgem que, em 383 d.c, se nega a casar-se com Átila, rei dos hunos, povo considerado bárbaro e pagão, e por isso degolada[87], remete-se bem à narrativa bondosa, espiritual e católica que a personagem criada por Maria Firmina dos Reis descreve ao longo de seu romance.

Úrsula é essencialmente boa, menina ingênua, que ajuda a cuidar da mãe paralítica, que cuida das enfermidades de um desconhecido que é salvo por um dos dois escravizados que a mãe possuía, que se apaixona por esse jovem mancebo enfermo, que trata bem os dois únicos cativos que havia em sua humilde casa. Úrsula desconhece a maldade do mundo, passa tempos e tempos perdida em seus pensamentos na mata perto de casa, desconhece a maldade do tio que havia matado seu pai e que quer arrancá-la dos braços daquele que a ama, o jovem Tancredo. A caridosa Úrsula é tipicamente uma heroína romântica e cristã.

Outra característica do enredo que demonstra traços do romantismo são as paisagens como são descritas. O próprio romance se inicia com uma descrição belíssima de uma das mais "belas e ricas províncias do norte". Uma narrativa da natureza, toda majestosa, das estações chuvosas, da fauna e da flora.

Outro ponto importante que demarca a narrativa romântica

---

87 Ver: https://cruzterrasanta.com.br/santa-ursula-/113/102/. Acesso 23/07/2024

de Úrsula é que todos os personagens morrem: a mãe, o jovem Tancredo, o comendador Fernando, o escravo Túlio, a preta Suzana, Úrsula. Enfim, todos são tragados pelo anjo invencível da morte. Entre paisagens escuras, matas, cemitérios, estradas desconhecidas de caminhantes solitários, o romance é construído nessa assertiva, numa mistura entre o apelo gótico do medievo e a idealização romântica dos personagens.

Acreditamos que essa construção romântica não se deva necessariamente a uma escolha, mas ao próprio estilo da época. Maria Firmina dos Reis não escolheu deliberadamente ser romântica, mas, como mulher e escritora de seu tempo, seguiu a forma literária, a escrita e a leitura que lhe chegavam à mão.

Leitora de Byron e de Gonçalves Dias, Maria Firmina tinha, em seu universo de leituras, escritores românticos, por isso seu estilo de escrita e seu olhar do mundo estavam eivados de literatura lacrimosa.

O que nos interessa aqui são os seus escritos e, no caso específico, como ergue através de seus narradores, um discurso antiescravista e como usa um caminho sinuoso dentro do romance *Úrsula* para tratar disso. Existe uma urdidura do romance que acreditamos ser escrito dessa forma justamente para que o discurso antiescravista pudesse passar através da narrativa romântica, de forma não despercebida, se não, não haveria sentido nenhum nisso, mas escamoteado para o leitor "semidesperto" para usar um termo de Mário Quintana. (QUINTANA, 1989)

O romance se divide em vinte capítulos e um epílogo, dos quais três capítulos se dedicam à fala ou à narração de personagens cativos. Inicia-se com duas almas generosas que a escritora coloca em pé de igualdade: o jovem Tancredo e o escravo Túlio. No próprio título do capítulo, percebemos claramente a intenção da autora em romper as barreiras que separavam dois mundos tão desiguais, os de senhores e cativos.[88]

Aqui optamos por apresentar e acompanhar os personagens cativos que aparecem no romance, para que, a partir disso, possamos traçar um painel de como Maria Firmina dos Reis construiu o seu romance antiescravista. Vamos aos personagens.

6.1 O ESCRAVIZADO TÚLIO

Na narrativa, o personagem Túlio aparece justamente no capítulo "Duas almas generosas", primeiro do romance, da seguinte forma:

> Nesse comenos alguém despontou longe, e como se fora um ponto negro no extremo horizonte. Esse alguém, que pouco e pouco avultava, era um homem, e mais tarde suas formas já melhor se distinguiam. Trazia ele algo que de longe mal se conhecia, e que descansando sobre um dos ombros, obrigava-o a reclinar a cabeça para o lado oposto. Todavia essa carga era bastantemente leve- um cântaro ou uma bilha; o homem ia sem dúvida em demanda de alguma fonte. (REIS, 2004, p. 21)

A autora, ao descrever a primeira aparição de Túlio, já o coloca fazendo trabalho braçal, que era uma atribuição de cativos ou homens pobres livres. Ao estar o personagem carregando uma

---

[88] Usaremos neste capítulo algumas citações do romance e do conto, que já foram usadas, mas para interpretar outras características, como a representação das imagens das mulheres; aqui o que nos interessa é pensar esses textos no sentido de como podem ser lidos como textos antiescravistas. Alguns personagens também reaparecerão, reinseridos na mesma lógica que é a leitura antiescravista.

bilha para transportar água, já podemos, pelo contexto do romance, estar informados de quem mais ou menos se tratava, visto ser o trabalho braçal, nesse período, atributo da população considerada desclassificada pobre livre e de cativos. Vejamos o que segue adiante:

> O homem que assim falava era um pobre rapaz, que ao muito parecia contar vinte e cinco anos, e que na franca expressão de sua fisionomia deixava adivinhar toda a nobreza de um coração bem formado. O sangue africano refervia-lhe nas veias; o mísero ligava-se à odiosa cadeia da escravidão; e embalde o sangue ardente que herdara de seus, pais, e que o nosso clima e a servidão não puderam resfriar, embalde- dissemos — se revoltava; porque se lhe erguia como barreira- o poder do forte contra o fraco!..
> (REIS, 2004, p. 22)

Túlio é assim apresentado, um escravo de pouco mais ou menos 25 anos, que herdara do sangue africano e na sua "franca fisionomia" a nobreza de um coração bem formado. Túlio era um escravo nobre e que, no romance, salvará a vida de Tancredo, o jovem mancebo, que será o noivo de Úrsula.

Nessas passagens, a autora se coloca francamente contra a escravidão e tecerá um discurso fortemente antiescravista nas passagens que seguem:

> Ele entanto resignava-se; e se uma lágrima a desesperação lhe arrancava, escondia-a no fundo da sua miséria. Assim é que o triste escravo arrasta a vida de desgostos e de martírios, sem esperança e sem gozos! Oh! Esperança! Só a têm os desgraçados no refúgio que a todos oferece a sepultura!....Gozos!...só na eternidade os anteveem eles!

> Coitado do escravo! Nem o direito de arrancar do imo peito um queixume de amargurada dor!!...Senhor Deus! Quando calará no peito do homem a tua sublime máxima- ama a teu próximo como a ti mesmo- e deixará de oprimir com tão repreensível injustiça ao seu semelhante!...a aquele que também era livre no seu país...aquele que é seu irmão?!E o mísero sofria; porque era escravo, e a escravidão não lhe embrutecera a alma; porque os sentimentos generosos, que Deus lhe implantou no coração, permaneciam intactos, e puros como a sua alma. Era infeliz; mas era virtuoso; e por isso seu coração enterneceu-se em presença da dolorosa cena, que se lhe ofereceu à vista. (REIS, 2004, p.22-23)

A passagem é forte e está claro que Maria Firmina, ao adotar o discurso cristão de pedir um pouco de humanidade e amor ao semelhante, coloca o escravizado em pé de igualdade. Afinal, são "duas almas generosas": o escravizado Túlio e o jovem branco e rico Tancredo. Para a autora, o que os separava não seria a nobreza de coração, nem a humanidade, mas "a odiosa cadeia da escravidão" que, ao contrário do que pensavam alguns (vide ***Vítimas-algozes***, de Joaquim Manuel de Macedo (MACEDO,2010) , publicado anos depois de Úrsula), não embrutecera o coração do escravizado Túlio. O mesmo poderia ser uma vítima da escravidão, porém nunca um algoz de brancos, por isso, seu coração nobre permanecia. Um coração que nascera livre e que herdara da mãe África a nobreza de sentimentos.

Como já falamos aqui em outro momento, a África de Maria Firmina dos Reis, embora idealizada, era uma África que continha nobreza e liberdade; era uma África mãe, que vira roubados seus filhos para a escravidão no novo mundo.[89]

Túlio, no entanto, apesar de altivo e virtuoso também é um bom escravizado, um escravizado resignado: "Entretanto, o pobre negro, fiel ao humilde hábito de escravo, com os braços cruzados sobre o peito, descaía agora a vista para a terra, aguardando tímido uma nova interrogação". (REIS, 2004, p. 25)

Tanto é assim que Tancredo, ao lhe perguntar o que ele desejava em troca de tê-lo salvado da queda do cavalo, o que Túlio deseja é somente:

> Ah! Meu senhor — exclamou o escravo enternecido — como sois bom! Continuai, eu vô-lo suplico, em nome do serviço que vos presto, e a que tanta importância quereis dar, continuai, pelo céu, a ser generoso, e compassivo para com todo aquele que, como eu, tiver a desventura de ser vil e miserável escravo! Costumados como estamos ao rigoroso desprezo dos brancos, quanto nos será doce vos

---

[89] A construção da África como espaço de liberdade, o avesso do Novo Mundo, obviamente era uma construção idealizada de Maria Firmina dos Reis. Como apontam alguns estudos sobre África mais recentes, existia escravidão na África no século XIX, e o tráfico atlântico só foi possível porque encontrou em algumas nações africanas a escravidão já existente. Claro que este tema é bastante controverso. Para Marina de Mello e Souza, "Se consideramos a escravidão como: situação na qual a pessoa não pode transitar livremente nem pode escolher o que vai fazer, tendo, pelo contrário, de fazer o que manda seu senhor; situação na qual o escravo não é visto como membro completo da sociedade em que vive, mas como ser inferior e sem direitos, então a escravidão existiu em muitas sociedades africanas bem antes de os europeus começarem a traficar escravos pelo oceano Atlântico" (SOUZA, 2007, p. 47.) No entanto, a autora também afirma que as sociedades africanas não podem ser consideradas como escravistas: "Regimes escravistas ou escravismo são sistemas econômicos nos quais as áreas mais dinâmicas são movidas pelo trabalho forçado, realizado por escravos. A utilização do trabalho escravo de forma secundária, como acontecia, em muitas sociedades africanas da época do tráfico atlântico de escravos, não faz que tal sociedade seja considerada escravista" (SOUZA, 2007, p.56.). Para nós aqui interessa como Maria Firmina dos Reis pintou a África e como ela estabeleceu uma contraposição entre o mundo que ela conhecia, ou seja, o Maranhão, do século XIX, e o mundo que ela idealizava e ficcionava, a África. Entre um mundo que ela sabia escravista e para ela injusto e um mundo que ela considerava livre ou assim o construía para melhor defender sua tese antiescravista.

encontrarmos no meio das nossas dores! Se todos eles, meu senhor, se assemelhassem a vós, por certo mais suave nos seria a escravidão. (REIS, 2004, p.29)

Fica claro, dessa forma, que o discurso em Úrsula de Maria Firmina dos Reis era antiescravista e não abolicionista, não pregava ela o fim imediato da escravidão, visto que também temos que lembrar que Úrsula é publicado em 1859 e, ao contrário do que afirmam a maioria dos seus críticos,[90] considerando o romance como abolicionista, podemos inferir que seu discurso é sim antiescravista, contrário à escravidão, mas não pregava o seu fim imediato, nem por vias das forças dos próprios cativos.

Ao construir um Túlio resignado, Maria Firmina dos Reis também tenta convencer seus leitores que os cativos, por sua boa índole, mereciam melhor tratamento e, por vezes, a liberdade; foi o que aconteceu com Túlio que acabou ganhando a carta de alforria de Tancredo, que o compra de Luisa B., mãe de Úrsula e lhe dá a liberdade. Tancredo é antiescravista convicto:

> Cala-te, oh! Pelo céu, cala-te, meu pobre Túlio — interrompeu o jovem cavaleiro — dia virá em que os homens reconheçam que são todos irmãos. Túlio, meu amigo, eu avalio a grandeza de dores sem lenitivo, que te borbulha na alma, compreendo tua amargura, e amaldiçoo em teu nome ao primeiro homem que escravizou a seu semelhante. Sim- prosseguiu- tens razão; o branco desdenhou a generosidade do negro, e cuspiu sobre a pureza dos seus

---

[90] As críticas feitas ao romance foram em sua grande maioria, críticas literárias, que o classificaram como abolicionista o que consideramos um equívoco, visto que o movimento abolicionista ainda não existia no país em 1859. Por isso, optamos por tratá-lo como antiescravista.

> sentimentos! Sim, acerbo deve ser o seu sofrer, e eles que o não compreendem!! Mas, Túlio, espera; porque Deus não desdenha aquele que ama ao seu próximo... E eu te auguro um melhor futuro. E te dedicaste por mim! Oh! Quanto me hás penhorado! Se eu te pudera compensar generosamente... Túlio- acrescentou após breve pausa- oh dize, dize, meu amigo, o que de mim exiges; porque toda a recompensa será mesquinha para tamanho serviço. (REIS, 2004, p. 28)

A generosidade de Túlio, o seu bom coração e comportamento, a sua resignação, enfim, tudo isso será recompensado por Tancredo, e assim, ao construir esse discurso, acreditava Maria Firmina dos Reis que também poderia convencer aos seus leitores que os cativos mereciam a liberdade e que a escravidão era uma coisa "odiosa".

Para fortalecer esse discurso antiescravista, Maria Firmina dos Reis também utiliza o personagem Túlio, na medida em que o cativo, mesmo resignado, compreende que a escravidão é uma injustiça, tanto que Túlio, ao pensar em Tancredo e seu gesto de bondade, raciocina:

> Homem generoso! Único que soubeste compreender a amargura do escravo!... Tu que não esmagaste com desprezo a quem traz na fronte estampado o ferrete da infâmia! Porque ao africano seu semelhante disse- és meu!- ele curvou a fronte, e humilde, e rastejando qual erva, que se calcou aos pés, o vais seguindo? Porque o que é senhor, o que é livre, tem segura em suas mãos ambas a cadeia, que lhe oprime os pulsos. Cadeia infame e rigorosa, a que chamam: - escravidão?!...E, entretanto este também

> era livre, livre como o pássaro, como o ar, porque no seu país não se é escravo. Ele escuta a nênia plangente de seu pai, escuta a canção sentida que cai dos lábios de sua mãe, e sente como eles, que é livre; porque a razão lho diz, e a alma o compreende. (REIS, 2004, p. 38)

Pelas palavras de Túlio, mais uma vez compreendemos que, para Maria Firmina dos Reis, a África, lugar de origem dos escravizados, era terra da liberdade, onde todos nasceram livres e iguais e que foi o homem branco que instituiu as diferenças entre semelhantes. Mais uma vez percebemos uma África idealizada, mas que era espaço de liberdade para Túlio, uma África ausente e saudosa.

Em passagem magistral do romance, Reis constrói, no pensamento de Túlio, toda a ideia do que a África representava para estes cativos e de como a autora idealizava e pensava isso. A África, antes de tudo, para Maria Firmina dos Reis, era o espaço da liberdade:

> Oh! A mente! Isso ninguém a pode escravizar! Nas asas do pensamento o homem remonta-se aos ardentes sertões da África, vê os areais sem fim da pátria e procura abrigar-se debaixo daquelas árvores sombrias do oásis, quando o sol requeima e o vento sopra quente e abrasador: vê a tamareira benéfica junto à fonte, que lhe amacia a garganta ressequida, vê a cabana onde nascera, e onde livre vivera! Desperta porém em breve dessa doce ilusão, ou antes sonho em que se engolfara, e a realidade opressora lhe aparece — é escravo e escravo em terra estranha! Fogem-lhe os areais ardentes, as sombras projetadas pelas árvores, o oásis no deserto, a fonte e a tamareira- foge a tranquilidade da choupana, foge a doce ilusão de um momento, como a ilha movediça; porque a alma está encerrada nas prisões

> do corpo! Ela chama-o para a realidade, chorando, e o seu choro, só Deus compreende! Ela, não se pode dobrar, nem lhe pesam as cadeias da escravidão; porque é sempre livre, mas o corpo geme, e ela sofre, e chora; porque está ligada a ele na vida por laços estreitos e misteriosos. (REIS, 2004, p. 39)

Existe também, nesta passagem, o espaço da construção de uma subjetividade cativa, ou seja, o espaço da mente, que não poderia ser escravizada; ao contrário do que pensavam alguns de seus contemporâneos, Maria Firmina dos Reis não via os cativos como mercadorias ou coisas e marcava, em seu romance, o espaço da subjetividade dos escravizados, cuja mente era livre. Isso faz parte do discurso de igualdade que Maria Firmina coloca entre cativos e senhores. Afinal, são todos semelhantes e seres humanos. É calcada nessa ideia que é construída a forma como Túlio recebe a alforria de Tancredo:

> Tinha-lhe alforriado. O generoso mancebo assim que entrou em convalescença dera-lhe dinheiro correspondente ao seu valor como gênero, dizendo-lhe: — Recebe, meu amigo, este pequeno presente que te faço, e compra com ele a tua liberdade. Túlio obteve, pois por dinheiro aquilo que Deus lhe dera, como a todos os viventes — Era livre como o ar, como o haviam sido seus pais da África; e como se fora à sombra do seu jovem protetor, estava disposto a segui-lo por toda a parte. Agora Túlio daria todo o seu sangue para poupar ao mancebo uma dor sequer, o mais leve pesar; a sua gratidão não conhecia limites. A liberdade era tudo quanto Túlio aspirava; tinha-a — era feliz! (REIS, 2004, p. 41-42)

Desta forma, Maria Firmina dos Reis tece uma crítica à forma que Túlio consegue a liberdade, obtendo por dinheiro aquilo que Deus havia dado a todos os semelhantes. A escravidão, portanto, nesta construção, não faz sentido; ela é contrária à lei de Deus. Mesmo assim, Túlio se torna feliz e pagará com gratidão e até com a própria vida a alforria dada por Tancredo.

É interessante como a autora tenta convencer seus leitores sobre a legitimidade da liberdade, para todos os semelhantes, a partir de um discurso religioso e humanitário e também como tenta demonstrar que os cativos não eram maus por índole e que poderiam, se assim tivessem chance, ser gratos, generosos, bondosos, piedosos.

Outra forma de convencimento utilizada por Maria Firmina dos Reis será a denúncia aos maus tratos sofridos pelos cativos, por alguns senhores impiedosos. O principal vilão do romance é o comendador Fernando P., tio de Úrsula, irmão de sua mãe, Luís B., por quem se apaixonou num amor incestuoso e que a perseguiu por toda a vida, a ponto de matar o homem que a irmã escolheu como marido, Paulo B., levando-a a uma enfermidade que a tornou paralítica e que mesmo assim depois de tantas atrocidades ainda requeria para si a mão de Úrsula. Este homem odioso era terrível com seus escravizados e havia sido responsável também pela morte da mãe de Túlio. Vejamos o que diz Túlio sobre isso:

> Pois bem — prosseguiu Túlio, com voz lagrimosa-minha mãe fez parte daquilo que ele comprou aos credores, e talvez fosse uma das coisas que mais o interessava. Quando ela se viu obrigada a deixar-me, recomendou-me entre soluços aos cuidados da velha Susana, aquela pobre africana, que vistes em casa de mi-

nha senhora, e que é a única escrava que lhe resta hoje! Minha mãe previa a sorte que a aguardava; abraçou-me sufocada em pranto, e saiu correndo como uma louca. Ah! Quão grande era a dor que a consumia! Porque era escrava, submeteu-se à lei, que lhe impunham, e como um cordeiro abaixou a cabeça, humilde e resignada. Bem pequeno era eu- continuou Túlio após uma pausa entrecortada de soluços- ; mas chorei um pranto bem sentido, por vê-la partir de mim, e só comecei a consolar-me, quando mãe Susana à noite balouçando-me na rede, disse- me:- Não chores mais meu filho, basta. Tua mãe volta amanhã, e te há de trazer muito mel, e um balaio cheio de frutas. Enxuguei os olhos e dormi na doce esperança de revê-la; e à noite sonhei que a vira carregada de frutas como a boa velha me havia dito. Embalde a esperei no outro dia! Porém mãe Susana, que chorava enquanto eu cuidava dos meus brinquedos. Sorria-se quando me via, e procurava fazer-me esquecer minha mãe e seus afagos. Minhas forças eram ainda débeis para compreender toda a extensão da minha desgraça; e por isso as saudades, que me ficaram pouco e pouco foram-se-me adormecendo no peito. Eu estava crescido; mas nunca mais a havia visto; era-nos proibida qualquer entrevista. Um dia, disseram-me — Túlio, tua mãe morreu! **Ah! Senhor! Que coisa triste é a escravidão**! Quando minuciosamente me narraram — continuou ele com um acento de íntimo sofrer — todos os tormentos da sua vida, e os últimos tratos, que a levaram à sepultura, sem nunca mais tornar a ver seu filho, sem dizer-lhe um último adeus! Gemi de ódio, e confesso-vos que por longo tempo nutri o mais hediondo desejo de vingança. Oh! Eu queria sufocá-lo entre meus braços, queria vê-lo aniquilado a meus pés, queria... Susana, essa boa mãe, arrancou-me do coração tão funesto desejo. (REIS, 2004, p. 168-169)

Assim, Maria Firmina nos conta a triste história da mãe de Túlio que, apartada de seu filho por força da escravidão e de um senhor malévolo, acaba morrendo vítima dos maus tratos. Que coisa triste é a escravidão afinal!

Mesmo assim, Túlio manteve seu bom coração e graças à outra escravizada de também bom coração retirou de seu íntimo o desejo de vingança. Preta Suzana, mãe de criação de Túlio, é outra personagem cativa fortíssima no romance de Reis. Através de preta Suzana, para qual Maria Firmina dos Reis escreveu um capítulo inteiro, podemos ter uma maior visão de como Reis enxergava a escravidão.

O que também percebemos em Úrsula são algumas ausências, como por exemplo, a da rebeldia escrava. No romance firminiano os escravos não se rebelam, a não ser no plano subjetivo, através dos pensamentos e de uma determinada superioridade moral. Fugas, rebeldias, não existem no romance. Talvez até para poder ser lida pelos senhores e senhoras do seu tempo, Maria Firmina dos Reis adotou uma narrativa na qual os escravizados não se revoltam, questionando no entanto, a partir da memória destes, a legitimidade da escravidão.

Outro ponto importante a salientar é o português castiço adotado pela autora, todos os personagens falam muito bem. Maria Firmina não adotou uma linguagem própria para escravizados e senhores. Eles se igualam também na fala. O escravizado firminiano não fala errado, talvez isto tenha sido uma decisão da autora, para mais uma vez falar da igualdade entre senhores e cativos do ponto de vista humanitário. Afinal se pensarmos, José de Alencar, escritor também romântico do período de Maria Firmina utiliza uma linguagem própria para os escravizados, sendo portanto possível que Maria Firmina dos Reis tenha escolhido deixar com que seus personagens cativos falassem o português castiço por escolha própria. É também possível que ao escolher o português castiço, Reis se defendesse enquanto mulher escritora, visto que sabia das críticas que poderiam vir por este fato, portanto pode ter escolhido não escrever "errado" nem para as falas dos personagens escravizados.

6.2 A PRETA SUZANA

O nono capítulo do romance Úrsula é intitulado "A preta Suzana" e dedicado inteiramente a esta cativa que, como já vimos, foi responsável pela criação de Túlio.

A preta Suzana é uma personagem fundamental para entendermos o discurso antiescravista de Maria Firmina dos Reis e como a autora se preocupou ao longo do romance em discutir a escravidão.

Suzana funciona como uma espécie de memorialista, tratando do passado ancestral e do movimento de diáspora dos africanos para o Brasil. Ao contrário de Túlio, que pensava a África como um lugar de origem dos seus ancestrais, Suzana é uma negra cativa que passou pelo processo do tráfico negreiro. Por isso, sua fala no romance é eivada de saudade da mãe África e de amargura ao lembrar-se do processo violento que a trouxe ao Brasil.

Antes de adentrarmos neste discurso, vamos às devidas apresentações, como aparece Preta Suzana no romance: "Trajava uma saia de grosseiro tecido de algodão preto, cuja orla chegava-lhe ao meio das pernas magras, e descarnadas como todo o seu corpo: na cabeça tinha cingido um lenço encarnado e amarelo, que mal lhe ocultava as alvíssimas cãs." (REIS, 2004, p.112)

Uma negra já de idade avançada, é escravizada de Luísa B., mãe de Úrsula. Magra, descarnada, mesmo sendo escravizada de uma senhora considerada bondosa, preta Suzana traz, no corpo definhado, as marcas dos grandes sofrimentos que viveu por causa da escravidão. Traz também em si a memória de uma África ausente, onde ela vivia em liberdade. Em passagem importantíssima no romance, Suzana fala de sua pátria/mátria África:

> — Sim, para que estas lágrimas?!... Dizes bem! Elas são inúteis, meu Deus; mas é um tributo de saudade, que não posso deixar de render a tudo quanto me foi caro! Liberdade! Liberdade... Ah! Eu a gozei na minha mocidade! — Túlio, meu filho, ninguém a gozou mais ampla, não houve mulher alguma mais ditosa do que eu. Tranquila no seio da felicidade via despontar o sol rutilante e ardente do meu país, e louca de prazer a essa hora matinal, em que tudo se respira amor, eu corria às descarnadas e arenosas praias, e aí com minhas jovens companheiras, brincando alegres, com o sorriso nos lábios, a paz no coração, divagávamos em busca das mil conchinhas, que bordam as brancas areias daquelas vastas praias. (REIS, 2004, p. 115)

Claro que estamos falando, mais uma vez, de uma África idealizada. Maria Firmina dos Reis jamais esteve no continente africano. Passou quase toda a sua vida, na vila de Guimarães, próxima a São Luís. O contato que deve ter tido com os cativos talvez tenha se dado na casa dos parentes na localidade. O que importa é que, ao criar a personagem Preta Suzana, Firmina tentou sensibilizar seus possíveis leitores e leitoras para a causa antiescravista. Ao colocar Suzana para rememorar a África e sua liberdade, ela fala da possibilidade de que estes cativos nasceram livres e que, portanto, a escravidão não era um atributo natural.

Continuando esse raciocínio, Suzana relata como foi sua apreensão na África, a maneira que foi apartada de sua filha e de seu esposo, pelos mercadores:

> Ainda não tinha vencido cem braças de caminho, quando um assobio, que repercutiu nas matas, me veio orientar acerca do perigo iminente, que aí me aguardava. E logo dois homens apareceram, e amarraram-me com cordas. Era uma prisioneira- era uma escrava! Foi embalde que supliquei em nome de minha filha, que me restituíssem a liberdade: **os bárbaros** sorriam-se das minhas lágrimas, e olhavam-me sem compaixão. Julguei enlouquecer, julguei morrer, mas não me foi possível... A sorte me reservava ainda longos combates. Quando me arrancaram daqueles lugares, onde tudo me ficava- pátria, esposo, mãe e filha, e liberdade! Meu Deus! O que se passou no fundo de minha alma, só vós o pudeste avaliar!... (REIS, 2004, p. 116-117)

Importante perceber a inversão que Maria Firmina dos Reis faz da ideia de civilização e barbárie corrente no seu tempo. Para ela, bárbaros eram aqueles que capturaram Suzana, e não os negros africanos, como era o discurso corrente na época. No qual, a raça negra era considerada bárbara e inferior, por isso, era legítimo escravizá-la, até para orientá-la e quem sabe civilizá-la.[91] Para Reis, como está posto na passagem, a barbárie, ao contrário, estava naqueles que escravizavam e transformavam seus semelhantes em cativos, vítimas de toda a violência que a escravidão poderia proporcionar.

É na rememoração dessa violência que Suzana vai centrar sua fala sobre como foi seu translado para o Brasil:

> Meteram-me a mim e a mais trezentos companheiros de infortúnio e de cativeiro no estreito e infecto porão de um navio. Trinta dias de cruéis tormentos, e de falta absoluta de tudo quanto é mais necessário à vida passamos nessa sepultura até que abordamos as praias brasileiras. Para caber à mercadoria humana no porão fomos amarrados em pé e para que não houvesse receio de revolta, acorrentados como os animais ferozes de nossas matas, que se levam para recreio dos potentados da Europa. Dava-nos a água imunda, podre e dada com mesquinhez, a comida má e ainda mais porca: vimos morrer do nosso lado muitos companheiros à falta de ar, de alimento e de água. É horrível lembrar que criaturas humanas tratem seus semelhantes assim e que não lhes doa a consciência de levá-los a sepultura asfixiados e famintos! (REIS, 2004, p.117)

Ao demonstrar a violência que Suzana e seus companheiros de infortúnio sofreram ao serem trazidos à força para o Brasil, Maria Firmina dos Reis pretendia, portanto, sensibilizar seus leitores

---

91   Em relação a discussão sobre o discurso racial no século XIX ver texto já clássico de SCHWARCZ, 1993.

e leitoras para a violência que era a escravidão. É bom lembrar também que essa passagem foi construída antes do famoso poema *Navio Negreiro*, de Castro Alves, de 1869. (ALVES, 2003) Logo, "a tragédia no mar" de Maria Firmina dos Reis tenta sensibilizar seus possíveis leitores sobre a escravidão nove anos antes do poema de Castro Alves ser concluído. Aqui nos perguntamos como Maria Firmina dos Reis, morando em uma pequena vila do Maranhão obteve estas informações? Provavelmente com o contato com os próprios cativos como pensa Agenor Gomes. (GOMES, 2022)

Essa passagem também pode nos enriquecer de como se pensava a travessia nos navios negreiros, pelo menos no olhar de Maria Firmina dos Reis e nas narrativass que provavlemente ela ouviu dos africanos próximos de sua família (GOMES, 2022) Seu livro foi publicado em 1859, ou seja, nove anos após a abolição do tráfico, com a lei Eusébio de Queiroz em 1850. Como Suzana é construída como uma personagem memorialista, na verdade ela estava falando do processo violento de como ela foi trazida para o Brasil, talvez na tentativa da autora que isto não mais se repetisse.

A tragédia da preta Suzana não termina aí. Chegando às praias brasileiras, Suzana foi vendida para o comendador Fernando P..., vilão da narrativa, um senhor de escravos bastante cruel:

> O comendador P... foi o senhor que me escolheu. Coração de tigre é o seu! Gelei de horror ao aspecto de meus irmãos...os tratos, por que passaram, doeram-me até o fundo do coração! O comendador P... derramava sem se horrorizar o sangue dos desgraçados negros por uma leve negligência, por uma obrigação mais tibiamente cumprida, por falta de inteligência! E eu sofri com resignação todos os tratos que se dava a meus irmãos, e tão rigorosos como os

que eles sentiam. E eu também sofri, como eles, e muitas vezes com a mais cruel injustiça. (REIS, 2004, p.118)

Ao abordar essa temática, Maria Firmina, mais uma vez, reafirma os horrores da escravidão, a crueldade de alguns senhores, tigres e verdugos.[92] Mas também toca em pontos importantes como a questão da solidariedade entre os cativos. Para preta Suzana, os outros cativos eram companheiros de infortúnio, eram irmãos, filhos da mesma pátria/mátria que era a África. Esse sentimento de coletividade foi percebido por Maria Firmina dos Reis, talvez até para aprofundar sua tese de irmandade e semelhança entre todos, como filhos de Deus, por isso a escravidão, baseada na desigualdade entre semelhantes, não se sustentava.

Suzana ainda foi testemunha e vítima de outros horrores quando passou para o domínio de Paulo B..., esposo de Luísa B. e pai de Úrsula:

> E ela chorava, porque doía-lhe na alma a dureza de seu esposo para com os míseros escravos, mas ele via-os expirar debaixo dos açoites os mais cruéis, das torturas do anjinho, do cepo e outros instrumentos de sua malvadeza, ou então nas prisões onde os sepultava vivos, onde, carregados de ferros, como malévolos assassinos acabavam a existência, amaldiçoando a escravidão; e quantas vezes aos mesmos céus!... (REIS, 2004, p.118)

Ao relatar os instrumentos de tortura utilizados pelo personagem Paulo B. para violentar seus escravizados, Maria Firmina dos Reis está também denunciando a vilania da escravidão. O castigo

---

92 Sobre a questão da violência sofrida pelos escravizados, conferir: LARA, 1988.

como anjinho, ou seja, um instrumento de suplício que comprimia os polegares dos cativos e o cepo, um tronco grosso de madeira que o escravizado trazia preso a cabeça, amarrado aos tornozelos por uma argola[93] e, por fim, as prisões onde muitos morriam de fome. Ao denunciar tamanha violência na rememoração da preta Suzana, Maria Firmina dos Reis denuncia novamente a escravidão.

No entanto, mesmo depois de sofrer tanto as agruras da escravidão, a preta Suzana termina seus dias com dignidade e resignação. Ao não entregar o paradeiro de Úrsula, para seu malvado tio, Fernando, a preta é levada por este para ser presa e interrogada e posta em ferros. Acaba morrendo por dignamente se negar a ajudar Fernando P. a encontrar Úrsula para desposá-la antes de Tancredo.

Os escravos firminianos, mesmo sendo vitimados de várias vilanias, mantinham seu caráter inalterado e eram gratos com aqueles que se mostravam bondosos e generosos para com eles. Eram resignados, mas, como já dissemos, nunca algozes. Resignação que não queria dizer que eles esqueceram o mal que lhes foi feito e ao narrar, rememorar, denunciavam a escravidão e revoltavam-se com "a mente que não podia ser escravizada".

O último personagem cativo de relativa importância na narrativa, porque aparece com nome e tem alguma atuação no drama, é o escravizado velho Antero, do qual nos ocuparemos agora.

6.3 O ESCRAVIZADO VELHO ANTERO

Antero aparece na narrativa de Maria Firmina dos Reis como um escravo velho da fazenda de Fernando P. Aparece como uma

---

[93] Informações obtidas no https://www.brasilianaiconografica.art.br/artigos/20231/tortura-e-castigo-
-os-mecanismos-da-repressao-escravista. Acesso em: 24/07/2024.

espécie de guarda para Túlio, que é aprisionado pelos homens de Fernando na tentativa de impedir que ajude Tancredo a encontrar e casar-se com Úrsula. É desta forma que Antero aparece no livro: "Antero era um escravo velho, que guardava a casa, e cujo maior defeito era a afeição que tinha a todas as bebidas alcoólicas". (REIS, 2004, p. 205)

O velho escravo é apresentado como alguém dado ao hábito da embriaguez. Esse estratagema vai ser usado por Reis para explicar duas coisas. Primeiro, como Túlio conseguirá fugir da fazenda de Fernando P...; segundo, para falar mais uma vez dos tempos da mãe África, que Antero se recordará quando Túlio o advertir sobre o mau hábito de beber.

Antero também se solidariza com Túlio, tem pena dele e acaba criando, mais uma vez, um laço de identidade entre os cativos: "Coitado! — dizia ele lá consigo — sua pobre mãe acabou sob os tratos de meu senhor!... e ele, sabe Deus que sorte o aguarda! Pobre Túlio!..." (REIS, 2004, p. 206)

Essa construção de solidariedade e identidade vai se dar também por parte de Túlio que, mesmo embriagando Antero para poder fugir, preocupa-se com ele, na medida em que cria um estratagema para que Fernando P. pense que o escravo lutou com ele para não deixá-lo fugir, em vez de ter sido apenas ludibriado por conta da bebida:

> O negro previra a explosão de cólera do comendador, quando de volta de sua traidora emboscada, e reclamando o preso, só encontrasse Antero embriagado, a prisão aberta, e a sua vítima fora do alcance da sua ira. Naturalmente o comendador vendo Antero preso no tronco, acreditaria que

> se dera uma luta entre ele e o prisioneiro, e que aquele velho e sem forças, fora subjugado e preso, e que assim tolhido e sem socorro algum, vira-lhe a fuga, sem poder sequer opor-lhe a menor resistência. Túlio não se enganou- o seu estratagema salvou o velho escravo. (REIS, 2004, p. 210)

No entanto, a parte fulcral da construção de Antero na narrativa é quando ele rememora a África e a forma de beber de seu tempo, enquanto era livre:

> — Pois bem, — continuou o velho — no meu tempo bebia muitas vezes, embriagava-me, e ninguém me lançava isso em rosto; porque para sustentar meu vício não me faltavam meios. Trabalhava, e trabalhava muito, o dinheiro era meu, não o esmolei. Entendes? (...) — Pois ouça-me, senhor conselheiro: na minha terra há um dia em cada semana, que se dedica à festa do fetiche, e nesse dia, como não se trabalha, a gente diverte-se, brinca, e bebe. Oh! Lá então é vinho de palmeira mil vezes melhor que cachaça, e ainda que tiquira. (REIS, 2004, p. 208)

Maria Firmina dos Reis demonstra assim que aquilo que, no Brasil, era vício e degradação, na mãe África fazia parte de um ritual de "fetiche", em que os africanos se entregavam às bebidas para se divertir, brincar e adorar seus deuses. Ao contrário do que estava colocado para o período e que depois se tornou tema de ampla discussão pelas elites e intelectuais brasileiros, da capacidade ou não do ex-escravizado exercer atividade remunerada. Maria Firmina dos Reis antecipa sua resposta quando fala da possibilidade do trabalho na África, já que o velho Antero trabalhara quando livre e através do seu dinheiro, e não de uma dependência cruel e paternalista como escravizado no Brasil, adquiria dinheiro para beber.

Provavelmente Maria Firmina dos Reis retira essas informações, de textos literários, relatos de viajantes e da própria convivência com escravizados em Guimarães (GOMES, 2022). A leeitura de Reis era vasta, como vemos-nas citar, no romance, a leitura de Paulo e Virgínia de Pierre de Sant-Bernaird (SANT-BERNAIRD, 1986) e *Otelo* de Shakespeare (SHAKESPEARE, 2017) também em outros textos seus, fala de Byron e Gonçalves Dias. Provavelmente, as leitura que tinha sobre a África fossem as histórias de aventuras no Oriente.[94]

Encontramos também, em seu texto, alguma semelhança com o mais famoso romance antiescravista do século XIX: *A Cabana do Pai Tomás*, de Harriet Beecher Stowe, escritora estadunidense, embora seja muito pouco provável que Maria Firmina dos Reis tenha lido esse romance, que saiu entre os anos de 1851 e 1852 em formato de folhetim no jornal *National Era* e depois em março de 1852 publicado como livro, tendo seus primeiros trechos publicados no Brasil, apenas em formato de folhetim apenas em 1887, no jornal paulista A Redempção. (FERRETI, 2017) De qualquer forma, a importância da religião e da resignação dos cativos nos dois romances, tanto em Úrsula, quanto em *A Cabana do Pai Tomás*, são muito fortes. Talvez influência da atmosfera cultural do século XIX no Ocidente, no qual a religião era fundamental. Em Úrsula, a religião católica, já em *A Cabana do Pai Tomás*, o protestantismo.

Talvez seja mais provável que essa construção da África de

---

[94] Essa possibilidade foi apontada por Alberto da Costa e Silva em relação a Castro Alves, talvez o mesmo tenha se dado com Maria Firmina dos Reis. São hipóteses. Cf. SILVA, 2006.

Maria Firmina dos Reis se devesse à leitura, como coloca Alberto da Costa e Silva, falando de Castro Alves, a uma África de Delacroix e de Victor Hugo, do orientalismo, da literatura romântica e do imperialismo francês. Embora, para Alberto da Costa e Silva (SILVA, 2013), essa África de Castro Alves estivesse mais ligada ao deserto do Saara do que à África descrita por Maria Firmina dos Reis como lugar de colheitas, praias, conchinhas e fetiches. Outra hipótese é que tenha ouvido dos próprios escravizados de Guimarães-MA (GOMES. 2022)

O que realmente nos importa é que ela soube utilizar essas imagens para sensibilizar seu público leitor e, a partir disso, tentar criar uma sensibilidade antiescravista.

Com Túlio, Preta Suzana e Antero, Maria Firmina dos Reis cria uma tríade que é muito bem utilizada para debater e denunciar a escravidão. Claro que dentro dos limites possíveis e considerados toleráveis. Não existe, no romance, nenhuma ideia de revolução escrava ou de fim imediato e sem indenização da escravidão, até porque esta discussão abolicionista ainda não está colocada para os contemporâneos de Maria Firmina dos Reis. Mas existe, sim, muita ousadia da escritora ao criar esse romance, visto que comparado com outros romances considerados antiescravistas, tais como *Vítimas-algozes* (1869), de Joaquim de Manuel de Macêdo (MACEDO, 2010), *A Escrava Isaura* (1875), de Bernardo de Guimarães (GUIMARÃES, 2001), as peças teatrais de José de Alencar, *Mãe* (1860)[95], e *Demônio familiar* (1857) (ALENCAR, 2003), o romance Úrsula dá outros tons para o discurso antiescravista, principalmente porque a autora

---

95 ALENCAR, Mãe. Disponível em http://www.dominiopublico.gov.br/pesquisa/DetalheObraForm.do?select_action=&co_obra=7546 Acesso em: 12 abr. 2013.

optou pela ideia de rememorização dos personagens cativos, construindo assim outra África como espaço de liberdade.

No romance e também em outros momentos, Maria Firmina dos Reis fala da violência física sofrida pelos cativos.[96] Algumas dessas violências já foram aqui mencionadas, mas existe um parágrafo importante que demarca mais uma vez o tom de denúncia da autora:

> Na casa do trabalho, muito mais frouxa lobrigava-se ainda a escassa luz de um lampião: os negros tinham recebido novas tarefas, empenhavam-se por acabá-las. Desgraçados! Não eram eles que trabalhavam por acabá-las- era o novo feitor, que com o azorrague em punho ao som dos estalos os despertava. E já nem uma lágrima lhes vinha aos olhos, nem um queixume aos lábios — eram mudos; estorciam-se com a dor da chibatada, abriam os olhos, moviam-se maquinalmente para continuarem o serviço, e logo recaíam naquela penosa prostração, que revela a extrema fadiga de um corpo, que descaí já para o túmulo, cansado de lutar em vão contra mil privações que o desgastaram e aniquilaram. (REIS, 2004, p.188)

Levados à exaustão e até à morte pela vilania de um senhor verdugo, os escravizados firminianos despertavam, nos leitores, a piedade e a compaixão, pelo menos é isso que nos parece ser a intenção da autora ao expor os castigos que lhes eram infligidos e as duras horas de trabalho nas quais se desgastavam. Maria Firmina dos Reis tentava, dessa forma, expor os horrores da escravidão e assim despertar alguma consciência nos possíveis leitores.

Os escravizados firminianos não são apenas vitimados e tam-

---

96 Cf. LARA, 1988.

pouco são algozes. Não são apenas vitimados porque circulam, tem consciência da condição que lhes é imposta, maldizem a escravidão, revoltam-se num plano subjetivo, como já dissemos, mentes não escravizadas. O discurso antiescravista de Maria Firmina dos Reis vê os escravizados numa outra condição, que é aquela da consciência daquilo que os oprime. São resignados, são gratos aos bons senhores, foram trabalhadores na mãe África. Mas não são seres inertes, coisas ou mercadorias, têm sonhos e vontades próprias e discursam contra o cativeiro.

Os senhores não aparecem, em Úrsula, apenas como malfeitores ou benfeitores. Tancredo, rico, branco, alforria Túlio. Mas os outros senhores serão todos malvados, Paulo B., Fernando P... A bondade senhorial, além de Tancredo, aparece apenas nas mulheres, Luísa B., mãe de Úrsula, em Úrsula, na mãe de Tancredo e em alguns personagens menores, como um feitor que se nega a dobrar a jornada de trabalhos dos negros da fazenda de Fernando P. e é por isso demitido, por não conseguir mais conviver com tanta maldade:

> Fartai-vos de atrocidades, já que sois um monstro, — retrucou fora de si o feitor, fixando-o com um olhar de desprezo, que ele suportou — banhai-vos no sangue dos vossos semelhantes, juntai crimes horrendos a crimes imperdoáveis; não conteis mais doravante comigo para instrumento dessas ações, que revoltam ainda a um coração viciado, e que só no vosso pode achar morada. (REIS, 2004, p.186)

Mesmo o coração de um feitor, já "viciado", conseguia sentir compaixão pelos cativos, em relação às maldades praticadas por

Fernando P.; dessa forma, Maria Firmina dos Reis reafirma que, ao saber e ver tanta crueldade, seria possível se compadecer dos cativos e perceber que a escravidão de outro semelhante era um erro, era anticristão.

Com essa narrativa pautada num discurso religioso e católico, Reis lutou com sua pena pelo fim da escravidão, ou, pelo menos, pela tomada de consciência da sociedade hodierna do que a escravidão representava, uma "coisa triste", uma desigualdade injusta entre semelhantes, todos filhos de Deus.

O tom religioso e católico do romance Úrsula é tão grande que, ao fim e ao cabo, o maior vilão da narrativa morre como frei, interna-se num convento, tentando expiar todos os seus pecados: assassino do pai de Úrsula, assassino de Tancredo e responsável pela loucura e morte de Úrsula. No entanto, encontra salvação ao se arrepender, antes de morrer, pelos males praticados. Enfim, até os escravocratas têm salvação, se assim se arrependerem e perceberem a hediondez que é a escravidão.

Maria Firmina dos Reis continua sua empreitada na escrita antiescravista e, em 1887, publica um conto chamado *A Escrava* com tons mais arrojados e menos religiosos. É sobre esse conto que agora iremos falar.

6.4 *A ESCRAVA*

Como já falamos, o conto *A Escrava* foi publicado na *Revista Maranhense*, em 1887, já num período de mais maturidade da escritora. Maria Firmina dos Reis já tinha sessenta e dois anos, e deve ter acompanhado todas as discussões e leis sobre o "elemento servil".

No conto, já podemos perceber uma Maria Firmina dos Reis mais madura e mais informada sobre os preceitos legais que regiam a vida dos cativos. Constam também informações sobre a economia do país e discussões sobre a questão da civilização e do progresso. Em 1887, a discussão sobre o elemento servil se colocava em todos os jornais da província como aqui já atestamos[97] e, pela narrativa firminiana, podemos ter certeza de que a escritora acompanhava esse debate.

O conto se inicia com uma senhora num salão nobre proferindo uma fala contra a escravidão:

> Admira-me, disse uma senhora, de sentimentos sinceramente abolicionistas; faz-me até pasmar como se possa sentir, e expressar sentimentos escravocratas, no presente século, no século dezenove! A moral religiosa, e a moral cívica aí se erguem, e falam bem alto esmagando a hidra que envenena a família no mais sagrado santuário seu, e desmoraliza, e avilta a nação inteira!. (REIS, 2004, p. 241)[98]

Interessante perceber que a fala neste caso é abolicionista mesmo e como a própria escritora atesta, é de uma mulher que fala num salão ilustrado para ser ouvida por muitos. Maria Firmina dos Reis escolheu uma personagem feminina para falar contra a escravidão. Ao contrário do que fez em 1859, em Úrsula, a fala antiescravista aqui não é carregada de subterfúgios. Afinal, os tempos são outros

---

97 Ver cap. 3.
98 Resolvemos tomar o conto que vem junto com a publicação de 2004 da Editora Mulheres de Úrsula. Que por sua vez foi retirado da obra de Nascimento de Morais Filho. A *Revista Maranhense*, onde o conto foi publicado, desapareceu da Biblioteca Pública Benedito Leite no Maranhão. Como escolhemos trabalhar com os textos já publicados em livros mais recentes, pela questão da ortografia e que neste momento o estudo aprofundado das diferentes edições não nos interessa, visto não ser o tema de nossa pesquisa, optamos por utilizar o conto publicado em 2004.

e, como já indicamos, a discussão sobre o elemento servil estava à tona. Reis aproveita a oportunidade para, mais uma vez, descerrar sua fala antiescravista e agora já podemos afirmar abolicionista, visto que o movimento social abolicionista já existia no Brasil neste período. A autora continua com os argumentos religiosos presentes em Úrsula, mas os junta com a questão da moral cívica, da nação, da civilização, da família. Com os argumentos religiosos, a senhora sem nome continua sua fala:

> Levantai os olhos ao Gólgota, ou percorrei-os em torno da sociedade, e dizei-me: Para que se deu sacrifício, o Homem Deus, que ali exalou seu derradeiro alento? Ah! Então não é verdade que seu sangue era o resgate do homem! É então uma mentira abominável ter esse sangue comprado a liberdade!? E depois, olhai a sociedade... Não vedes o abutre que a corrói constantemente!. Não sentis a desmoralização que a enerva, o cancro que a destrói? (REIS, 2004, p. 241-242)

Ao se referir ao Gólgota, ou seja, ao monte no qual Jesus Cristo foi crucificado, Reis, mais uma vez, apela para a questão religiosa para combater a escravidão. Se Jesus Cristo morreu por todos os semelhantes, então qual seria o sentido da escravidão, se considerassem que existissem raças inferiores? Portanto, se era cristão, não podia compactuar com a escravidão, já que a salvação veio para todos e todos incluíam também os cativos. Para Maria Firmina dos Reis, se era complicado para a própria Igreja Católica explicar e sustentar a questão da escravidão dos negros no Novo Mundo, para a escritora era uma questão de lógica cristã; se era para todos e se Reis considerava os cativos como semelhantes, logo a escravidão era um erro, um pecado.

Se junta a este discurso cristão o econômico e civilizatório que não estava presente em 1859, até porque, na atmosfera cultural daquele tempo, a discussão da escravidão não se dava por esse viés. É apenas no final do século XIX, mais precisamente na década de 1880, que a questão econômica e civilizatória vai se colocar com mais força. Maria Firmina dos Reis acompanha esta discussão e mais um argumento contra a escravidão na boca da senhora de seu conto se coloca:

> Por qualquer modo que encaremos a escravidão, ela é, e sempre será um grande mal. Dela a decadência do comércio; porque o comércio, e a lavoura caminham de mãos dadas, e o escravo não pode fazer florescer a lavoura; porque o seu trabalho é forçado. Ele não tem futuro; o seu trabalho não é indenizado; ainda dela nos vem o opróbio, a vergonha: porque de fronte altiva e desassombrada não podemos encarar as nações livres; por isso que o estigma da escravidão, pelo cruzamento das raças, estampa-se na fronte de todos nós. Embalde procurará um dentre nós, convencer ao estrangeiro que em suas veias não gira uma só gota de sangue escravo... (REIS, 2004, p. 242)

Maria Firmina dos Reis, junta, portanto, aos argumentos religiosos e cristãos, os argumentos econômicos. A escravidão emperrava o desenvolvimento econômico do país; com o trabalho forçado não haveria produtividade, sem produtividade não haveria progresso, e sem progresso não haveria nação.

A escravidão é apresentada também como uma vergonha,

ou seja, uma questão moral que atenta à dignidade nacional frente as nações livres. Este argumento aparece em vários discursos abolicionistas da época.

Outro ponto importante da argumentação da escritora é quando ela fala sobre a discussão racial, a miscigenação que envergonhava o país frente às outras nações... Afinal, eram os brasileiros herdeiros do sangue escravizado. Interessante perceber que, para a escritora, não era a questão da raça negra, mas sim da escravidão, à qual esta raça estivera submetida que tornava o país miscigenado um problema. Não era a cor ou a raça em si, mas sim a escravidão.

Neste ponto, Reis se coloca de forma diferenciada do que estava posto à época para a grande maioria dos intelectuais. Será, para a escritora, a escravidão o motivo de vergonha nacional, e não a miscigenação com o elemento negro; a questão para ela não seria racial, ou, melhor dizendo, o problema não era a miscigenação em si, mas a miscigenação ser herdeira da escravidão.[99]

Continuando sua narrativa agora abolicionista, a escritora nos fala da relação entre vítimas e algozes: "O escravo é olhado por todos como vítima — e o é. O senhor, que papel representa na opinião social? O senhor é o verdugo — e esta qualificação é hedionda" (REIS, 2004, p.242).

Ao colocar, neste ponto, o escravo como vítima da escravidão e das atrocidades dos senhores, Maria Firmina dialoga com as imagens que estavam presentes sobre os cativos na segunda metade do século XIX. Como já afirmamos aqui, Joaquim Manuel de Macedo, em 1869(MACEDO, 2010), publicou o seu livro: *As*

---

99 Sobre a questão racial no século XIX e sua discussão no Brasil ver: SCHWARCZ, 1993.

vítimas- algozes - Quadros da escravidão, texto no qual o autor salienta a necessidade de se acabar com a escravidão, não porque ela fosse um mal para o escravizado, mas sim, para os próprios senhores que, ao consentir e conviver com os cativos, acabavam sendo corrompidos por estes, pelo mau-caratismo, pelas feitiçarias africanas, pela imoralidade cativa, própria da escravidão, pelo menos do ponto de vista de Macedo. Então, os cativos não seriam apenas vitimados da escravidão, mas também teriam se transformado em algozes morais de seus senhores. A escravidão os pervertera de tal forma que de vitimados da escravidão passaram a ser carrascos de seus senhores. O texto de Joaquim Manuel de Macedo é antiescravista, porque denuncia os males da escravidão, mas os denuncia do ponto de vista senhorial. A escravidão precisa ser exterminada, pois ela provoca todos os males da sociedade. Cativos corrompidos corrompiam as classes senhoriais.[100]

Maria Firmina dos Reis, ao contrário, usa, mais uma vez, a imagem da vítima, não para proteger os senhores das vilanias de cativos corrompidos pela escravidão, mas para mostrar como alguns senhores "verdugos" confirmavam a crueldade, a maldade, a falta de humanidade que era ter escravizados. A perversidade provinha do sistema escravista, e não da personalidade cruel de alguns senhores em particular. A senhora, em nobre salão que Maria Firmina dos Reis inventou em seu conto, tenta comprovar essa tese ao narrar a estória da escrava Joana, que, sendo vítima da escravidão, da malvadeza de um senhor feroz, chega à loucura e ao óbito.

É preciso salientar, entretanto, que mesmo avançando em

---

[100] Sobre como as classes senhorias e alguns escritores e intelectuais viam e percebiam a escravidão no século XIX, ver estudo já clássico: AZEVEDO, 2008.

relação ao seu discurso em Úrsula de 1859, Maria Firmina dos Reis ainda contem um discurso conservador em 1887. Afinal no conto *A escrava*, mais uma vez não encontraremos nenhum escravizado rebelde. O personagem rebelde que existe é Joana, que se torna assim porque é levada a loucura pela escravidão, fugindo de seu senhor. Acreditamos que isto talvez se devesse a necessidade de ser lida pelos senhores e senhoras de seu tempo.

6.5 A ESCRAVIZADA JOANA

Joana aparece, no conto, como uma escravizada fugida que, já enlouquecida, é socorrida pela nobre senhora. Sua primeira aparição no conto se dá desta forma:

> De repente uns gritos lastimosos, uns soluços angustiados feriram-me os ouvidos, e uma mulher correndo, em completo desalinho passou por diante de mim, e como uma sombra desapareceu. Seguia-a com a vista. Ela espavorida, e trêmula, deu volta em torno de uma grande mouta de murta, e colando-se no chão nela se ocultou. (REIS, 2004, p. 242)

Joana é escravizada fugida, perfeita vítima da escravidão, ou não? Afinal, ela foge, não aceitando, dessa forma, passivamente o cativeiro. Como vimos em capitulo anterior, a fuga é uma forma da resistência cativa, talvez uma das formas mais desesperadas de resistência. Afinal, se fosse pego, o escravizado estaria sujeito a uma série de penas e castigos. É baseada nesta relação extremamente violenta que Maria Firmina dos Reis continua sua narrativa ao mostrar no conto como Joana era perseguida:

(...) Um homem apareceu no extremo oposto do caminho. Era ele de cor parda, de estatura elevada, largas espáduas, cabelos negros, e anelados. Fisionomia sinistra era a desse homem, que brandia, brutalmente, na mão direita um azorrague repugnante; e da esquerda deixava pender uma delgada corda de linho. — Inferno! Maldição! Bradara ele, com voz rouca. Onde estará ela? E perscrutava com a vista por entre os arvoredos desiguais que desfilavam à margem da estrada. — Tu me pagarás — resmungava ele. E aproximando-se de mim: Não viu minha senhora, interrogou com acento, cuja dureza procurava reprimir, — não viu por aqui passar uma negra, que me fugiu das mãos ainda há pouco? Uma negra que se finge douda... tenho as calças rotas de correr atrás dela por estas brenhas. Já não tenho fôlego. (REIS, 2004, p.244)

Caçada como um animal sujeito a violências, Joana representa a escravizada fugida que se encontrada teria uma punição; não é à toa que a escritora Maria Firmina dos Reis, ao construir seu perseguidor, afirma que ele está munido de azorrague e de uma corda. O primeiro para chicotear a cativa, caso a encontrasse, o segundo provavelmente para laçá-la e amarrá-la. Denunciar a violência cometida contra escravizados já era, desde seu romance Úrsula, uma estratégia da escritora para convencer seu público leitor da barbaridade que era a escravidão. Não é por acaso, portanto, que a fisionomia do perseguidor de Joana é descrita como sinistra e que use palavras anticristãs como "inferno", "maldição" para se referir à fuga da escravizada. Esse quadro assim pintado encaminha o leitor para se posicionar contra o perseguidor e a favor de Joana que aparece espavorida e trêmula. Por conseguinte, Joana aqui é vítima da escravidão, da ferocidade de senhores verdugos, e essa classificação é hedionda.

Continuando sua narrativa, Maria Firmina dos Reis nos apresenta o escravizado Gabriel, filho de Joana e que encontra a senhora nobre que desvencilhou sua mãe de seu perseguidor. À medida que a senhora vai tentar ajudar Joana, Gabriel aparece procurando a mãe:

> Era quase uma ofensa ao pudor fixar a vista sobre aquele infeliz, cujo corpo seminu mostrava-se **coberto de recentes cicatrizes**; entretanto sua fisionomia era franca, e agradável. O rosto negro, e descarnado; suposto seu juvenil aspecto aljofarado de copioso suor, seus membros alquebrados de cansaço, seus olhos rasgados, ora lânguidos pela comoção da angústia que se lhe pintava na fronte, ora deferindo luz errante, e trêmula, agitada, e incerta traduzindo a excitação, e o terror, tinham um quê de altamente interessante. **No fundo do coração daquele pobre rapaz, devia haver rasgos de amor, e de generosidade.** Cruzamos, ele, e eu as vistas e ambos recuamos espavoridas. Eu, pelo aspecto comovente, e triste daquele infeliz, tão deserdado da sorte; ele, por que seria? Isto teve a duração de um segundo apenas: recobrei ânimo em presença de tanta miséria, e tanta humilhação, e este ânimo procurei de pronto transmitir-lhe. Longe de lhe ser hostil, o pobre negro compreendeu que eu ia talvez minorar o rigor de sua sorte; parou instantaneamente, cruzou as mãos no peito, e com voz súplice, murmurou algumas palavras que eu não pude entender. Aquela atitude comovedora despertou-me compaixão; apesar do medo que nos causa

a presença dum calhambola. (REIS, 2004, p. 247-248. Grifos nossos)

Aqui chamamos a atenção para o que grafamos em negrito: mais uma vez Maria Firmina dos Reis insiste em mostrar a violência da escravidão: Gabriel tem o corpo coberto de cicatrizes. Assim como fez em Úrsula, em 1859, a escritora tenta convencer seu público leitor da sordidez da escravidão, mostrando a dor física que ela causava, os castigos constantes.. Além da violência subjetiva que levou, no caso do conto *A Escrava*, Joana à loucura. Se só no campo subjetivo era possível algum tipo de liberdade e de resistência, afinal "a mente ninguém pode escravizar", de Joana foi lhe retirado até isso. A violência então ultrapassara as marcas físicas e deixara marcas indeléveis na subjetividade da cativa. Marcas indeléveis também em toda a sociedade, porque o estigma de ser herdeiros da escravidão estampava-se em nossa fronte, como afirmara a escritora, no início do conto.

Outro ponto importante nessa passagem é quando Reis continua a insistir no caráter da generosidade e da bondade dos cativos. Devia haver "rasgos de amor e de generosidade" em Gabriel, assim como o havia em Túlio, em Preta Suzana, até no próprio escravizado Antero. Gabriel, mesmo castigado, mesmo curvado à força da escravidão, mantinha uma alma boa e generosa, como era de Túlio.

Por fim, neste trecho, temos referências aos calhambolas, que a narradora pensa em princípio Gabriel er um deles. Os quilombos há muito existiam no Maranhão, sendo o mais famoso deles o de São Benedito do Céu, que, em 1867, chegou a provocar uma insurreição em Viana.[101] A existência de quilombolas, ou calham-

---

101 Ver PEREIRA, 2001 e GOMES, 2005.

bolas, para usar os termos do tempo da escritora, causava pavor na sociedade branca, temerosa de de que a qualquer momento esses indivíduos poderiam se levantar contra eles, como já havia acontecido no Haiti. (AZEVEDO, 2008) Portanto, o medo que Maria Firmina dos Reis retrata e que sua personagem enfrenta com coragem era real e possível.

A continuidade da história de Joana é terrível: fora enganada por um senhor malvado – o senhor Tavares do Cajuí –, que vendeu uma falsa carta de liberdade ao seu pai indígena e a sua mãe africana e escravizada do senhor Tavares. O pai de Joana não era cativo, mas desposara sua mãe escravizada; fez de tudo para ajudá-la na lida e juntou dinheiro para comprar a liberdade da filha, ao que o senhor Tavares, sabendo que ambos — mãe e pai — não sabiam ler, enganou:

> Nunca a meu pai passou pela ideia, que aquela suposta carta de liberdade era uma fraude; nunca deu a ler a ninguém; mas minha mãe à vista do rigor de semelhante ordem, tomou o papel, e deu-o a ler, àquele que me dava lições. Ah! Eram umas quatro palavras sem nexo, sem nenhuma assinatura, sem data! Eu também a li, quando caiu das mãos do mulato. Minha pobre mãe deu um grito, e caiu estrebuchando. (REIS, 2004, p. 255)

Joana foi assim escravizada e vivenciou os horrores da escravidão. A narrativa que segue é comovente:

> Tinham oito anos. Um homem apeou-se à porta do Engenho, onde juntos trabalhavam meus pobres filhos- era um traficante de carne humana. Ente abjeto, e sem coração! Homem a quem as lágrimas de uma mãe não

podiam comover, nem comovem os soluços do inocente. Esse homem trocou ligeiras palavras com meu senhor, e saiu. Eu tinha o coração oprimido, pressentia uma nova desgraça. A hora permitida ao descanso concheguei a mim meus pobres filhos, extenuados de cansaço, que logo adormeceram. Ouvi ao longe o rumor, como de homens que conversavam. Alonguei os ouvidos; as vozes se aproximavam. Em breve reconheci a voz do senhor. Senti palpitar desordenadamente meu coração; lembrei-me do traficante... Corri para meus filhos, que dormiam, apertei-os ao coração. Então senti um zumbido nos ouvidos, fugiu-me a luz dos olhos e creio que perdi os sentidos. Não sei quanto tempo durou este estado de torpor; acordei aos gritos de meus pobres filhos, que me arrastavam pela saia, chamando-me: mamãe, mamãe! Ah! Minha senhora! Abriu os olhos. Que espetáculo! Tinham metido adentro a porta da minha pobre casinha, e nela penetrado meu senhor, o feitor, e o infame traficante. Ele, e o feitor arrastavam sem coração, os filhos que se abraçavam a sua mãe. (REIS, 2004, p. 256-267)

Com esse enredo, Maria Firmina dos Reis pretendia comover seus leitores, principalmente as mães, contra a escravidão. Ao narrar a triste história de Joana, que vê seus filhos gêmeos, Carlos e Urbano (de apenas oito anos), separados de si pelo tráfico interno na província, somos informados, ao longo do conto, por Gabriel, que os irmãos foram levados para o Rio de Janeiro. Embora tenhamos falado anteriormente que o tráfico interno tenha, algumas vezes, respeitado os laços familiares que uniam mães e filhos ou famílias inteiras, no entanto, isso nem sempre foi a regra, aliás, foi a exceção. (JACINTO, 2008) Então, é bastante verossímil a construção de

Maria Firmina dos Reis da separação de Joana de seus dois filhos gêmeos de apenas oito anos e já colocados para trabalhar no Engenho do senhor Tavares do Cajuí. A desdita foi tão horrenda que levou Joana à loucura e, por conseguinte, à morte. Joana nunca superara o trauma causado por tamanha separação e de fato enlouquecera, embora, para o feitor e seu senhor, isso não passasse de uma artimanha da escravizada para fugir ao trabalho e à escravidão.[102]

Vítima dos mais atrozes castigos físicos, Gabriel e Joana sensibilizaram a senhora de sentimentos sinceramente abolicionistas e, por consequência, aos leitores. Maria Firmina dos Reis usará esse ardil, mais uma vez, no parágrafo que segue:

> — Amanhã, continuou ele, hei de ser castigado; porque saí do serviço, antes das seis horas, hei de ter trezentos açoites; mas minha mãe morrerá se ele a encontrar. Estava no serviço, coitada! Minha mãe caiu, desfalecida; o feitor lhe impôs que trabalhasse, dando-lhe açoites; ela deitou a correr gritando. Ele correu atrás. Eu corri também, corri até aqui porque foi esta a direção que tomaram. (REIS, 2004, p.248)

Sabemos que, em 1886, foram proibidos os açoites de escravizados. Mas o conto foi publicado em 1887 e a sua temporalidade se colocava possivelmente na década de 1880; podemos perceber isso pelo próprio termo "abolicionista" usado por Maria Firmina dos

---

[102] Segundo Sidney Chalhoub, ao analisar os diálogos políticos entre senhores e seus dependentes em Machado de Assis e, especificamente, em *Dom Casmurro*: "A traição estava na natureza de Capitu; era a sua terra e seu estrume. Lendo a metáfora, encontramos a notação senhorial possível para a ideia de antagonismo de classe e para a experiência da derrota política: traição dos dependentes. Sempre que sujeitos da história, os dependentes traem os senhores" (CHALHOUB, In: CHALHOUB, e PEREIRA,1998, p. 120). Sendo assim na visão senhorial, que era o caso do senhor Tavares do Cajuí, Joana não era louca, mas sim usava desse subterfúgio, e assim mentia para lhe fugir do eito.

Reis para se referir à senhora narradora da estória. Em 1859, Reis não usará, em nenhum momento, esse termo. Em Úrsula, nas décadas de 1850-1860, o movimento abolicionista ainda não existia; seriam as cidades, a urbanização, a formação de uma classe de advogados, literatos, médicos, funcionários públicos que, imbuídos de noções evolucionistas, positivistas, veriam a escravidão como um grave problema a ser sanado. (COSTA, 2008) Esse grave problema que também era econômico e racial e que é relido e reinterpretado por Maria Firmina dos Reis, no seu conto *A Escrava*, de 1887. Se havia por parte da escritora uma timidez em falar abertamente contra a escravidão em 1859, isso já não existia em 1887. Até porque os tempos eram outros, e Maria Firmina dos Reis também.

Ao narrar a violência física, mesmo que já proibida, Maria Firmina tenta convencer seus leitores do horror escravista. Trezentos açoites não são poucos. Muito menos se tomar uma pobre escravizada louca que desmaia no trabalho e açoitá-la. Com certeza, essas imagens feriam as retinas de leitores mais sensíveis à causa abolicionista.

Aqui, a noção da causa abolicionista de Maria Firmina dos Reis já é tão grande, que ela cria uma personagem mulher que diz abertamente no texto: "Como não devem ignorar, eu já me havia constituído então membro da sociedade abolicionista da nossa província, e da do Rio de Janeiro. Expedi de pronto um próprio à capital."(REIS, 2004, p. 252)

Como já falamos anteriormente, na década de 1880 e até mesmo antes nas décadas de 1860, havia em São Luís várias sociedades manumissoras, a principal delas, fundada em 1869, foi a sociedade Emancipadora Vinte e Oito de Julho, nomeada assim por ser o dia da adesão do Maranhão à independência em relação a Portugal.[103] Na década de 1880, havia o Centro Artístico Abolicionista Maranhense, fundado em 1881 por alunos do Liceu Maranhense, professores, negros e mulatos libertos (RIBEIRO, 1990) e talvez também por mulheres. As pesquisas sobre o movimento abolicionista, no Maranhão, precisam ser aprofundadas para afirmarmos isso.[104] Talvez o fato de Maria Firmina dos Reis criar essa senhora abolicionista seja um indício.

De qualquer forma, Maria Firmina dos Reis conhecia o debate abolicionista do período e as leis que regiam a escravidão, por isso qualifica o ato da sua personagem como grave:

> Eu bem conhecia a gravidade do meu ato: — recebia em meu lar dois escravos foragidos, e escravos talvez de algum poderoso senhor; era expor-me à vindita da lei; mas em primeiro lugar o meu dever, e o meu dever era socorrer aqueles infelizes. Sim, a vindita da lei; lei que infelizmente ainda perdura, lei que garante ao forte o direito abusivo, e execrado de oprimir o fraco. (REIS, 2004, p. 250-251)

Sabendo das leis que regiam e ainda possibilitavam a escravidão, a personagem que Maria Firmina dos Reis criou em conto resolve utilizar a própria lei para alforriar o filho de Joana: o escravo Gabriel.

Quando o proprietário do cativo chega à casa da senhora abolicionista, tem uma grande surpresa. Acompanhemos o diálogo:

---

[103] Sobre a adesão tardia do Maranhão à Independência em relação a Portugal, ver: GALVES, 2010.
[104] Neste sentido ver ROCHA, 2024, onde o autor discute a trajetória Joaquim Serra, um abolicionista maranhense.

Aqui o senhor Tavares encarou-me estupefato — e depois perguntou-me: — Que significam essas palavras, minha querida senhora? Não a compreendo. Vai compreender-me, retorqui, apresentando-lhe um volume de papéis subscritados e competentemente selados. Rasgou o subscrito, e leu-os. Nunca em sua vida tinha sofrido tão extraordinária contrariedade. — Sim, minha cara senhora, redarguiu, terminando a leitura; o direito de propriedade, conferido outrora aos nossos avós, hoje nada mais é que uma burla... A lei retrogradou. Hoje protege-se escandalosamente o escravo, contra o seu senhor; hoje qualquer indivíduo diz a um juiz de órfãos: Em troca desta quantia exijo a liberdade do escravo fulano- haja ou não aprovação do seu senhor. Não acham isso interessante? Desculpe-me, senhor Tavares, disse-lhe: Em conclusão, apresento-lhe um cadáver e um homem livre. Gabriel ergue a fronte, Gabriel és livre! O senhor Tavares, cumprimentou, e retrocedeu no seu fogoso alazão, sem dúvida alguma mais furioso que um tigre. (REIS, 2004, p. 261-262)

    O conto foi publicado um ano antes da abolição ,ou seja, quando a discussão e a luta abolicionista já estavam fortes nas ruas e nos jornais de todo o país, e quando as leis já permitiam que o cativo ou uma sociedade manumissora, ou qualquer individuo, tendo em mãos o preço considerado razoável do escravizado, podia comprar sua liberdade mesmo sem aprovação do seu senhor, como no caso de Gabriel.[105]

    Maria Firmina dos Reis conhecia essas leis e as utilizou

---

[105] Sobre a questão da compra de alforrias e da luta de escravizaddos ou mesmo de outros membros da sociedade na justiça pela liberdade cativa ver: RIBEIRO, 1990 ; CHALHOUB, 1990; AZEVEDO, , 1999; AZEVEDO, 2010.

para, em seu conto pedagógico[106], a escravizada lutar, mais uma vez, contra a escravidão em uma província que, mesmo com uma economia decadente, manteve arraigada a escravidão até o último suspiro desse sistema.

Maria Firmina dos Reis viveu para ver abolida a escravidão em 1888, causa pela qual lutou em boa parte da vida em seus textos aqui apresentados. Maria Firmina dos Reis faleceu em 1917.

---

[106] Chamamos de pedagógico aqui, porque acreditamos ter demonstrado que era intenção de Maria Firmina dos Reis instruir seu público leitor sobre a vilania que era a escravidão e também demonstrar formas de se combatê-la.

CONSIDERAÇÕES FINAIS

Ao longo deste trabalho, procuramos compreender aspectos da escravidão no Maranhão e em, particular, como Maria Firmina dos Reis representou em seus textos Úrsula, *A Escrava* e *Gupeva*, a escravidão no Maranhão na segunda metade do século XIX. Procurou-se também compreender o discurso sobre as mulheres concebidos pela autora.

Fazemos isso partindo de uma contextualização geral sobre o Maranhão da segunda metade do século XIX, percebendo quais eram suas principais economias: arroz, algodão e açúcar e como elas estiveram intimamente relacionadas ao trabalho servil. Apontamos também como era dividida a população maranhense do período entre pobres livres, escravizados, senhores e como dentro dessa divisão as mulheres também apareciam nos textos de viajantes e nos textos jornalísticos, assim como nos anúncios na imprensa.

No tocante à escravidão, buscou-se compreender como ela se organizava no Maranhão, quantos eram os escravizaddos e de onde tinham vindo; tencionamos também, através de anúncios de fugas escravas, demonstrar o quanto essa população cativa nunca esteve calada diante da servidão e como buscou através das fugas lutar por sua liberdade.

Nesta esteira, pegamos os discursos antiescravistas e abolicionistas do final do século XIX para entender como a abolição foi construída na província e como outros autores se colocaram na participação da luta pelo fim da escravidão, como por exemplo, Trajano Galvão e o próprio Gonçalves Dias. Fizemos isso para contextualizar a atmosfera cultural na qual Maria Firmina dos Reis estava inserida ao escrever seus textos antiescravistas.

Através desse olhar firminiano, procuramos também examinar os diversos estereótipos de mulher que Maria Firmina criou. Percebemos três: mães, sobreviventes, e a indígena. Dessas, a de maior destaque em nosso entendimento, nos escritos de Maria Firmina dos Reis, foi a figura da mãe, que muitas vezes se entrelaçou como a própria imagem que a autora criou sobre a mãe África, pátria de seus personagens cativos no romance Úrsula. Maria Firmina dos Reis compreendeu a África como o espaço da liberdade, uma mãe dócil, gentil e saudosa de seus filhos arrancados de si. Percebemos a idealização desta imagem, mas entendemos que a escritora assim a construiu para se contrapor à nação escravista a que os africanos foram conduzidos.

É bastante provável que essa idealização se devesse às leituras de Maria Firmina dos Reis, sobre uma África sonhada dos romances. Outra personagem feminina importante foi a mulher sobrevivente Adelaide. Por fim, mostramos a mulher indígena construída por Maria Firmina dos Reis, em *Gupeva*.

Também reconstruímos as representações de Maria Firmina dos Reis sobre a escravidão: como os personagens cativos Túlio, Preta Suzana e Antero aparecem na narrativa de Úrsula, e como a escritora utiliza do discurso humanitário e católico para mostrar a crueldade de se escravizar um semelhante. Mostramos também como a autora trabalhou a resistência subjetiva de seus personagens cativos; afinal, a mente era impossível de ser escravizada, demonstrando Maria Firmina dos Reis dessa forma que acreditava na capacidade do escravizaado de se revoltar, mesmo que do ponto de vista da subjetividade, provando assim que a escravidão nunca fora aceita pelo cativo e dimensionando um espaço para se pensar a subjetividade escravizada.

Notamos também que Maria Firmina dos Reis se reelabora e soma as suas falas humanitárias, às falas econômicas do discurso abolicionista do final do século XIX, ao publicar seu conto *A Escrava*, em 1887. Reis estava ligada às discussões sobre a questão do fim do elemento servil e do trabalho escravizado, que andavam circulando pelos jornais da província e do país, e acopla essa discussão ao seu texto de 1887. A autora se reinventa e soma aos seus argumentos contra a escravidão, os argumentos abolicionistas do fim do século.

Por fim, acreditamos, desta forma, ter contribuído para um melhor entendimento e compreensão das representações sobre escravidão e mulheres no Maranhão e no Brasil, particularmente nos escritos firminianos.

REFERÊNCIAS

Obras da autora:

REIS, Maria Firmina dos. Úrsula. Edição fac-similar. Rio de Janeiro: Gráfica Olímpica Editora Ltda., 1975.

_____. Úrsula. *A Escrava*. Florianópolis: Editora Mulheres, Belo Horizonte: PUC Minas, 2004.

_____. Úrsula. 3 ed. Organização, atualização e notas por Luíza Lobo; Introdução de Charles Martin. Rio de Janeiro: Presença; Brasília: INL, 1988.

_____. *Cantos à Beira Mar*. São Luís: Tipografia do Paíz, Imp. Por M. F. V. Pires, largo do Palácio, 1871.

Participação em coletâneas/antologias:

BRAGA, Gentil Homem de Almeida. *O Parnaso Maranhense:* antologia de poetas maranhenses, São Luís: Tipografia do Progresso, 1861.

MARQUES, Cézar Augusto (Org.) *Almanaque das Lembranças Brasileiras*. São Luís: Typ. de B. de Matos, 1868.

Obras sobre a autora[107]:

BLAKE, Augusto Vitorino Sacramento. *Dicionário Histórico e Bibliográfico Brasileiro*. Rio de Janeiro: Imprensa Nacional, v. 6, 1900, p. 232.

CARVALHO, Claunísio Amorim. Imagens do negro na literatura brasileira do século XIX: uma análise do romance Úrsula, de Maria Firmina dos Reis. *Ciências Humanas em Revista,* São Luís: CCH/UFMA, v. 4, n. 2, p. 53-69, 2006.

---

[107] Ao longo dos últimos anos, muitas dissertações e teses foram produzidas sobre Maria Firmina dos Reis, aqui só colocamos as que utilizamos ao longo do nosso texto. Para um trabalho que faz um levantamento recente sobre as obras acadêmicas, ver: MENDES, 2023.

DIOGO, Luciana. *Maria Firmina dos Reis: vida literária*. Rio de Janeirro: Editora Malê, 2022

DUARTE, Eduardo de Assis. Maria Firmina dos Reis e os primórdios da ficção afro- brasileira. [Posfácio]. In: REIS, Maria Firmina dos. *Úrsula; A Escrava*. Florianópolis: Ed. Mulheres; Belo Horizonte: PUC Minas, 2004.

GOMES, Agenor. *Maria Firmina dos Reis e o cotidiano da escravidão no Brasil*. São Luís: AML. 2022.

LOBO, Luiza. *Crítica sem juízo:* Rio de Janeiro: Garamond, 2007.

MARTIN, Charles. Prefácio a terceira edição de Úrsula. In: REIS, Maria Firmina dos. *Úrsula*. 3 ed. Organização, atualização e notas por Luíza Lobo; Introdução de Charles Martin. Rio de Janeiro: Presença; Brasília: INL, 1988.

MENDES, Algemira Macêdo. *Maria Firmina dos Reis e Amélia Beviláquia na história da literatura brasileira*: representações, imagens e memórias nos séculos XIX e XX. 2006. Tese (Doutorado em Letras) — PUC - Rio Grande do Sul, Porto Alegre, RS.

MENDES, Melissa Rosa Teixeira. *Uma análise das representações sobre as mulheres no maranhão da primeira metade do século XIX a partir do romance Úrsula, de Maria Firmina dos Reis*. 2013. Dissertação (Mestrado em História Social) – Universidade Federal do Maranhão, São Luís, MA.

_____ Condições históricas e sociais das apropriacões de Maria Firmina dos Reis e sua "ibraa" (1973-2022). Tese (Doutorado em Ciências Sociais) – Universidade Federal do Maranhão, São Luís- MA, 2023.

MORAIS FILHO, José Nascimento de. *Maria Firmina, fragmentos de uma vida*. São Luís: COCSN, 1975.

MUZART, Zahidé Lupinacci. Maria Firmina dos Reis. In:_. (Org.) *Escritoras brasileiras do século XIX*. Florianópolis: Editora Mulheres, 2000.

NASCIMENTO, Juliano Carrupt do. *O negro e a mulher em Úrsula de Maria Firmina dos Reis*. Rio de Janeiro: Caetés, 2009.

OLIVEIRA, Adriana Barbosa de. *Gênero e etnicidade no romance Úrsula, de Maria Firmina dos Reis*. 2007. Dissertação (Mestrado em Letras) — Universidade Federal de Minas Gerais, Belo Horizonte, MG.

PACHECO, Oneth de Jesus Alves. *Maria Firmina dos Reis: trajetória e luta da romancista negra no Maranhão escravocrata do século XIX*. 2005. Monografia (Graduação em História) — Universidade Federal do Maranhão, São Luís, MA.

SANTIAGO, Luciana Ayres Coimbra. *A busca pela mulher e escritora oitocentista maranhense Maria Firmina dos Reis*: recuperando trajetórias de sua vida. 2006. Monografia (Graduação em História) — Universidade Estadual do Maranhão, São Luís, MA.

TELLES, Norma A. Escritoras, escritas, escrituras. In: PRIORE, Mary Del; PINSKY, Carla Bassanezi. (orgs.). *História das Mulheres no Brasil*. 9 ed. São Paulo: Unep; Contexto, 2008, p. 401-442.

Jornais*:

A Carapuça (1884)

A Imprensa (1860-1870)

A Marmotinha (1852)

A Moderação (1857-1860)

A Pacotilha (1897-1900)

A Revista Maranhense (1887)

A Verdadeira Marmota (1861)

Diário do Maranhão (1880-1890)

Echo da Juventude (1864-1865)

Jornal do Comércio (1858)

O Domingo (1872)

O Federalista (1898-1905)

O Jardim das Maranhenses (1861)

O Paiz (1863-1889)

O Pensador (1881)

O Publicador Maranhense (1860-1870)

O Século (1858)

Porto Livre (1860-1870)

Semanário Maranhense (1867)

*Todos eles encontram-se na Biblioteca Pública Benedito Leite (BPBL) e também na Hemeroteca Digital Nacional (HDN)

No Arquivo Público do Estado do Maranhão (APEM)

Primeiro Caderno do Recenseamento da população da cidade de São Luís do Maranhão. Maranhão, 20 de maio de 1855, João Nunes de Campos. Livro n.º 1701.

Livro de registro de portarias de licença saúde, assuntos particulares, prorrogações de licença. Livro n:º 1568

Textos/imagens de Blogs (Internet):

GALVÃO, Trajano. *A crioula*. Disponível em: <http://www.jornaldepoesia.jor.br/tra01.html>. Acesso em: 31 ago. 2012.

https://cruzterrasanta.com.br/santa-ursula-/113/102/. Acesso 23/07/2024

https://www.brasilianaiconografica.art.br/artigos/20231/tortura-e-castigo-os-mecanismos-da-repressao-escravista Acesso: 24/07/2024.

ALENCAR, *Mãe*. Disponível em http://www.dominiopublico.gov.br/pesquisa/DetalheObraForm.do?select_action=&co_obra=7546 Acesso em: 12 abr. 2013.

BIBLIOGRAFIA

ABRANTES, Elizabeth Sousa. A educação feminina em São Luís - Século XIX. In: COSTA, Wagner Cabral da (Org.). *História do Maranhão*: novos estudos. São Luís: Edufma, 2004, p. 143-174.

ABREU, Capistrano de. *Capítulos de História Colonial*. São Paulo: Civilização Brasileira, 1976.

ALENCAR, José de. *Mãe*. Disponível em: <http://www.dominiopublico.gov.br/down load/texto/bi000161.pdf>. Acesso em: 12 abr. 2013.

_____. *O Demônio familiar*. São Paulo: Martin Claret, 2003.

ALGRANTI, Leila Mezan. *O feitor ausente*: estudos sobre a escravidão urbana no Rio de Janeiro — 1808-1822. Petrópolis: Vozes, 1988.

ALMEIDA, Alfredo Wagner Berno de. *A ideologia da decadência*: leitura antropológica a uma história de agricultura do Maranhão. Rio de Janeiro: FUA, 2008.

ALMEIDA, Ângela (Org.). *Pensando a família no Brasil, da colônia à modernidade*. Rio de Janeiro: Espaço e Tempo, 1987.

ALVES, Castro. *Os escravos*. São Paulo: Martin Claret, 2003.

ANDERSON, Michael. *Elementos para a história da família ocidental*: 1500-1914. Lisboa: Querco, 1984.

ASSIS, Machado de. *Machado de Assis*: crítica, notícia da atual literatura brasileira. São Paulo: Agir, 1959, p. 28-34.

ASSUNÇÃO, Matthias Röhrig. Exportação, mercado interno e crises de subsistência numa província brasileira: o caso do Maranhão (1800-1860). In: CARVALHO, Claunísio Amorim; CARVALHO, Germana Costa Queiroz (orgs.). *Pergaminho maranhense*: estudos históricos (vol. 1). São Luís: Café & Lápis, 2010, p. 143-184.

_____. Cultura Popular e sociedade regional no Maranhão do século XIX. *Revista de Políticas Públicas*, São Luís, v. 3, n. ½, p. 39, jan./dez. 1999.

AZEVEDO, Aluísio. [1881] *O Mulato*. São Paulo: Ática, 1977.

AZEVEDO, C. M. M. de. *Onda negra, medo branco: o negro no imaginário das elites- século XIX*. São Paulo: Editora Annablume, 2008.

AZEVEDO, Elciene. *O direito dos escravos*: Lutas jurídicas e abolicionismo na província de São Paulo Campinas: Editora da Unicamp, 2010.

_____. *Orfeu de Carapinha*: a trajetória de Luiz Gama na imperial cidade de São Paulo. Campinas: Editora da Unicamp, 1999.

BANDEIRA, Pedro. *A marca de uma lágrima*. São Paulo: Moderna, 1994.

BENJAMIN, Walter. *Obras Escolhidas*, v. I, Magia e técnica, arte e política: ensaios sobre literatura e história da cultura. Trad. Sérgio Paulo Rouanet, São Paulo: Brasiliense, 1985.

BEZERRA NETO, José Maia. *Por todos os meios legítimos e legais:* as lutas contra a escravidão e os limites da abolição (Brasil, Grão-Pará: 1850-1888). 2009. Tese (Doutorado em História) — Pontifícia Universidade Católica, São Paulo, SP.

BLOCH, Marc. *A apologia da história ou o ofício de historiador*. Rio de Janeiro: Jorge Zahar Editor, 2001.

BORRALHO, José Henrique de Paula. *Terra e Céu de nostalgia*: tradição e identidade em São Luís do Maranhão. São Luís: Café & Lápis; FAPEMA, 2011.

_____. *Uma Athenas Equinocial*: a literatura e a fundação de um Maranhão no império brasileiro. São Luís: Edfunc, 2010.

_____. Literatura e política em *A chronica parlamentar* de Trajano Galvão de Carvalho. In: GALVES, Marcelo Cheche; COSTA, Yuri (Orgs.). *O Maranhão oitocentista*. Imperatriz: Ética; São Luís: Editora UEMA, 2009, p. 371-403.

BOURDIEU, Pierre. *A dominação masculina*. Rio de Janeiro: Bertrand Brasil, 2003.

CABRAL, Maria do Socorro Coelho. *Os caminhos do gado*: conquista e ocupação no sul do Maranhão. 2 ed. São Luís: Edufma, 2008.

CALDEIRA, José de Ribamar Chaves. *Origens da indústria do sistema agro-exportador maranhense*. Estudo micro-sociológico da instalação de um parque fabril em região do nordeste brasileiro no final do século XIX. 1989. Tese (Doutorado em Sociologia) — Universidade de São Paulo, São Paulo, SP.

CANDIDO, Antonio. *Formação da literatura brasileira*: momentos decisivos. (1750- 1880). 11 ed. Rio de Janeiro: Ouro sobre azul, 2007.

CARDOSO, Ciro Flamarion S. A — brecha camponesa — no Brasil: realidades, interpretações e polêmicas. In: __. *Escravo ou camponês?* O protocampesinato negro nas Américas. São Paulo: Brasiliense, 1987.

CARVALHO, José Murilo de. *A construção da ordem*: a elite política imperial. *Teatro das sombras*: a política imperial. 3 ed. Rio de Janeiro: Civilização Brasileira, 2007.

CAVALCANTE, Alcilene. *Uma escritora na periferia do Império*: vida e obra de Emília Freitas. Ilha de Santa Catarina: Ed. Mulheres, 2008.

CERTEAU, Michel. *A invenção do cotidiano*. Vol 1. Artes de fazer. Petrópolis: Vozes, 1996.

CHALHOUB, Sidney. *A força da escravidão*: ilegalidade e costume no Brasil oitocentista. São Paulo: Companhia das Letras, 2012.

_____. Diálogos políticos em Machado de Assis. In: ___; PEREIRA, Leonardo A. de Miranda (Orgs.). *A História Contada*. Capítulos de História Social da Literatura Brasileira. Rio de Janeiro, Nova Fronteira, 1998.

_____. *Visões da Liberdade*: uma história das últimas décadas da escravidão na corte. São Paulo: Companhia das Letras, 1990.

CHALHOUB, Sidney; PEREIRA, Leonardo A. de Miranda (Orgs.). *A História Contada*. Capítulos de História Social da Literatura Brasileira. Rio de Janeiro, Nova Fronteira, 1998.

CHARTIER, Roger. A História hoje: dúvidas, desafios, propostas. *Revista Estudos Históricos*, Rio de Janeiro, v. 7, n. 13, 1994.

_____. *A história Cultural*: entre práticas e representações. Rio de Janeiro: DIFEL, 1990.

CORREIA, Maria da Glória Guimarães. *Nos fios da trama*: quem é essa mulher? Cotidiano e trabalho do operariado feminino em São Luís na virada do século. São Luís: Edufma, 2006.

COSTA, Emília Viotti da. *A abolição*. São Paulo: UNESP, 2008.

_____. *Da senzala a colônia*. 4 ed. São Paulo: Fundação Editora da UNESP, 1998.

COSTA, Iraci del Nero da. Repensando o modelo interpretativo de Caio Prado Júnior. In: PIRES, Julio Manuel; COSTA, Iraci de Nero da. (Orgs.) *O capital escravista-mercantil e a escravidão nas Américas*. São Paulo: EDUC, 2010, p. 77- 114.

COSTA, Jurandir Sebastião Freire. *Ordem médica e norma familiar*. Rio de Janeiro: Graal, 1979.

CUNHA, Maria de Lourdes da Conceição. *Romantismo brasileiro*: Amor e Morte (um estudo sobre José de Alencar e Maria Firmina dos Reis). São Paulo: Factash Editora, 2005.

DARNTON, Robert. *Boemia Literária e revolução*: o submundo das letras no antigo regime. São Paulo: Companhia das Letras, 2007.

DIAS, Gonçalves. *I- Juca Pirama. Os Timbiras. Outros poemas*. São Paulo: Martin Claret, 2002.

_____. *A escrava*. Disponível em: <http://www.geia.org.br/images/goncalves_dias.pdf>. Acesso em: 31 ago. 2012.

DIAS, Maria Odila. *Quotidiano e Poder*. 2. ed. São Paulo: Brasiliense, 1995.

D'INCAO, Maria Ângela. Mulher e família burguesa. In: DEL PRIORE, Mary (org.).

História das mulheres no Brasil. 2 ed. São Paulo: Contexto, 1997, p. 223-240.

DURÃO, José de Santa Rita. *Caramuru* – poema épico do descobrimento da Bahia. São Paulo: Martin Claret, 2003.

ENGEL, Magali. *Meretrizes e doutores*: Saber médico e prostituição no Rio de Janeiro (1840-1890). São Paulo: Brasiliense, 2004.

GALVÃO, Trajano. *A crioula*. Disponível em: <http://www.jornaldepoesia.jor.br/tra 01.html>. Acesso em: 31 ago. 2012.

GALVES, Marcelo Cheche. *"Ao público sincero e imparcial"*: imprensa e independência do Maranhão (1821-1826). 2010. Tese (Doutorado em História) - Universidade Federal Fluminense, Niterói, RJ.

_____. COSTA, Yuri (Orgs.). *O Maranhão oitocentista*. Imperatriz: Ética; São Luís: Editora UEMA, 2009.

FERRETI, Danilo José Zioni. A publicação de "A cabana do Pai Tomás" no Brasil escravista. O "momento europeu" da edição Rey e Belhatte (1853). In. *Varia Hist*.33 (61). Jan- Abr 2017

GOMES, Flávio dos Santos. *A Hidra e os pântanos*: mocambos, quilombos e comunidades de fugitivos no Brasil, (séculos XVIII-XIX). São Paulo: Ed. UNESP; Ed. Polis, 2005.

GORENDER, Jacob. *O escravismo colonial*. São Paulo: Editora Ática, 1992.

GUIMARÃES, Bernardo. *A escrava Isaura*. São Paulo: Martin Claret, 2001.

HOOCK-DEMARLE, Marie-Claire. Ler e escrever na Alemanha. In: DUBY, Georges; PERROT, Michelle (orgs.). *História das mulheres no ocidente*. O século XIX. Vol. 4. São Paulo: EBRADIL, 1991.

JACINTO, Cristiane Pinheiro Santos. Fazendeiros, negociantes e escravos: dinâmica e funcionamento do tráfico interprovincial de escravos no Maranhão (1846-1885). In: GALVES, Marcelo Cheche; COSTA, Yuri. (org.) *O Maranhão oitocentista*. Imperatriz: Ética; São Luís: Editora UEMA, 2009, p. 169-194.

_____. *Laços & enlaces*: relações de intimidade de sujeitos escravizados. São Luís - Século XIX. São Luís: EDUFMA, 2008.

JANOTTI, Maria de Lourdes Mônaco. *A Balaiada*. São Paulo: Brasiliense, 1987.

KOSELLECK, Reinhart. *Futuro Passado*: contribuição à semântica dos tempos históricos. Rio de Janeiro: Contraponto; Ed. PUC-Rio, 2006.

LACROIX, Maria de Lourdes Lauande. *A fundação francesa de São Luís e seus mitos*. 3 ed. revisada e ampliada. São Luís: Editora da UEMA, 2008.

LALLEMANT-AVE, Robert. *Viagem pelo Norte do Brasil*. Rio de Janeiro: Instituto Nacional do Livro, Coleção de Obras Raras, 1961.

LARA, Sílvia Hunold. *Campos da violência*: escravos e senhores na Capitania do Rio de Janeiro, 1750- 1808. Rio de Janeiro: Paz e Terra, 1988.

LEAL, Henriques. *Pantheon Maranhense*: ensaios biográficos dos maranhenses ilustres já falecidos. 2 ed. 2 tomos, Rio de Janeiro: Editorial Alhambra, 1987.

LE GOFF, Jacques. *História e Memória*. 4 ed. Campinas: Editora da UNICAMP, 1996.

LEITE, Mirian Moreira. *A condição feminina no Rio de Janeiro no século XIX*: antologia de textos de viajantes estrangeiros. São Paulo: HUCITEC; Pró-Memória; INL,1984.

LEWKOWICZS, Ida; GUTIÉRREZ, Horácio; FLORENTINO, Manolo. *Trabalho compulsório e trabalho livre na história do Brasil*. São Paulo: UNESP, 2008.

MACEDO, Joaquim Manuel de. *As vítimas-algozes*: quadros da escravidão. São Paulo: Martin Claret, 2010.

MACHADO, Maria Helena Toledo. *O plano e o pânico*: os movimentos sociais na década da abolição. São Paulo: EDUSP, 1994.

MAGALDI, Ana Maria Bandeira de Mello. Mulheres no mundo da casa: imagens femininas nos romances de Machado de Assis e Aluizio Azevedo. In: COSTA, Albertina de Oliveira; BRUSCHINI, Cristina (orgs.). *Entre a virtude e o pecado*. Rio de Janeiro: Rosa dos Tempos; São Paulo: Fundação Carlos Chagas, 1992, p. 57-88.

MARQUES, Cesar Augusto. *Dicionário Histórico e Geográfico do Maranhão*. 3 ed. Revista e ampliada. São Luís: Edições AML, 2008.

MATTOS, Ilmar Rohloff de. *O Tempo Saquarema*: A formação do estado imperial. 5 ed. São Paulo: Editora Hucitec, 2004.

MEIRELES, Mário Martins. *História do Maranhão*. São Paulo: Siciliano, 2001.

MENDONÇA, Joseli Nunes. *Entre a mão e os anéis*: a lei dos sexagenários e os caminhos da abolição. Campinas: Editora da Unicamp, 1999.

MESQUITA, Francisco de Assis Leal. *Vida e morte da economia algodoeira do Maranhão*: uma análise das relações de produção na cultura do algodão, 1850/1890. São Luís: UFMA, 1987.

MESQUITA, Samara Nahid de. *O enredo*. 4 ed. São Paulo: Ática, 2006.

MONTELLO, Josué. A primeira romancista brasileira. *Jornal do Brasil*, 11 nov. 1975. MORAES, Jomar. *Guia de São Luís do Maranhão*. 2 ed. São Luís: Legenda, 1995.

NORA, Pierre. Entre Memória e História: a problemática dos lugares. *Revista Projeto História*, São Paulo, (10), dez, 1993.

PAXECO, Fran. *Geografia do Maranhão*. Rio de Janeiro: Tip. Teixeira, 1923.

PEREIRA, Josenildo de Jesus. *As representações da Escravidão na imprensa jornalística no Maranhão na década de 1880*. 2006. Tese (Doutorado em História Social) — Universidade de São Paulo, São Paulo, SP.

_____. *Na fronteira do cárcere e do paraíso*: um estudo sobre as práticas de resistência escrava no Maranhão oitocentista. 2001. Dissertação (Mestrado em História) — Pontifícia Universidade Católica, São Paulo, SP.

PERROT, Michelle. *Mulheres públicas*. São Paulo: UNESP, 1998.

PERROT, Michelle. Práticas da memória feminina. *Revista Brasileira de História*. São Paulo, v. 9, n. 18, p. 9-18, ago./set. 1989.

POLLAK, Michael. Memória, esquecimento, silêncio. *Revista Estudos Históricos*, Rio de Janeiro, vol. 2, n. 3, 1980.

PRADO JÚNIOR, Caio. *Formação do Brasil Contemporâneo: Colônia*. 17 ed. São Paulo: Brasiliense,1981.

QUINTANA, Mário. *Prosa & Verso*. 6 ed. São Paulo: Globo, 1989.

RAGO, Margareth. *Do cabaré ao lar*: a utopia da cidade disciplinar. Brasil 1890- 1930. 3 ed. Rio de Janeiro: Paz e Terra, 1997.

REIS, Flávio Moura. *Grupos políticos e estrutura oligárquica no Maranhão*

(1850- 1930). 1992. Dissertação (Mestrado em Ciência Política) – Universidade Estadual de Campinas, Campinas, SP.

REIS, João José. *Rebelião escrava no Brasil*: a história do levante dos malês em 1835. São Paulo: Companhia das Letras, 2003.

REIS, João José; GOMES, Flávio dos Santos. *Liberdade por um fio –* História dos quilombos no Brasil. São Paulo: Companhia das Letras, 1996.

REIS, João José; SILVA, Eduardo. *Negociação e conflito*: a resistência negra no Brasil escravista. São Paulo: Companhia das Letras, 1989.

RIBEIRO, Jalila Ayoub Jorge. *A desagregação do sistema escravista no Maranhão (1850-1888)*. São Luís: SIOGE, 1990.

RIBEIRO, Luis Filipe. *Mulheres de papel*: um estudo do imaginário em José de Alencar e Machado de Assis. Niterói: EDUFF, 1996.

RIBEIRO, Renato Janine. Iracema ou a Fundação do Brasil. In: FREITAS, Marcos Cezar. (Org.) *Historiografia Brasileira em perspectiva*. São Paulo: Contexto, 1998, p. 405-410.

SAFFIOTI, Heleieth Iara Bongiovani. *A mulher na sociedade de classes:* mito e realidade. São Paulo: Livraria Quatro Artes Editora, 1969.

SAMARA, Eni de Mesquita. *Família, Mulheres e Povoamento: São Paulo, Século XVII*. Bauru: EDUSC - Editora da Universidade Sagrado Coração, 2003.

_____. *A família brasileira*. 4 ed. São Paulo: Brasiliense, 1993.

_____. *As mulheres, o poder e a família*. São Paulo, século XIX. São Paulo: Marco Zero, 1989,

SAMARA, E. M.; SOIHET, Rachel; MATOS, Maria Izilda S. de (Orgs.). *Gênero em debate*: Trajetória e perspectivas na historiografia contemporânea. 1 ed. São Paulo: EDUC, 1997.

SANTOS, Maria Rita. A imagem firminiana em A Escrava. In: BRANDÃO, Izabel; MUZART, Zahidé L. (Orgs.) *Refazendo nós*: ensaios sobre mulher e literatura. Florianópolis: Ed. Mulheres; Santa Cruz do Sul: EDUNISC, 2003, p. 97-104.

SANT-BERNAIRD, Pierre. *Paulo e Virgínia*. São Paulo: Icone Editora, 1986.

SANTOS, Maria Rita. Trajano Galvão e a negritude. *Revista do GELNE*, v. 3, n. 1, p. 1-4, 2001.

SARLO, Beatriz. *Paisagens imaginárias:* Intelectuais, arte e meios de comunicação. São Paulo, EDUSP, 2005

SCHWARCZ, Lilia Moritz. *O Espetáculo das raças* – cientistas, instituições e questão racial no Brasil 1870-1930. São Paulo: Companhia das Letras, 1993.

_____. *Retrato em branco e negro*: jornais, escravos e cidadãos em São Paulo no final do século XIX. São Paulo: Companhia das Letras, 1987.

SEVCENKO, Nicolau. *Literatura como missão*: tensões sócias e criação cultural na primeira república. São Paulo: Companhia das Letras, 2003.

SILVA, Alberto da Costa e. *Imagens da África*. Disponível em: <http://www.revistadehistoria.com.br/secao/leituras/imagens-da-africa>. Acesso em: 31 jan. 2013.

_____. *Castro Alves*: um poeta sempre jovem. São Paulo: Companhia das Letras, 2006.

SILVA, Régia Agostinho da. Emília Freitas e a escrita de autoria feminina no século XIX. *Outros Tempos*, v. 7, p. 225-239, 2010.

_____. *Entre mulheres, história e literatura: um estudo do imaginário em Emília Freitas e Francisca Clotilde*. Dissertação de Mestrado. Fortaleza, UFC, 2002.

_____. Por uma outra leitura de Adelaide do romance Úrsula de Maria Firmina dos Reis. *Revista Firminas*, São Paulo, v. 1, n. 1, p. 86-95, jan/jul, 2021.

SLENES, Robert W. *Na senzala uma flor*: esperanças e recordações na formação da família escrava. Brasil Sudeste, século XIX. Rio de Janeiro: Nova Fronteira, 1999.

SOUSA, Alexandre Miller Câmara. Da Igreja aos bailes: os intelectuais positivistas e a imagem feminina em São Luís na segunda metade do século XIX. In: ABRANTES, Elizabeth Sousa (Org.) *Fazendo gênero no Maranhão*:

estudos sobre mulheres e relações de gênero (séculos XIX e XX). São Luís: Editora da UEMA, 2010.

SOUZA, Marina de Mello e. *África e Brasil africano*, 2 ed. São Paulo: Ática, 2007.

SÜSSEKIND, Flora. *O Brasil não é longe daqui. O narrador, a viagem*. São Paulo: Companhia das Letras, 1990.

THOMPSON, E. P. *A formação da classe operária inglesa*. Vol. 1. Árvore da Liberdade. Rio de Janeiro: Paz e Terra, 1987.

_____. *A miséria da teoria ou um planetário de erros*: uma crítica ao pensamento de Althusser. Rio de Janeiro: Zahar Editores, 1981.

TROÍNA, Rosane Jaehn. *Marcas da desconstrução das concepções hegemônicas da condição de gênero e etnia no romance Úrsula de Maria Firmina dos Reis*. 2021. Dissertação (Mestrado em Programa de Pós- Graduação em Letras) - Universidade Federal do Rio Grande./RS

VIVEIROS, Jerônimo de. *História do comércio do Maranhão (1612-1895)*. São Luís: Associação comercial do Maranhão, 1954, v. 2.

AGRADECIMENTOS

Agradeço a Deus, essa grande e misteriosa energia que existe no universo, antes de tudo....

À Universidade Federal do Maranhão, que me liberou com salário para estudar e escrever este texto.

À CAPES e ao CNPQ, que em forma de bolsa financiaram essa pesquisa.

À professora Eni de Mesquita Samara, que acreditou neste trabalho e aceitou me orientar no Programa de Pós-Graduação em História Econômica na USP; infelizmente, não teve tempo de ver o trabalho concluído, mas tenho certeza de que, de alguma forma, ela saberá.

Ao meu orientador Horacio Gutiérrez, que aceitou a responsabilidade de orientar uma tese já na metade do percurso, quando eu me encontrava perdida, ele me ajudou para que eu reencontrasse o meu texto. Meu muito obrigada.

Aos funcionários da Pós-Graduação em História Econômica, que, sempre que precisei, prontamente me ajudaram.

Ao Nelson, funcionário do CEDHAL que muito me ajudou quando fui a São Paulo para as orientações.

Aos funcionários da Biblioteca Pública Benedito Leite de São Luís, pela ajuda na busca dos jornais do século XIX no Maranhão.

Ao professor Jomar Moraes (in memoriam), que abriu sua biblioteca pessoal para mim e me cedeu valiosos textos de Maria Firmina dos Reis.

À dona Conceição, viúva de Nascimento de Morais Filho, que me cedeu uma cópia do livro *Cantos à Beira-mar*, de Maria Firmina dos Reis, e me recebeu muito bem em sua casa.

Aos funcionários da Biblioteca Municipal de Cascavel, minha cidade natal, que sempre que lá estive, para pesquisar bibliografia ou mesmo procurar um lugar tranquilo para escrever, prontamente me ajudaram.

Aos funcionários do Arquivo Público do Estado do Maranhão, que também prontamente me atenderam.

Ao programa de pós-graduação em História e conexões atlânticas: culturas e poderes.- UFMA

A todas e todos que contribuíram na minha campanha do Catarse: Maria Firmina dos Reis: poder, escravidão. Sem vocês, este livro não existiria. Meu muito obrigada

Aos amigos com quem sempre pude contar nas horas alegres e tristes: Daniela Medina, Tereza Medina, Vânia Lopes, Diana Medina, Nuno Gonçalves, Edmilson Alves Maia Júnior, Alírio Cardoso, João Batista Bitencourt e Rafael Quevedo.

Aos meus familiares: minha mãe Maria Margarida Chagas e meu pai Tarcísio Agostinho da Silva.

Aos meus irmãos Kátia Agostinho, Cláudio Agostinho (*in memoriam*) e José Airton Agostinho.

Às minhas sobrinhas: Mylena Ferreira, Fernanda Agostinho, Cecília Agostinho, Lívia Agostinho, Carolina Agostinho.

Ao meu sobrinho- neto: Isaac Agostinho da Silva

Ao meu eterno orientador e amigo Eurípedes Funes.

A todos que direta ou indiretamente contribuíram para a realização deste trabalho.

A todas e todos meu muito obrigada!

Esta obra foi produzida em Arno Pro Light 13 e impressa na gráfica Trio Digital para a Editora Malê em dezembro de 2024.